KB152025

다시 만나는 옛이야기 ❹

왕이 나셨네

다시 만나는 옛이야기❹
왕이 나셨네

초판 1쇄 펴낸 날 / 2018년 8월 1일

지은이 • 구광본 | 펴낸이 • 임형욱 | 디자인 • 예민 | 영업 • 이다윗 |
펴낸곳 • 열림과울림(행복한책읽기) | 주소 • 서울시 종로구 명륜4길 5-2, 403호
전화 • 02-2277-9216,7 | 팩스 • 02-2277-8283 | E-mail • happysf@naver.com
인쇄 제본 • 동양인쇄주식회사 | 배본처 • 뱅크북(031-977-5953)
등록 • 2001년 2월 5일 제300-2014-27호 | ISBN 979-11-88502-10-3 03810   값 • 13,000원

ⓒ 2018 행복한책읽기
Printed in Korea

* 열림과울림은 행복한책읽기의 임프린트입니다.

왕이 나셨네

구광본 소설

다시 만나는 옛이야기

다 지나간 시대의 이야기를 단지 다시 한다면 그것은 때늦은 이야기입니다. 그런데 그 이야기에 누구도 생각지 못한 새로움을 담아내었다면 그것은 한참이나 앞서가는 놀라운 이야기일 수 있습니다.

옛이야기는 원래 마주하거나 둘러앉은 상태에서 구연하던 것이지요. 눈 오는 밤 등잔불 밝힌 방이나 더운 여름날 큰 정자나무 그늘에 둘러앉아 흥겨워하는 사람들의 모습이 떠오르시는지요. 옛이야기가 살아 있던 시대는 바로 그러했습니다. 그런데 진작부터 혼자 고독하게 책을 읽는 세상으로 바뀌었지요. 소설은 고독한 존재인 작가가 또 다른 고독한 존재인 미지의 독자를 향하여 자판을 두드려 보내는 모스 부호 같은 것이 아니겠습니까.

구술시대에는 말이 중심이었습니다. 문자시대에는 글이 중심이었고요. 메신저의 말풍선이 상징하는 오늘날은 어떤 시대인가요? 이미 시작되었고 앞으로 더 분명해질 새로운 구술시대, 마셜 맥루한이나 월터 J. 옹이 말하는 2차 구술시대에는 어떻게 될까요? 말과 글이 함께 어우러질까요? 옛이야기를 되살리는 작업은 그동안 주로 전래동화라는 이름으로 이루어졌습니다. 옛이야기는 원래 아이들만을 위한 것이 아니었는데도 말입니다. '다시 만나는 옛이야기'는 우리 옛이야기를 둘러앉아 말로 하던 원래 모습과 그 정신을 살려 복원합니다. 뿐만 아니라 전통시대의 단순 소박한 옛이야기를 사건 전개의 개연성과 구체성을 강화하며 현대적으로 계승합니다. 옛이야기를 소설화하는 이 같은 작업의 저변에는 전통시대 이야기의 힘과 공동체의 정신을 오늘에 맞게 되살리고자 하는 의도가 놓여 있다고 해야 할 것입니다.

발터 베야민은 소설이 발흥하여 융성하는 사이 옛이야기와 그 판이 쇠퇴한 상황을 문화사의 거대한 흐름으로 살펴본 바 있지요. 입말투(구어체)로 구연할 수 있는 형식을 창출하며, 때로는 옛이야기가 구연되는 상황과 옛이야기가 실제 삶 가운데 살아 있던 당시의 세상을 함께 재현하는 이 작업은 그렇다면 무슨 의미를 가질까요? 읽을 수 있는 텍스트이자 들을 수 있는 텍스트이기도 한, 즉 일종의 구연 대본을 지향하는 듯한 이 작업의 의미는 무엇일까요? 그것은 문자문화의 등장과 함께 쇠퇴한 구술문화를 되살리면서, 오래된 이야기와 그 이야기판의 놀라운 힘을 동시에 되찾아오는 일입니다. 진작부터 논의된 우리 시대 서사의 위기가 이로써 하나의 돌파구를 찾는다면 더없이 좋겠습니다.

태곳적 세상의 모습을 그린 신화적 옛이야기의 1권부터, 무시무시하거나 기이한, 유쾌하거나 통쾌한 이야기들을 모은 2권, 민중의 좌절하지 않는 낙관적 삶과 기상천외의 발상을 담은 3권, 지하 세상 괴물 퇴치 모험담인 4권(경장편), 그리고 아기장수의 비극과 민중의 염원을 새긴 5권(경장편)까지.

'다시 만나는 옛이야기'는 모든 세대에게 충분히 의미 깊고 흥미로우리라 기대합니다. 무명의 이야기꾼들이 오랜 세월에 걸쳐 찾아 담아낸 삶의 깊은 지혜와도 가슴 벅차게 만날 수 있으리라 기대합니다.

차 례

왕이 나셨네

하나

달포 전 시형 형님 첫 제사가 있었습니다.

형님의 자제들은 물론 친인척들도 운명하신 시형 형님을 목격했지요. 이웃 사람 중에서도 시신을 보신 분이 있다고 들었습니다. 이 자리에는 그런 분들만 모셔 달라고 내가 부탁했습니다. 여기 특별히 모신 의원께서야 직접 진맥도 하고 해서 형님이 운명하셨다고 분명하게 확인해주기도 했습니다. 누구도 잘못 본 게 아니지요. 모두가 보았고, 확인했고, 그래서 수의를 입히기도 한 것이지요.

졸지에 일을 당하여 한 해 남짓 되었을 뿐. 집안 분들 슬픔이 여전할 수 있습니다. 그러나 지금의 이 울울함은 그 때문만이 아니지요. 제사야 지냈지만, 그 앞서 제사를 지낼 것인가 말 것인가로 먼저 작지 않은 논란이 있었다고 들었습니다. 염해서 입관해 둔 시신이 사라져버렸던 것 아닙니까? 출상하려다 관이 아무래도 좀 가볍다는 소리가 나오고, 무슨 엉뚱한 소리냐는 호통도 나오고 하다가, 결국은 관을 열어 봤더니 시신이 온데간데없이 사라진 것 아닙니까? 모두가 서로의 얼굴을 처다봤지만, 누구 하나 속 시원하게 말해 줄 사람이 없었지요. 그런데도 소문이 퍼졌습니다. 업은 아이 찾는 애업개를 놀리거나 나무라듯 한마디씩 해대던 사람들이 소문을 만들고 퍼뜨리기 시작했습니다.

제사를 지낼 것인가 말 것인가로 집안에서 논란이 일 무렵, 밖에서는 몇 개의 억측이 자라났습니다. 시형 형님이 역질로 죽자 가족들이 진작에 몰래 장례를 치렀다가 그렇게 들통이 난 것이라느니, 양의의 의술을 배우는 제자들이 스승의 온몸에 칼을 대 훼손해 버렸다느니, 나라에 지은 죄를 추궁하자 그렇게 묘수를 짜내 몸을 숨겼다느니 등등.

시신이 제 발로인 듯 사라져 무덤도 없는 상황에 제사를 지낸다는 게 합당한 일인가 하는 의견이 힘을 얻었다고 들었습니다. 그런데 기일을 얼마 남겨놓지 않고서 제사를 지낸다는 연락이 오더군요. 집안에서는 제사를 지냄으로 항간의 억측을 물리치려 한 것이었습니다. 한 집안 제사임에도 기웃거린 사들이 많있지요. 시신이 사라졌을 때처럼 이번에도 관아에서 나와 봤다지요. 그리고 말들이 더 늘어나 버렸습니다. 꼭 억측은 아니더라도 별 해괴한 일이지 않으냐고 한마디씩 해대고, 마치 귀신이라도 붙은 집을 보듯 침을 뱉고 돌아서거나 해대고, 그런 모든 게 어떤 식으로든 집안에 영향을 미친 탓에 모두 울울한 심사일 터입니다.

나는 스무 살 적에 시형 형님을 충청도 땅에서 처음 만났습니다. 오래 서로의 안부를 모르고 지내기도 했으나, 십여 년 전 재회했고 최근 몇 년은 제법 자주 만나 밥도 먹고 술도 마시며 세상사 이런저런 이야기를 나누곤 했습니다. 형님의 심중을 어느 정도는 알고 있다 말씀드릴 수 있습니다. 자제들과 친인척이 더 잘 알 부분도 있지만, 유람 중에 인연을 맺어 형과 아우로 지낸 사람들끼리 더 잘 알 부분도 있지 않은가 합니다.

그렇습니다. 바로 말씀드리자면, 시형 형님의 행방을 딱 부러지게 알려드리지는 못 하나 추측하는 바가 있고 또 억측이 난무하는 것을 어떻게라도 수습할 필요가 있다 싶어 오늘 이 자리를 마련해 달라고 한 것입니다.

*

그 이야기를 해보라더군요.

마지막으로 뵈었을 때 형님이 나보고 그 이야기를 해보라 했습니다.

시형 형님을 마지막으로 뵌 건, 부고를 받기 두어 달 전이었습니다. 병색이 느껴진다거나 안색이라도 어두웠다거나 하진 않았습니다. 주변에선 갑작스레 홀쭉하게 살이 빠지면서 숨을 놓는 경우도 봤습니다. 그런 경우도 반년은 족히 흘러야 하는데 멀쩡하던 분이 두어 달 사이 그리됐다는 소식을 받았으니 도무지 믿기지 않더군요. 믿기지 않기는 여기 계신 모든 분이 대동소이하리라 생각합니다.

마지막으로 만났을 때, 다짜고짜 그 이야기를 해보라 하니, 나는 무슨 소리인지 알아먹을 수가 없지요. 술이라도 한 잔 내놓고 찬찬히 말해보시라는데도 그냥 예전에 내가 한 이야기라며, 그 이야기 어서 한번 해보라더군요. 어찌하다가 죽어서 빚을 안 갚게 된 사람 이야기라더군요.

얼른 생각나는 게 없었습니다. 어찌해서 죽었느냐고, 빚은 누구한테 졌느냐고 물었더니 자기가 다 기억하면 왜 해 보라겠냐며 도리어 화를 내요. 그러더니 어떤 상것이 양반댁에 빚을 졌던 것 같다고, 빚 독촉을 거듭 받다가 묘안으로 짜낸 게 죽은 척하는 것이었다고 했습니다. 그쯤 들으니 생각이 날 듯했습니다. 이, 이 이야기 말이우 하고서 시작했지요. 시작했더니 고개를 끄덕이기도 하고 갸웃거리기도 하고 그래요. 해서 나는 예전 들었던 이야기가 뭔지는 모르겠으나, 생각나는 이야기가 하나 확실하게 있으니 이제 그만 차분히 앉아서 들어보시라 했습니다. 술상도 봐오라 일러두란 말씀도 올렸습니다.

여긴 벌써 이렇게 술상이 있는데, 그때는 그랬지요. 그날 형님한테 한 이야기를 여러분한테 다시 해보겠습니다.

옛날 한 상것이 동네 양반댁에 빚을 졌어요. 이 양반댁 생원은 지독하게 인색한 인물이었지요. 동네 사람 중에는 흉년 들어 곡식을 제대로 못 바쳐 빚을 지기도 하고 급하게 집안 큰일 치르느라 돈을 빌려 빚을 지기도 하고 그랬을 터. 인색한 생원은 기한이 다 차기도 전에 하인을 보내 무슨 날까지 갚으라는 둥 하는 터. 아, 그렇게 인색하고 인정머리 없는 인물이니 기한 넘긴 빚을 가만두고 볼 리 없지요. 그런 경우엔 하인을 보내 빚 독촉을 해요. 얼마나 단단히 명을 내리는지 하인이 상투 꼭지를 잡고 끌어가기도 했습니다. 이 정도이니 그 빚진 상것의 괴로움이 이만저만한 게 아니었겠지요.

하루는 이 상것이 며칠 내로 상투 꼭지를 잡힐 듯한 게 가슴이 답답해 일이 영 손에 안 잡혀요. 한숨만 푹푹 내쉬다 이 상것이 꾀를 한 가지 생각해냈습니다. 그리고 아내를 불러 말했습니다.

"생원이 조만간 하인을 보내 독촉할 터. 그 수모 또 당할 수 없어 꾀를 하나 내봤소. 이번 참에 다 해결합시다. 빚 갚기를 면할 뿐 아니라, 어쩌면 사는 일에 묘수가 생길 터."

남편이 자기 말대로만 해보라 하니 아내는 그러겠다고 했습니다. 빚 갚고 사는 일에 묘수까지 생길 수 있다고 하니 그러겠다고 했습니다.

이튿날 아침 상것은 홑이불을 머리끝에서 발끝까지 뒤집어쓰고 방 안에 드러누웠습니다. 정말 시신이 누운 듯하구나 싶자 아내는 머리를 풀고 문밖에 앉아서 자식을 안고 통곡하기 시작했습니다. 마침 그날 아침나절부터 양반댁 하인이 왔습니다. 하인은 대문으로 들어와서는 여인을 보고 웬일이냐고, 웬 초상 난 것처럼 이러냐고 물었습니다. 아, 그랬더니 정말로 초상이 났다는 것 아니겠습니까. 애아버지가 간밤에 늦게 와서는 주린 속에 찬밥 한 덩이 넣고 잠들었다가 새벽에 배를 잡고 끙끙 앓더니 돌연히 숨을 놓았다는 것 아니겠습니까. 어린 것 데리고 혼자 살아가야 할 일 생각하니 천지가 캄캄하다는 소리에 하인은 허허 소리만 내다가 문을 열어봤습니다.

과연 홑이불로 덮어놓은 시신 하나가 방에 덩그러니 놓여 있지 뭐겠습니까. 그 길로 하인은 주인에게 달려가 제가 듣고 보고 한 바를 전했습니다. 너무도 황망하고 불쌍한 상황이라 빚 독촉은 할 수 없었다는 말도 보냈습니다. 생원도 혀만 차고 말 뿐이었습니다.

대엿새 지나서인가요. 생원이 깜짝 놀랄 일이 일어났습니다. 상것이 홀연히 찾아와 문안을 드리는 것이었습니다. 마침 집안에 다른 사람이 없어 누구 눈에도 띄지 않은 채 생원을 바로 찾아온 터라, 생원은 혹시 귀신을 보나 싶었답니다. 놀란 가슴 가라앉히고 생원은 물었습니다. 아무리 봐도 귀신같지는 않아 물었습니다.

"죽어서, 어떻게 살아왔느냐?"

"죽었지요. 쇤네가 죽었다가 사흘 만에 살아났기에 지금 뵈러 왔습지요."

"죽었다가 다시 살아나는 일이 있다고 듣기는 했다. 하지만, 다시 살아온 사람은 아직 보지 못 했고, 직접 봤다는 사람도 못 봤는데, 내가 오늘 직접 보는구나. 그래, 여기 마루로 올라오거라. 그것 참 기이한 일이로다. 겪은바 낱낱이 말해보아라. 풍도라는 곳, 그러니까 저승이거나 지옥이거나 간에 그런 곳도 구경했느냐?"

"과연 저승이라는 곳이 있더군요. 똑똑히 봤고 기억합니다요. 풍도인지는 모르겠으나, 여하튼 제가 다녀온 저승은 이승과 별로 다르지 않습디다."

그러자 생원은 아예 방에서 마루로 나와 앉아서 말했습니다.

"내 들을 테니, 너는 저승 가서 보고 기억하는 바를 자세히 이야기해보아라."

상것은 알았다며, 자신이 죽자마자 흉악하게 생겨먹은 귀졸 둘이 나타나 자기가 인상을 찌푸리며 팔다리를 내저어봤으나 꼼짝도 하지 않던 일부터 이야기를 시작했습니다. 이승의 법사 같은 자들이다 싶은 그 귀졸들이 양옆에서 팔을 딱 붙잡고 데려가는데, 자기가 죽었다는 걸 깨달은 것은 그때부터였다는 소리도 했습니다. 이때 무슨 일이 일어났는지 제대로 모르는 위인들이 많은데 자기는 그때 다 알겠더라는 겁니다. 너무도 급작스러운 죽음이라 마음으로 허둥거리기는 했으나 어금니를 꽉 깨물고 감당해보리라 작정했단 소리도 했습니다.

"처자식한테 작별도 못 고하고 가는 게 한스러웠으나 운명을 받아들이자 생각했습니다. 그래서 끌려가는 개새끼처럼 버둥대지 않고 갔지요. 당도한 저승의 산천이며 집이며 살림살이까지 다 이승과 별반 다를 바 없어 보이더군요. 왠지 좀 안심이 되면서 그때야 눈물이 핑 돌더군요. 그런 한편으로 여기서도 상것으로 고생하며 한평생 보내나 싶어 눈물이 핑 돈 것 같더군요."

이쯤 이야기하자 생원은 상것을 위로했습니다. 그리고는, 염라대왕은 만났느냐고, 연라대왕 만났다면 또 어찌 살아 돌아왔느냐고 어서 말을 해보라고 넌지시 재촉했습니다.

"염라대왕도 만났습지요. 내가 바로 염라대왕이라고 하지는 않았으나 법정 같기도 하고 어전 같기도 한 곳에서 좌우로 귀졸들을 쭉 거느리고 앉은 분이 있었는데 염라대왕이려니 싶더군요. 명부를 살피며 차사의 보고를 받거나 하곤 무슨 판결을 하는 모양인데, 염라대왕이 쇤네를 세워두곤 여러 번 묻고 여러 번 명부를 들여다보고 해요. 그러더니 차사에게 잘못 데려왔다느니 어쩌느니 하다가 저보고 이러더라고요. 지금 올 차례가 아니라고요. 착오가 있어 잘못 잡혀 왔으니 바로 돌아가라고. 사는구나 싶어 감격하면서도 황망해 허둥지둥하면서 돌아가는 길을 모르니 누구든 나를 좀 데려달라며 납작 엎드렸지요. 염라대왕께서는 저를 잘못 잡아 온 귀졸들에게 데려다주라고 일렀습니다. 그리해 쇤네는 바로 돌아가는 길에 올랐습니다."

생원은 고개를 끄덕이며 듣다가, 그쯤에서 그런데 왜 다시 살아나는 데 사흘이나 필요했는지 물었습니다. 상것은 그리된 연유는 잘 모르겠다면서도 이승과 저승이 그런 점에서 좀 다르긴 한 모양이라고 했지요. 그리고 주저하다 덧붙였습니다.

"실은 잠깐 그곳에 머물긴 했습니다. 자기들 잘못이 있어서인지 귀졸들이 다그치며 끌고 가진 않아 쇤네가 주위를 살필 틈이 좀 있었지요. 한숨 돌린 뒤 쇤네 나름으로는 저승 구경을 해본다고 하는데, 대로변에서 문득 어떤 사람이 손을 잡고 펄쩍 뛸 듯이 반가워해요. 누구인가 하고 자세히 보니 생원님 돌아가신 어른이지 뭐겠습니까."

그러자 생원이 놀라 말했습니다.

"누구? 내 선친을 뵈었단 말이냐? 대체 형편이 어떠시더냐?"

상것은 생원의 어른이 남루한 행색에 굶주린 기색이 완연하더란 소리부터 했습니다. 패랭이를 쓰고 있어 얼른 알아보지 못 했으나 곧 의외의 모습에 어찌 된 일이냐고 여쭈었더니 유리걸식한다는 참담한 소리까지 듣게 되었다나요. 상것이 제 주머니에 마침 돈 몇 푼이 있기에 술값이나 하시라고 드렸다는 소리에 생원은 두 눈을 질끈 감고 고개를 치켜들었습니다. 그리곤 "아이고, 아버님" 하곤 고개를 곧 떨구었지요.

생원은 곧 제 어머니 안부를 혹시 아느냐 물었습니다. 상것은 대부인 마님도 역시 뵈었다면서도, 얼른 더 입을 열지 않았습니다. 생원이 눈짓으로 재촉했더니 천만 황송한 일이 있어 감히 아뢸 수 없다는 것이었습니다.

*

지금 이 이야기는 정말 이야기일 뿐입니다.

언젠가 내가 시형 형님께 이 우스갯거리 이야기를 했는데, 마지막으로 뵈었을 때 대략 떠올리고는 다시 한번 해보라 하셨던 겁니다. 그래서 나는 기억하는 바를 바탕으로 이 이야기를 했던 겁니다. 생원의 어머니는 어찌 되었을까요? 생원의 어머니도 비참하기가 아버지와 다를 바가 없었을까요?

"지금 집안에 너와 나 단둘뿐이다. 다른 사람은 하나도 없어. 말이 자네 입에서 나와 내 귀로 들어갈 뿐. 무어 말하기 어려워 하느냐?"

생원이 이렇게 안심을 하게 하고 재촉하는데도 상것은 황송하다는 말만 할 뿐이었습니다. 한사코 아뢸 수 없다는 것이었지요. 생원이 몸이 달아 한참 또 어르고 달래며 재촉하자, 상것이 못 이기는 체하다가 비로소 말을 꺼내는데, 이러는 것이었습니다.

"이토록 간곡하게 물으시니 부득불 고합니다. 사실대로 고할 수밖에 없네요. 쇤네가 어르신과 헤어지고 돌아오는 길에 큰 주막이 하나 보이기에 용기를 내 귀졸에게 구경이라도 잠시 할 수 있도록 해 달랬더니 의외로 순순히 그곳으로 데리고 가더군요. 제법 규모 있는 주막이었는데 안에 손님들이 여럿이었습니다. 그곳에서 술 파는 분이 바로 대부인 마나님이셨습니다. 다행히도 신수가 좋으시고 의복도 잘 갖춰 입으셨더군요. 이번에는 쇤네가 먼저 알아보고 반갑게 인사를 드렸더니, 대부인 마님께서도 역시 반기시며 이승의 댁내 소식을 물으시기에 상세히 말씀드렸습니다. 그쯤 반갑게 인사를 나누고 하니 귀졸들도 어느새 자리를 차지해 앉았고, 제가 좋은 술에 성찬을 잘 얻어먹을 수 있도록 허용해주었습니다."

상것이 여기까지 말하자 생원은 궁금한 점이 있었겠지요. 어찌해서 자신의 아버지와 어머니 두 사람 형편이 판이하였는지 궁금하지 않겠습니까? 아, 여러분은 궁금하지 않습니까?

음, 어쨌든. 여태 말 잘하던 상것이 또 난처한 표정을 짓더니 황송하여 감히 입을 열지 못하겠다나요. 물론 이번에도 다시 입을 열긴 열었습니다. 다시 여러 차례 독촉을 받고서야 아뢰었습니다요.

"어찌 된 연유인지까지는 소상히 말씀하지 않으셨습니다만, 마님은 돌아가신 어르신과는 정의가 불합하여 남남처럼 되었다는 정도의 말씀을 하시더군요. 그리곤 지금 쇤네의 아비와 같이 사신다고 했습니다. 그리 털어놓으시는데 부부의 정이 몹시도 돈독해 보였습니다. 쇤네는 민망도 했습니다. 그러나 그것보다는 사람 일 참으로 모르겠구나 싶어서 거듭 놀라워했습니다. 어쨌든 쇤네가 생원님께는 민망하고 황송하여 감히 얼른 아뢸 수 없었습니다."

이쯤 되자 생원의 얼굴은 흙빛이었습니다. 자존심이 상한 까닭이었을지도 모르지요. 그러나 이내 눈물을 흘려요. 말을 못 하고 눈물만 흘려요. 한참을 그러고선 드디어 상것에게 조용히 이르는 것이었습니다.

"이 일 결코 입 밖에 낼 생각 말게. 비록 네 처자라도 모르도록 하는 것이 좋겠구나. 만약 소문이 난다면 내가 어찌 고개를 들고 다니겠느냐? 무슨 말인지 알겠느냐?"

상것은 대답했지요. 알다 뿐이겠느냐고요. 애초에 말씀 올리지 않으려 했던 것만 봐도 아실 수 있잖으냐고요. 마지막에는 염려 놓으시라고도 했지요.

그러자 생원이 하는 말.

"자네가 진 빚 특별히 탕감해주겠다. 대신 앞으로 종종 왕래하여 피차간에 잊지 말기로 함이 어떻겠냐?"

그로부터 상것은 그 양반댁을 들락날락했지요. 그때마다 생원은 술과 음식으로 대접하고 살림살이에 어려움이 있으면 도와주고 그랬다고 합니다.

인색하던 이 양반댁 생원의 어리석음에 이야기를 듣던 사람들은 배꼽을 잡지요. 상것의 능청스러움에도 배꼽을 잡지요.

형님도 처음 이야기를 들었을 때 그러했을 겁니다. 마지막으로 뵈었을 때, 그때 다시 듣고 형님은 바로 그 이야기가 맞다 하고 빙긋 웃으셨습니다. 그러나 배꼽을 잡고 그러진 않으시더군요.

대신에 형님은 무슨 야담집에서 봤다든가, 야담집에 담을 만한 이야기를 하나 지었다든가 하더니 말을 시작하더군요. 이게 들어보니 제가 방금 한 이야기와 비슷한 구석이 있었습니다. 죽었다가 살아난 것처럼 꾸며 빚을 탕감받은 상것의 이야기와 대구를 이룰 만하다 싶은 이야기 같기도 하더군요.

　서울 청계천의 긴 다리, 장교 일대 어떤 부잣집에서 어울리던 열 명의 친구에 관한 이야기였습니다. 다들 부자인데 하나만이 넉넉하지 못했답니다. 이 넉넉하지 못한 사람이 놀림감이 되면서도 모임에 끼어서 음식도 먹고 술도 마시고 했나 봅니다. 하루는 이 사람이 친구들 몹쓸 장난질에 숨이 잠시 끊겼다가, 그대로 죽은 척해 저승 갔다 왔다며 친구들을 골탕 먹입니다. 그리고 돈까지 두둑이 받아 부자가 된 이 사람의 이야기. 분명히 비슷한 구석이 있지요. 지나고 나서 생각해보니, 형님은 숨을 오랫동안 멈춰 다른 사람들을 다 속일 수 있었던 기술이 신기하지 않으냐고 했던 것 같습니다. 감쪽같이 남의 눈을 속이고 저승을 다녀올 수 있었던 게 그냥 거짓말이 아니라 특별한 기술이었다는 듯이 말씀하신 게 아닌가 합니다.

　아, 그때는 몰랐습니다. 뒤에 그런 생각을 했습니다.

　물론 형님은 숨을 한참 멈춰 죽은 것처럼 모두를 속인 것이 아닙니다. 형님은 의원 일을 하다 쓰러진 뒤 회복하지 못하고 숨을 놓으셔서 장례를 치르던 중 그 시신이 사라져 온 가족을 놀라게 했습니다. 제가 한 이야기에서 상것의 아내가 거짓을 돕듯 형님의 가족이나 친인척이 나서 시신을 빼돌린다든지 하는 수를 부린 것이 아니지요.

말씀해보십시오. 형님이 역질로 죽은 것을 숨기기 위해 가족이 진작에 몰래 장례를 치렀다가 그렇게 들통이 난 것이었습니까?

말씀해보십시오. 양의의 의술을 배우는 제자들이 스승의 온몸에 칼을 대 훼손해 버렸던 것입니까?

말씀해보십시오. 나라에 지은 죄를 추궁하자 자제들이 그렇게 묘수를 짜내 부친이 몸을 숨길 수 있도록 한 것이었습니까?

혹은 시형 형님이 가족들까지 속이고 병풍 뒤에서 관을 열고 나와 제 발로 몰래 어디로 숨어버렸다고 할 수는 없겠지요? 아무도 그럴 수 없다고 하시는 것이지요?

그렇습니다.

형님은 분명히 숨이 끊어지셨습니다.

얼마간 숨이 끊겼다가 다시 돌아온 게 아닙니다. 근 이틀이나 지나 염을 할 때도 분명히 죽은 사람이었습니다. 시신이었습니다. 누구도 형님의 시신을 빼돌리거나 거짓 죽음에서 깨어나 숨을 쉴 수 있게 돕지 않았습니다.

그렇다면 시형 형님은 시신으로 관 속에 누워 있다가 가족을 비롯해 누구도 모르게 감쪽같이 사라지신 겁니다.

이것만이 분명한 사실입니다.

*

내가 형님을 마지막으로 뵙기 얼마 전, 과천과 용인 그리고 여주에서는 해괴한 일이 있었습니다. 부잣집 여러 곳이 도둑을 맞았는데 어떤 집은 쥐도 새도 모르게 많은 재물이 사라졌고 어떤 집은 도대체 조선 사람 같지 않은 행색의 도적들에게 흠씬 두들겨 맞으며 재물을 빼앗겼습니다. 쥐도 새도 모르게 재물을 잃은 집이나 떠들썩하게 재물을 잃은 집이거나 간에 도적을 추적해보려니 별다른 단서가 없더라지요. 그때 도적이 재물만 훔쳐 간 게 아니었습니다. 한 도둑떼인지 때마침 제각각 그 무렵 몰리듯 나타난 다른 도둑떼들인지는 모르나, 여자들을 납치하기도 했습니다. 사실 도둑이 여자들을 납치했다고 하기가 뭣합니다. 목격담에 의하면 여자들이 길을 가다가 갑자기 하늘로 솟구쳤다가 안개 같은 게 자욱해진 뒤 행방이 묘연해진 일이었으니까요. 아, 이게 진짜 일어난 일이냐고 물으시는 분이 여기 있군요.

우리 수원부에서 일어난 일이 아니어서일까요? 과천이나 용인 그리고 저 여주에서 일어난 일이어서 바람 타고 온 소문처럼 느껴졌던 것일까요? 그래서 누군가가 지어낸 이야기 같은 것으로 생각한 것일까요? 해괴하기로는 시형 형님의 시신이 사라진 것 못잖게 해괴한 일이었습니다. 이 해괴한 일을 나도 해괴하게만 생각했는데, 형님은 남달리 생각해보고 있었습니다.

마지막으로 뵈었을 때 형님은 이 일들에 관해서도 이야기했습니다. 실은 이 일들을 이야기하기 위해 나를 부르셨습니다.

시형 형님은 부잣집 여러 곳이 비슷한 시기 털린 일과 길 가던 여자들이 사라진 일을 하나로 묶어 생각하고 있었습니다. 형님은 그날 나한테 본인이 짐작하는 바를 털어놓으셨지요. 그리고 그동안 나는 그 일들과 시형 형님의 시신이 사라진 일을 함께 묶어 여러모로 생각해보고 있습니다.

그동안 내가 생각하는 바를 조만간 여러분께 말씀드릴 수 있습니다. 그런데 넉넉한 자리였으면 좋겠습니다. 한 며칠 걸릴 수 있으니 먼저 시간이 넉넉해야겠고, 마을 사람들 얼마라도 더 함께 할 수 있게 앉을 곳이 넉넉해야겠습니다.

이제 저 남양에서 초례 치르고 이 옆 금곡으로 돌아오던 신랑 아무개의 일도 함께 이야기하리라는 것 짐작하셨군요. 신랑 아무개가 이 칠보산 바로 너머 멀지도 않은 원평에서 신부 잃어버린 일.

그것도 내가 이야기하리라고 의원 양반은 보신다? 의원 양반 짐작이 맞습니다.

그 일을 이야기의 첫머리로 삼도록 하겠습니다.

둘

몇 가지 기이한 일이 있었습니다.

뒤에 소문으로 들어 알게 되기도 하고 우연히 바로 그곳에 있어 알게 되기도 한 일이지요. 전해 들었건 직접 봤건 믿기지 않기는 마찬가지입니다.

먼저 약 두 해 전부터 요란하게 나타나서는 어떤 자취도 남기지 않고 사라진 도적 떼의 일. 대개 소문의 바람을 타면서 재미나게 부풀려진 이야기라 생각하셨을 겁니다. 다음, 이 댁의 우시형 의원 나리가 세상을 하직해 입관 절차까지 마친 뒤에 그 시신이 사라진 일. 대개 누군가가 민가를 숨기기 위해 마음먹고 속인 일로 생각하셨을 겁니다. 이 댁의 식구가 아닌 경우 일대 마을의 많은 사람이 그리 생각하는 것으로 나는 알고 있습니다. 바로 이

웃에 사는 분도 그리 의심하더군요.

자, 다음. 이 산 너머 들길을 지나오던 가마가 사라진 일은 그럼 어떻게 보시는지요? 일대에서 기이한 일을 겪는 또 한 집이 생긴 것입니다. 이 일은 병풍 뒤 관 속에서 일어난 일이 아닙지요. 신랑도 보고 신부 댁에서 동행한 이들도 보는 가운데 신부의 가마가 대낮 길에서 사라진 일입니다.

들을 달려온 한 줄기 바람이 회오리가 되어 우뚝 서는 듯하더니 가마를 휘감았다고요? 네, 그때 직접 목격하신 분이 여기 있군요. 원평 동화원 부근으로 일을 보러 갔다가 목격한 그 일이 무슨 조화인지 아직도 모르겠다며 놀라워하다, 오늘 이곳까지 오셨군요. 이 마을에서 태어났는데, 원평 앞 벌터로 시집 가 지금은 그곳 사신다고요? 어쨌든 오늘 제일 먼 곳에서 오신 게 아닌가 합니다. 잘 알지요. 제가 스무 살 좀 안 되어서까지 원들, 원평에서 살았답니다. 벌터를 모를 리 없지요. 어쨌든 아주머니께서 목격한 그 일은 소문으로 부풀어난 이야기가 아니지요? 신랑이나 신부의 집안에서 뭔가를 숨기기 위해 꾸민 일이라 생각하지 않으시지요? 그 일 나도 당연히 그렇게 생각합니다.

우시형 형님의 시신이 사라진 일. 여러 말들이 있지만 결국 누군가가 무엇가를 숨기기 위해 꾸민 일이 아니겠냐는 의심, 이제 서두어 주셔야겠다고 부탁하고자 합니다. 남양에서 출발해 금곡으로 오던 가마의 신부가 사라진 일을 전해 듣고 마침내 다 이야기하기로 마음먹었습니다. 그 일들은 하나로 엮이는 일이라 할 수 있습니다.

이 댁에 넉넉한 자리였으면 좋겠다고 했습니다. 한 며칠 걸릴 수 있으니 먼저 시간이 넉넉해야겠고, 관심 있는 사람이라면 웬만하면 함께 할 수 있게 앉을 곳도 넉넉하면 좋겠다고 했습니다. 주전부리까지 이렇게 준비해주셨으니 고마울 따름입니다.

이야기를 하겠다고 했는데, 실은 책을 읽으려고 합니다. 이것은 시형 형님이 겪으신 일을 본인이 직접 기록한 책입니다. 가족들은 형님이 야담을 짓기도 했다는 걸 아예 모르던데 언문으로 무슨 소설이라고 할 책을 남겼다고 하니 의아할지도 모르겠습니다. 의술을 배우던 제자들은 형님이 야담을 곧잘 하곤 했다는 것 알더군요. 본인이 직접 야담을 짓기도 했다고 내가 전했더니 충분히 가능한 일이라 하더군요. 이건 물론 야담이라기보다 소설입니다. 소설이래도 그냥 소설이 아니라 자신이 겪은 일을 기록한 소설이라고 해야겠습니다.

이 책에 나오는 시형은 형님 본인이 틀림없습니다. 정조 임금이 승하한 때 태어났다는 것부터 말입니다. 읽어나가면서 하나하나 확인하도록 하지요.

먼저 이 책이 독특하게 이야기한다는 점을 말씀드려야겠습니다. 형님은 이 책에서 자신을 '나'라고 하며 등장합니다. 누구를 앞에 앉혀놓고 말을 하는 식으로 자기 이야기를 하지요. 책인데 그렇게 우리가 말하듯 이야기를 합니다. 형님 앞에 앉아 이야기를 듣는 사람은 접니다. 스무 살 무렵 충청도 속리산 자락에서 형님을 처음 만났던 나는 진광억이라는 자올시다. 뒤늦었지만, 자리에서 일어나 여러분께 인사 올립니다.

이 책에서는 조카로 등장하지요. 형님의 장조카 광억이로 말입니다. 그래서 이 책은 소설입니다. 그러나 열에 여덟아홉은 사실 그대로가 아닌가 합니다. 꾸민 것도 잘 살펴보면 두어 가지를 쉽게 전달하기 위해 하나로 만든다든지 하는 식이지요. 쉰 나이 바라보는 아우 광억이가 이 책에서는 갓 장가간 장조카 광억이로 나옵니다. 신랑 광억이가 신부 잃은 일부터 시작합니다. 시형 형님이 세상 뜨기 전 나한테 전해준 이 책에는 마치 원평에서 일어난 일을 목격한 듯이 써놓고 있습니다.

앞날을 내다보신 걸까요? 예언처럼 앞날을 내다봐서가 아니래도 얼마든지 일어날 일임은 알았다는 뜻일까요?

자, 읽겠습니다.

*

이보게 조카.

광억이, 자네는 내 조카네.

먼 조카는 따져도 가까운 삼촌은 따지지 않는다는 말도 있지
않은가?

편히 앉게. 아래 항렬이라도 먼 친척은 어려워. 그래서

이것저것 까다롭게 재게 되지. 하지만 삼촌은 항렬이 위일지
라도 편한 사이지. 그러니 대하기가 스스럼없지 않겠어.

나는 그리 생각하네.

아, 그건 자네도 이제 혼례를 올리지 않았는가.

상투를 틀었으니 어엿한 어른이야. 나이도 꽉 찼고. 그리고 장
조카 아닌가. 다른 조카도 아니고 장조카네. 까다롭게 재서 차리
는 격식 아니니, 어색해할 것 없어. 송구해할 필요는 더구나 없
고.

지난번에 한번 왔구나. 그때 침을 맞았더랬나? 그렇지.

허리가 아파서. 이젠 그만그만하다고 했지? 한 며칠 더 침을
맞으면 좋았을 텐데, 사실 그게 쉬운 일이 아니지. 오가는 데 반
나절은 잡아야 할 일이니 공부하는 자네로서는 그 시간 내기도
쉽지가 않지.

시간 아껴 공부해야지. 그래야 과거 급제도 하고, 관직에도 나아가고. 형님 기대가 크시지. 아, 우리 가문을 빛낼 인물이 나와야지……

간단하게 술상을 봐오라고 했네.

오면, 마시면서 이야기를 좀 해보세. 여기는 내 일터 아닌가. 환자 찾아오면 침도 놓고 뜸도 뜨고 약도 지어주는 일터지. 오늘이야 문 닫아걸고 자네하고 이야기 나누려고 하는 거니, 술상을 봐오라고 한 거지. 기다리는 동안 슬슬 시작해볼까?

용인의 자네 처가 가서 초례 올리고 돌아올 때까지만 해도 얼마나 좋았어. 그런데 생각지도 못 한 일이 벌어졌네.

처가에 사흘을 머물렀지? 그래, 자네 아버지, 형님과 나야 초례 올리고 하루 뒤에 출발했지. 우리도 혼례를 준비해야 하니 하루만 머물고 왔지. 하룻밤만 자고 왔지만, 대접이 대단했잖은가. 형님이 혼사 정해지고 기뻐하신 까닭을 다 알겠더구먼.

돌아와서는, 나는 의원을 너무 오래 비워두기가 뭣해서 잠깐 들러 하루 동안 환자 보고 다시 형님 댁으로 갔지. 환자들과 약속해둔 게 있어서 말이야. 혼례 준비로 바쁘더군.

혼례 준비도 돕고 하며 형님과 잔도 기울이고 하며 기다렸지.

자네와 질부를 기다렸지.

저쪽에서는 오빠 둘도 동행해서 온다기에 어떻게 대접해야 하나, 형님하고 뭐 그런 문제에 의견 나눌 때인가 그랬을 거야.

난데없이, 그 난데없이…….

그 어찌 된 일인가?

다 아는 이야기니 그리 소상히 할 건 없네. 여기서 전말을 다시 듣고자 하는 건 아니네. 먹구름이 휘몰아치면서, 맑은 하늘이었는데, 먹구름이 휘몰아치며 땅으로 내려오더니 가마를, 신행길 신부가 탄 가마를 낚아채갔단 소리 아닌가? 그것만 확인하면 되네. 그렇지? 그게 틀림없는 사실이란 말이지.

그래, 자네 혼자만 목격한 일이 아니지.

신부 오빠 둘도 똑똑히 목격한 일이지.

이제 이 숙부도 그 일 다 아네.

이야기를 하겠네.

특별한 이야기를 하나 하려고 자네를 시간 내게 해 여기 불렀어. 참으로 기이해서 누구에게나 함부로 빌어 날라고 하기가 어려운 이야기야.

그 이야기는 다른 게 아니라 바로 나의 이야기네. 그동안에도 내가 집을 나가 떠돌다 돌아와 의원으로 자그마하나마 성공을 거둔 일이라든지, 궁중에 들어가 어의 제안까지 받은 일이라든지 하는 나름 파란만장한 사연은 집안사람들이 모르는 바 아니지. 그러나 집을 나와 떠돌았다는 곳이 도대체 어디인지, 그곳에서 무슨 일을 겪었는지, 누구에게라도 내가 제대로 털어놓은 적은 아직껏 없네. 아직껏 한 적 없는 이야기를 비로소 자네에게 하려고 하네.

황망한 일 당한 조카 붙들고 내가 굳이 왜 그 이야기를 하려고 하는지에 대해선 설명이 필요하겠구먼. 물론 제대로 된 설명은 내 이야기가 다 끝이 나야 나올 수 있으리라 믿어. 그러나 막무가내 들어보라고만 할 수는 없으니 먼저 짧게나마 말해두지. 내가 하려는 이야기에서 내 조카 광억이 자네가 당한 황망한 일의 안팎을 다시 살필 수도 있으리라 봐.

조급하게 마음먹지 말라며, 마음 다스리기에 쓸모가 될 훈화를 하려는 것이 아니네.

이보게, 내 조카 광억이.

이 숙부가 지금 말을 너무 돌리고 있는가? 그럼, 단도직입적으로 말하겠네.

나는 지금부터 내가 하려는 이야기에서 자네가 도둑맞은 신부의 행방을 짐작해내리라 생각해.

들어보게.

천하 유람 어쩌네 하는 글월을 남기고 집을 나갔던 그해, 나는 유생으로서 평소 멀리하던 사찰과 암자도 찾아가고 옛사람이 시와 문장을 남긴 명소를 찾기도 하며 몇 달을 떠돌았네. 그리하여 그해 늦가을인가 초겨울인가 하는 즈음엔 신라 사람 고운이 넋을 잃었다는 산, 속리산 어느 자락에 이르렀지. 그곳에는 과연 나를 사로잡은 것이 있었어.

속리산은 고운이 이루기 어려운 도의 경지에 빗댈 정도로 절경이라지 않은가. 그런데 나를 사로잡은 것은 그 산의 절경이 아니라, 매였고 매잡이였고 매사냥이었어. 예로부터 사내들의 호사 중 호사로 세 가지를 꼽자면 연애질과 말타기와 매사냥이라고 하기는 하지. 제왕과 귀족이며 부호가 누리던 호사지 호사. 매잡이의 손등에 앉아 있던 매가 신호와 함께 하늘을 날아올랐던 것이지. 그리고 그 순간을 우연히 목격하고서 나는 넋을 놓아버렸던 것이지.

속리산 절경이 아니라, 한 마리 매가 매잡이의 손에서 날아오르는 순간에……

해가 바뀌고 정월 대보름도 지나 겨울도 다 끝날 무렵인가 할 때였네. 매 한 마리와 함께 나는 속리산 어떤 자락에 서 있었지. 매와 매잡이와 매사냥을 목격한 순간 앞뒤 가리지 않고 한 철 그곳에 머물기로 했고, 통사정해 매잡이의 제자 아닌 제자가 되어, 아니 식객 비슷한 것이 되어 그 겨울을 보냈네.

그리고 그 겨울 끝자락에 나는 혼자 매를 데리고 매사냥을 나서게 되었던 것이지.

드디어 내가 보낸 신호에 따라 매가 날아올라 꿩을 쫓기 시작했네. 꿩은 움직이는 표적이지. 매는 움직이는 표적을 쫓는 화살 같은 것이고. 온몸으로 전율이 퍼져 나가는 그 순간은 길고도 짧았는데, 그 길고도 짧은 순간이 지나고, 나는 참으로 기이한 세계로 빠져들고 만다네.

무슨 말인가 하면…….

매에게 쫓긴 꿩이 역류하듯 되돌아온다 싶더니 산비탈 덤불에 가려져 보이지 않던 동굴로 들어갔고, 움직이는 표적을 쫓는 화살 같은 매가 뒤따라 들어갔고, 혼자서는 처음으로 사냥에 나선 초보 매잡이인 나 또한 그 동굴로 들어갔고…….

그리고 뜻밖의 세계로 굴러떨어지게 되었다는 소리네.

한 철 머무는 것을 허락해준 내 스승은 중년의 자존심 센 상민이었어. 자신을 고용할 만한 부호라도 되느냐며 아예 말도 못 붙이게 하던 자였는데 내 정성이 닿았는지 허락해주었고 마치 진짜 제자에게 하듯 매에 대해, 매사냥에 대해 가르쳐주었지.

내 지난 사연 흘리지 않으려 했으나 겨울 그 찬바람 가운데 함께하다보니 내 본색을 완전히 가리지는 못 하겠더군.

협객인 양하였다는 소리네. 그게 좋게 작용했는지도 모르지. 그날은 내가 혼자 매사냥에 나서는 것을 눈감아주더군.

아무리 좋은 것이라도 한도가 있다며 혀를 차곤 하던 사람이었는데, 그래도 그날 허락을 한 건 내가 그동안 어지간히 매와 친해졌다고 본 것이고, 좋아하는 일 마음껏 누려보라고 인심을 쓴 것이지. 매는 사람 말 듣게 태어난 것이 아니야. 사람 말 듣게 자란 것도 아니지. 그 매를 사람 말 듣게 길들이려면 애를 얼마나 써야 하겠는가. 보니, 매는 배가 고파야 사냥을 하더군. 아, 그런데, 배가 고픈 놈이 사냥해 꿩이든 토끼든 움켜쥐면 먹으려 들게 아닌가. 그걸 사람에게 내놓게 해야 한다고. 매의 본능을 이용하면서, 또 본능을 다스리게 해야 가능한 것이야. 그러자면 얼마나 애를 써야 하겠어.

그런데 드디어 혼자서 매를 날릴 수 있게 되었단 말이지.

혼자서 사냥감을 찾아내고 신호를 보내 매를 날리던 순간의 홍분은 대단했지.

아, 일이 좀 이상하게 풀려나갔지 뭔가.

매를 날린다고 매번 사냥감을 잡는 것도 아니고 기껏 매가 사냥감을 낚아챘으나 달려가보면 다 물어뜯어 먹은 다음이거나 하는 일도 있긴 하지. 그런데 그때는 정말 이런 일도 다 있구나 하는 생각이 들도록 일이 엉뚱하게 풀려나갔어. 저 아래로 달아나던 꿩이 난데없이 돌아서서 역류하듯 날아온 게 시작이라면 시작이었지. 그 산비탈에 동굴이 있을지는 내가 어찌 알 수 있었겠나. 덤불에 가려진 굴로 꿩이 도망가리라고는 내 스승이래도 생각지 못 할 일이었지.

그러나 일이 생각지도 못 한 곳으로 풀려나갔다는 것은 사실 그게 아니네. 아니지. 일이 어떻게 풀려나갈지 짐작도 못 한 채 나도 굴로 뛰어들었는데, 그 굴은 고개를 숙이면 걸어 들어갈 수 있었으니 동굴이라 할 만한 곳이었어. 얼마 안 들어가 캄캄해졌네. 내가 멈추지 않은 것은 꿩도 매도 흔적이 없어서였어. 분명히 그 굴로 두 날짐승이 뛰어들었는데 흔적이 없는 거야. 보이지는 않더래도 무슨 소리라도 나야 할 터 아닌가.

니는 소리라곤 내 가쁜 숨소리와 디딤듯 떼어놓는 발걸음 소리뿐이었거든.

되돌아서야 하나 어쩌나 하면서도 나는 얼마를 더 더듬어 들어갔어.

얼마나 더 들어갔을까.

안 되겠다 싶어 되돌아 나오려는데 이젠 어찌 된 영문인지 도대체 나갈 방향을 못 잡겠더군. 당황한 채 허둥지둥 얼마를 더 걸어봤어. 나오는 방향인지 어떤지는 모른 채. 그리고 허방 같은 곳을 짚었다 싶은 느낌이 와락 들고 나는 쑥 빠져들었지. 비명을 지를 새라도 있었는지 없었는지.

수직 동굴로 떨어졌는지 어쨌는지. 온몸에 상처가 나고 한동안 기절을 해 있었느냐 하면, 아무래도 그런 것 같지는 않아. 아주 잠깐 혹은 얼마간 머릿속이 싹 비워진 듯도 해. 하지만 장담은 못 하겠어. 그런 순간이 있었는지 없었는지는. 요점을 말하자면 급작스럽게 큰 변화가 내 몸에서나 내 주위에서나 일어난 것 같지는 않았다는 소리지.

그랬으니까 그 기이한 세계에 들어가고서도 까맣게 몰랐겠지. 한동안 나는 여전히 속리산 어느 자락이라고만 생각하고 있었네.

중년의 매잡이가 사는 마을과는 다른 산자락이구나 싶어 낭패스러웠지.

처음에는 그저 그런 낭패스러움에 인상을 잔뜩 찌푸렸을 뿐이야. 환한 세상으로 다시 나왔으니 눈살을 찌푸렸나 어쨌나 모르겠네. 좀 있다가는 어쨌든 굴에서는 빠져나왔지만 매도 보이지 않으니 이것도 좀 낭패스럽다 생각하고 있었지. 앞서도 이야기했지만, 매를 데려와 길들여 사냥을 나가기까지는 여간한 노력을 들이는 게 아니거든. 모든 과정 지켜본 건 아니지만 겨울 한철 함께 지내면서 본 것만으로도 미루어 짐작할 수 있는 일이었어.

혼자 사냥 나섰다가 그 귀한 매를 잃어버린 거야. 빈손으로 돌아가야 할 상황이야. 마음이 여간 불편한 게 아니더군. 그렇다고 그 길로 인사도 없이 새로이 내 갈 길을 찾아 떠나버릴 수는 없는 일이었지.

어쨌든 되돌아가야겠는데 영 낯설어. 일대를 꽤 많이 돌아다녔었는데 단박에 떠오르는 산자락이 아닌 게야. 산이 다 그렇고 그렇지 않으냐고 할지 모르지만 그게 또 그렇지 않다고. 산길을 오르려 했다가는 낭패를 보겠다 싶어 내려가는 길을 찾았어. 얼마 안 가 완만한 산자락 저 끝에 둥지를 튼 마을이 있었거든. 그곳에 가면 돌아가더라도 매잡이 사내 집에 갈 수 있을 터이니 그러기로 했지.

마을의 제일 위쪽 집이 동그마니 앉은 모습이 보일 때쯤이었을까. 빗방울이 떨어지더군.

"비 온다. 빨래 걷어라."

그 집 싸리나무 담장 옆을 지나다, 촌부의 목소리가 들리는 순간 나는 흠칫했어.

그때야 나는 내가 내려온 산길에 겨울 끝 무렵의 그것이 아니라 봄의, 아직 무르익은 봄은 아니지만 틀림없는 봄의, 새봄의 기운이 감돌았음을 문득 깨달았거든. 경칩은 지났고 족히 춘분은 되었겠다 싶은 날이더라니까. 겨울이 끝날 무렵과 봄이 시작된 무렵의 기운은 다르지. 그곳의 그때는 이미 봄이 시작되었더라고. 매를 날릴 때는 맑은 날씨인데도 온몸을 으슬으슬하게 하는 찬기가 감돌았거든. 그런데 굴에서 허방을 밟고 떨어진 다음에 나온 산자락의 하늘은 잔뜩 흐리다 비를 뿌렸지만, 손끝이나 어디 할 것 없이 찬기를 느낄 수 없었거든. 양지냐 음지냐에 따라 차이가 날 수도 있는 일이긴 하지. 하지만 그 정도가 아니라 싶었어.

여러 가지로 이상하다는 생각이 들어. 하지만 굴에서 빠져나왔고, 허방에 떨어져서도 다친 곳 없고, 어느 산자락인지는 모르겠으나 마을까지 내려왔고, 그러니 우선은 한숨을 돌리고 싶었네.

산에서 내려오는 내가 있어. 그 내를 따라 집들이 모여 마을을 이루고 있는데, 정자를 지나 돌다리를 건너자 멀지 않은 밭둑에 사람들이 모여 있더군. 비가 부슬부슬 뿌리고 있었지만, 나무 아래 일꾼들이 모여들어 막 새참을 먹으려는 것 같아.

아닌 게 아니라 그곳에는 벌써 한 해의 농사가 시작된 것이었지.

"이보시오."

나는 알은체를 하며 그들에게 다가갔어.

때마침 배가 고파오는 게 새참까지 얻어먹을 수 있으면 먹어야겠다는 생각마저 했네. 그런데 잠깐 사이 나는 뭔가 영 이상한 분위기를 느끼고 걸음발의 속도를 늦추고 말았어.

도대체 누구 하나 쳐다보지도 않으니 내 꼴이 우습게 되더라고. 마음속을 들킨 것 같은 게 얼굴이 뜨끈해지기까지 했다니까. 그래도 내친걸음에 어쩌겠어. 목소리는 더 크게 해서 이 동네가 무슨 동네냐고 물었지. 그리고 수다스레 매를 날렸다가 어찌어찌해서 이 골짜기로 내려오게 되었다고 누가 묻지도 않는데 혼자 털어놓기까지 했지. 그런데 쳐다보지 않기는 마찬가지야.

자기들끼리는 뭐라고 밀들을 헤대는데, 그게, 딴 동네 사람을 따돌리면서도 어색하지 않게 자기들끼리 이야기하는 게 참으로 이상하더군. 다음 순간 나는 달리 생각할 수가 없었어.

인정머리 없는 마을이라 생각했지. 새참 축낼 거지로 보지 않고서야 이렇게 대우할 수 있느냐 싶은 게 내 억눌러놓았던 협객 기질이 불끈 치솟아 오르더군. 이 동네가 어느 동네인지, 이 동네는 어찌하여 이리 계절이 앞서가는지 묻고 말고 할 것도 없었어.

나를 집 두고 떠돌게 한 놈보다 더한 자들이 떼로 모여 사는 마을이다 싶지 뭔가. 난리를 부릴 작정을 단단히 했네.

협객 기질을 되살렸네. 그런데 분란만 일으켰지……

어찌 된 분란인가 하면, 옆자리에 앉는데도 꿈쩍하지를 않는 늙수그레한 사내 하나를 덥석 멱살 잡아 일으켜 한바탕 해보자는 심산으로 밀었거든. 그랬더니 그자가 비칠거리더니 뭐라고 중얼대는 거야. 그런데 그게 나보고 하는 소리가 아니야. 주위에서도 눈을 둥그렇게 뜨고 그자에게 왜 그러느냐 소리쳐대기만 하고. 나는 끝까지 나를 무시하는 모든 사람에게 쏟아놓을 고함을 내 오른 손바닥에 다 모아 그자, 내게 멱살을 잡혀 일어났다가 떠밀려 비칠거렸던 그자의 가슴팍을 팍 쳤다고. 그랬더니 그자가 어이쿠 소리를 내지르며 나가떨어져.

그때야 펼쳐놓은 새참 주위에 앉았던 사람들이 우르르 일어들 나는 거야.

이번에도 나를 쳐다보지 않기는 마찬가지였어.

머릿속 모든 것이 휙 빠져나가는 듯한 기분이 들더군. 얼어붙 듯 멈춰 서고 말았지. 그동안에 나가떨어진 사내에게 달려간 사람들에게서 이런 소리가 들리지 뭐겠어.

"어허 이 사람! 왜 이래? 별안간 거품을 물고 쓰러지고 왜 이러 냐고!"

몇 사람 더 비슷한 소리를 떠들어대. 그러면서 사지를 주무르느니 어쩌느니 하며 한바탕 야단을 피우는 것이 아니겠느냐고.

그때도 나는 꿈쩍하지를 못 하고 있었네. 나는 내가 사람들 눈에 보이지 않을지도 모른다는 사실을 막 깨달았거든. 사람들 말씨가 충청도 말씨도 경상도 말씨도 아니라는 것도 함께 깨달았지.

그거야 이 마당에서는 새삼 놀라울 것도 아니었네.

조카, 이 숙부가 터무니없는 이야기를 하고 있다고 생각하는 가?

맞아. 나는 믿기지 않는 세계에 가게 된 거네.

그러나 그때까지도 나는 그곳이 속리산 어느 산자락이라 생각했지 우리가 사는 세상과는 다른 세상에 갔다고는 생각지도 못했지. 단지 내가 사람들 눈에 보이지 않는다는 사실에 놀라고 있었지. 어쩌다 내가 보이지 않게 되었는가, 그게 놀라워 입 벌린 채 한참이나 멍하니 서 있었지. 그 뭔가, 옛이야기에 나오는 도깨비 감투라도 쓴 건가 어쩐 것인가 하고…….

그리고 달려서 그 마을에서 도망쳤어.

도대체 무슨 상황인지 알 수가 없어서, 내가 남에게 보이지 않는다는 게 도대체 어찌 된 영문인지 알 수가 없어서, 놀라서 뛰기 시작했고, 그게 그대로 도망이 되고 말았지.

저녁 무렵까지 부슬부슬 내리는 비에 젖어야 했네. 배도 채우지 못 한 채 그날 밤은 바깥 잠을 자며 보내야 했네. 밥 얻어먹자고 누구를 부를 수도 없었고, 어떤 집을 찾아갈 수도 없었지. 도깨비 감투를 썼건 안 썼건 남의 눈에 보이지 않게 되었단 사실은 결코 기쁜 일이 아니었어. 이건 뭐랄까, 내가 싹 없어진 기분이랄까, 자꾸만 자신을 되돌아보며 확인해보게 하는, 마음을 초조하게 만드는 일이었지. 완전히 지워지지 않으려면 눈 부릅뜨고 나를 지켜야 할 것 같았네. 그런데도 졸음이 왔고, 졸리지만 잘 수는 없고, 그러다 가슴이 마구 뛰었어. 비명이 터져 나오려는 걸 간신히 참고 버텼지. 멀리서 짐승이 울었어.

이튿날 어떤 읍내에 이르렀어. 그곳도 충청도인지 경상도인지 알 수가 없더군.

읍내 사람들 행색이나 민가의 모양새를 살펴보니 궁색한 것 같지는 않지만 어딘지 예스러운 분위기가 감돌아. 고렷적 신랏적이 이랬으려나 싶기도 한 게 누구를 붙들고 말 붙여볼 마음도 좀체 생기지 않아. 멀찍이 떨어져 살피기만 하던 내가 사람들 가운데로 섞여든 건 배가 고파서 국밥집을 찾아가면서였지. 헛기침을 아무리 해대도, 아예 국밥을 내오라고 소리를 쳐도 누구 하나 대꾸를 하지 않아. 못 알아보는 것이지. 내가 하는 소리는 들리지도 않는 것이지.

어쩌겠나. 궁색하게도 나는 밥을 훔쳐 먹을 수밖에 없었지. 더운 음식 먹고 나니 힘도 나고 정신도 들긴 하더군.

그리고 어떤 처녀를 만났네.

그 처녀를 만난 것은 장터의 이쪽 끝에서 저쪽 끝으로 여러 번 오간 다음이었어.

남들 눈에 내가 보이지 않는다는 것. 틀림없는 사실임을 확인했지. 하지만, 뭘 어찌해야 할지 답을 찾지 못 해 나는 그렇게 장터를 헤매던 중이었지. 그날 읍내는 장날이어서 평소라면 집 안에 틀어박혀 있었을 처녀들도 꽤 많이 나들이도 할 겸해서 장터로 나온 듯했어. 계집종 하나와 장터를 막 빠져나가던 그 처녀가 사람들 가운데서 눈에 띈 순간 나는 어디든 가서 발을 뻗고 좀 쉬고 싶다는 생각을 했지. 발을 뻗고 쉰다면 좀 반듯한 집에서 편히 쉬고 싶었겠지. 그리해 그냥 그 처녀의 뒤를 따라간 게 제법 부잣집인 곳으로 가게 되었고, 그냥 그 처녀의 방에까지 들어가게 되었지. 그날 그 처녀 또한 날 알아본 게 아니니 우리가 만난 게 아니라 내가 그냥 따라간 것이지.

처음에는 아무렇게나 두 다리 두 팔 뻗고 눕지를 못 하겠더군. 양반다리하고 앉아서 헛기침하며 한참을 앉아 있었지. 그 처녀가 옷을 갈아입을 때는 내가 당황해 고개를 짐짓 돌리기까지 했다니까. 그래도 내 몸에 밴 남녀유별의 예의범절이 그 정도는 되었지 않겠는가, 조카. 으하하. 지금에야 이렇게 우스갯소리로 말하지만, 그때는 얼굴 화끈해지고 가슴도 두근거리는 순간이었네. 그랬던 내가, 광억이 자네 숙부인 내가 그 처녀를 안기 시작한 것은 오래도 가지 않아서이네. 이 유생에게는 예의범절로 누를 수 없는 남녀상열지사가 감춰져 있었던 것이지. 부잣집 처녀의 방에 든 첫날부터 그랬던 것 아니니 조카는 이 숙부를 너무 욕하지는 말게나.

첫날이야 다리 뻗고 누웠더래도 내 쪽에서 먼저 처녀 몸이 닿을까 싶어 구석진 곳으로 돌아눕곤 했네. 내가 비록 보이지 않지만 내가 밀어버리면 누구든 확 넘어갈 터이니 발각 나지 않자면 조심해야 할 일이었지. 그렇게 조심하며 첫 밤을 보냈어.

이튿날, 그래 이튿날 밤이었을 거야. 그날도 여전히 한쪽 구석에 누웠다가 그 처녀의 팔이 내 팔꿈치에 닿는 순간, 그만 나는 처녀 곁으로 바싹 다가가 팔을 두르고 말았지. 그때도 제대로 팔에 힘을 주지 못 하고 엉거주춤하니 들고 있었을 거야. 한번 그렇게 안아본 다음 나는 그만 밤을 새우다시피 하고 말았지. 이상한 건, 내가 팔을 뻗어 안을 때는 내 몸의 살덩이가 둘 사이에 분명히 있는데, 처녀가 어찌하다가 내게 팔을 뻗거나 하게 되면 내 몸에 살덩이가 없는 듯 그냥 허공처럼 지나가. 그런 것도 알게 되었지. 나중에는 내가 그녀의 몸을 안을 때 달리 어떤 힘을 미쳐 그녀를 내 마음껏 놀리는 듯도 하다는 사실까지도 알게 되지.

여하튼, 처음 안아보게 된 밤이 지나고, 날이 샜지. 나는 처녀기 무슨 눈치를 챈 긴 이닐까 싶어 지켜봤어. 아무 일 없더군.

당분간 그 집에 머물기로 했네.

무슨 뾰족한 수가 생각난 것도 아니었으니 머물 수밖에 없었지. 누구도 나를 알아보지 못 하더군. 날이 가도 알아보지 못 하더군. 그동안 그 처녀에게 붙어 괴롭히기만 한 건 아니네. 하인들과 함께 마당을 쓴다, 장작을 팬다 하기도 했어. 때로는 슬쩍 처녀의 일을 도와주기도 했네. 그리고 대담해져서는 처녀와 처녀의 계집종 사이에서 장난질도 좀 치고 했지.

내 장난질로 그 처녀는 혼인이 늦어지면서 성깔 부리는 아씨가 되고 말았지. 계집종이 혼자 있을 때 그렇게 제 주인을 욕하더군. 미안한 일이지만 이제 용서를 구할 수도 없으니 어쩌겠나.

날이 가면서 나는 더 대담했겠지.

그 처녀와 계집종 사이에서 장난질 쳐봐야 얼마나 더 치겠나. 대담해졌다는 건 그 처녀의 어깨를 안는 손길과 그 처녀의 가슴을 더듬는 입술이 그랬단 말이지. 이윽고 나는 처녀를 내 신부로 삼고 말았네. 보이지 않는 나를 그 처녀가 딱히 거부하는 듯하진 않았네. 그러니 비록 제대로 된 동침은 아니겠으나, 겁탈이라고도 할 수는 없는 일이네. 나는 그녀를 신부라 생각했고 신랑으로서 그녀의 몸을 한편으로 아끼고 한편으로 탐하며 함께 즐거움을 누리고자 하였네.

여러 날이 지나갔다고 혹 오해하지는 말게.

실은 며칠 사이에 일이 그리 진행되었지. 그때부터 낮이면 낮 밤이면 밤 그 처녀 곁에 붙어 앉아, 보이지 않는 신랑 행세를 지극 정성으로 하였네. 늘 붙어 있었다는 건 사실이 아닐지도 모르지만 내가 그때 뭐 달리 한 일이 없으니 그리 기억될 수밖에 없지.

달리 할 일이 없지 않았겠어. 누구에게 말을 할 수도 없으니 뭘 어찌해보란 말인가. 그저 나는 그 처녀 곁에 있을 수밖에 없었지. 날이 더 가야 달리 생각할 수도 있게 될 일이었네.

무슨 뾰족한 수라고 할 수는 없겠으나 여하튼 딴생각이 났어. 그런데 그것도 실은 그리 오래가지 않아서일 거야.

하루는 문득 떠오르는 생각이 있지 뭔가.

그날도 처녀의 귓불을 만지작거린다, 엉덩이도 쓰다듬는다 하며 보이지 않는 신랑 행세를 한참이나 했지. 그것도 심드렁해져 몸을 길게 뻗고 누웠더랬다거나 그랬을 거야.

그런데 한 생각이 떠오르더군. 천장을 바라보면서 골똘해지고 말았어. 여기도 사람 사는 세상이니 고리대금업자 같은 놈이 있 겠고, 심정을 문란케 하는 외적 나부랭이도 있겠고, 곤룡포로 간

신히 버티는 무능한 왕도 있겠다 싶어. 그렇다면 그놈들 온 힘 다해 확 받아버려야겠다 싶어.

엉뚱한 농사꾼 아니라, 그런 자를 받아버려야 하지 않겠어?

그래, 나는 그렇게 생각했지. 고리대금업자 놈이 나가떨어져 거품 무는 모습이 상상이 되더라고. 입이 절로 벌어지더군. 기분이 좋았지. 진짜 내가 보고 싶은 장면이 어디 그것뿐이었겠어? 이 숙부는 협객 행세를 했고 그 이전에 한때는 세상을 뒤엎을 꿈도 꿨던 사내가 아니겠는가 말이야.

그날부터 나는 바깥나들이도 하게 되었지.

나는 찬찬히 읍내 중심가로 나가보았네. 첫날 제 그림자에 겁먹은 놈처럼 허둥대며 둘러보던 때와 달리 말이야. 우선 관아를 찾아보려고 했지. 읍의 규모로 보아 관아가 있을 법했거든.

그런데 좀체 보이지 않더구나. 관아가 말이야. 동헌에 객사에, 또 향청에 질청에, 기생이며 노비가 사용하는 관노청과 군사를 관장하는 군기청까지 거느린 관아가 중심에 떡하니 자리 잡아야 할 읍내인데도 보이지 않아. 누구한테 물어볼 수도 없는 형편이지. 그래서 몇 바퀴나 돌았는지 몰라. 나중에는 읍을 내려다볼 수 있는 성에 올라가기도 했네. 성이 읍을 둘러싸고 있던데, 그 성의 다락같이 높은 망루에 올라가 둘러봐도 관아는 보이지 않

아. 민가에 묻혀 보이지 않을 정도라면 그것도 어디 관아이겠어?

읍성은 결코 작은 규모는 아니었네. 한양 도성만큼은 아니어도 수원의 화성만큼은 되었네. 그 안은 그리 빽빽하게 들어 차 있진 않더군. 그래도 시장통 같은 곳은 점포가 서로 잇닿아 있고 집들도 그렇게 담장이 거의 닿을 듯이 이어지는 곳도 있었어. 마차가 나란히 몇 대씩 다닐 만큼 넓은 길도 있고 수레 끌고 들어가기가 버겁다 싶은 좁은 길도 있고 그랬네. 성 밖에도 민가가 가까이 모여 있고, 여러 단위의 농토가 구획된 채 펼쳐져 있었네. 농삿일은 주로 성 밖에서 이루어지는 듯했네. 안팎 모두 합쳐 그 정도면 제법 시끌벅적할 텐데 생각보단 그렇지 않더군. 관아가 얼른 눈에 띄지 않는 게 제일 의아한 점이었지.

첫날은 아무 소득 없이 돌아가야만 했네.

이튿날인가 해서 드디어 뭘 하나 발견을 하네.

뭔가 하면, 향청 비슷한 것이었네. 동헌도 없이 객사도 없이 관노청이며 군기청까지도 없이 향청 비슷한 것 하나만 달랑 앉아 있더군. 그것 하나가 그 읍에서 관아 역할을 다 하고 있었지. 내가 보기엔 기가 딱 막히고 또 헛웃음이 나오는 일이었지. 이 고을은 이쩨 신랏적에 머물러 있구나 싶어. 서라벌 육촌의 대표들이 모여 나랏일을 논의하고 만장일치로 의결했다는 화백 같은 회의를 열겠구나 싶어. 도대체 어떤 자들이 모여 앉나 구경하고 싶더군.

뒤에 이 읍성에 향청 비슷한 것이 둘 더 있다는 걸 알게 돼. 그런데 그게 흩어져 있지 뭔가. 나름의 이유가 있을 텐데, 읍을 다스리는 수령이 뚜렷하게 없는 까닭임을 알게 되기에는 시간이 좀 필요했지.

조카, 향청의 우두머리인 향정 혹은 좌수라는 자들, 그자들이 하는 일이 무엇인가?

향민을 대표해 지방관 감시하고 풍속 교정이나 향리 규찰 따위의 일 맡지 않는가. 그런데 그 읍내엔 동헌도 수령도 없으니 지방관 감시는 하려야 할 수도 없고, 그러니 하는 일이라 해봤자 풍속과 관련하여 고담준론을 읊조리겠지. 이런! 고담준론은 무슨 얼어 죽을 고담준론이겠어. 그냥 답답한 소리나 읊조리는 것이지. 좀 일다운 일은 향리의 이런저런 분란을 조사하고 질서를 세우는 것이겠는데 아무리 들어봐도 그런 것보단 풍속 교정과 관련하여서 하는 일이 더 많은 듯해. 고렷적 신랏적이라도 어느 읍이 그랬겠느냐고. 그런데 그놈의 읍은 그렇더라니까. 신랏적이래도 서라벌만이 나라 땅의 전부이던 신랏적이 아니겠어?

한가한 세상인 게지. 나한테는 순간 적막강산이다 싶은 생각마저 들더라고.

그 읍내에는 고리대금업자 놈 하나 없을 듯했네.

나는 권세가 자식 놈이라도 만나야겠다 싶어 향청의 말을 훔쳐 타고 내달리게 되었네. 더 큰 읍으로 달려가보기로 했지. 그런데 그때 이미 나는 이 조선 천지가 아니라 다른 세상에 와 있다는 생각을 하고 있었거든. 그날 해가 떨어질 때까지 말을 달려본 나는 예감이 맞았다는 판단을 하게 돼.

하루를 더 달려봤네. 말을 타고 달리며 지나친 마을은 하나같이 다 고만고만했고 길은 어디로 뻗어 있든 산에 닿아 종적이 흐려지는 듯했어. 간혹 한참을 숲 사이로 이어지기도 해. 하지만 그런 길은 하나같이 좁장한 게, 어디 큰 읍내에 닿을 것이 아니다 싶어. 둘째 날 마지막은 아예 산을 넘을 고갯마루 같은 것도 없이 끝이 나더군.

해가 떨어지기도 했지만 더는 헤매고 다닐 힘이 없더군.

당장 길이 보이지 않아서가 아니었어.

허방을 짚고 떨어진 뒤의 일을 생각하면 할수록 다른 읍내를 기대할 수 없을 듯했네. 그렇다면 그 읍성은 그대로 한 작은 나라의 도성이 아닌가 싶더군. 한양으로 가는 길을 어디에서도 기대할 수 없을 듯했다니까. 여기는 조선이 아닌가?

　나는 한 가지 깨달았네. 아, 술상 준비하랬더니…….
　어이, 달홍아!
　달홍아! 어디 있느냐?

셋

오복동이나 청학동 같은 곳이냐고요?

매를 쫓다 동굴에서 허방을 짚고 떨어진 곳이 도대체 어디일지, 곧 밝혀지겠지요. 충청도 어디인지 경상도 어디인지 밝혀질 겁니다. 충청도도 경상도도 아니라고 했다고요? 내가 그렇게 벌써 못을 박았습니까?

시형 형님과 내가 만났을 때는 늦더위가 기승을 부릴 때가 아닌가 합니다. 나는 그 앞서 어찌어찌해 청주의 어떤 양반이 전라도 한 섬으로 추노 가는 길에 시종 비슷하게 동행한 적이 있습니다. 처음으로 바다로 나가는 배를 타기도 했으니 세상 구경을 한 셈이지요. 그런 짐에선 좋았습니다. 그때 사람 한평생 사는 것이 뭔지 깊이 느꼈습니다. 서글펐지요. 상전과 연락 끊긴 노비들이 추노 나왔다고 고분고분 몸값을 바치지 않는다는 것 그때 알았지요. 몸값 바칠 형편이 안 되는 경우가 태반이라는 것도 알게 됐지요. 추노 나가 성공하는 양반은 부자가 되니 따라가서 거들기만 해도 한 밑천 잡을 수 있으리란 말에 적잖게 기대했습니다. 빈손이나 다름없게 돌아왔지요.

사람살이가 뭔지 좀 알게 된 채 나는 먹고살 일을 걱정하고 있었습니다. 또 누구의 소개로 매잡이 집에 머물며 매사냥을 배워볼까 하던 때 시형 형님을 만났습니다. 늦더위 피해 저녁 무렵 마을 밖으로 나갔다가 돌아오는 길에 만났습니다. 못 보던 사람이었는데 마을 아무개 집에 머문다더군요. 내가 매사냥을 배워볼까 해서 그해 봄 그곳에 왔다고 했더니, 형님이 관심을 보였습니다. 그때부터 형님은 매잡이 집을 찾아와 매를 구경하곤 했습니다. 그때 용인에서 왔노라고 했지요. 건강도 돌보고 견문도 넓히기 위해 유람을 나섰는데 마을에 도인이 많아서 오래 머물 듯하다고 했습니다. 도인이란 형님이 머물던 집의 주인을 두고 하는 소리였습니다. 우리 조선의 옛 나라들에 대한 기록과 이야기를 많이 아는 사람이었습니다. 양생술 같은 것을 특별히 수련해서 도인이라고 했던 건 아니지 싶습니다. 형님이 뒤에 매잡이는 물론 나까지도 도인이라고 했던 것으로 봐 조금이라도 평범하지 않은 사람들을 쉽게 그리 부른 것이 아닌가 합니다. 그렇다면 형님이 정말 도인이시지요.

본인이 우리 조선의 옛 나라들에 관심을 쏟았거나 한 일은 밝히지 않고 있습니다. 뭘 숨기려고 해서라기보다 복잡해지는 걸 피하려고 그랬던 것 같습니다. 본인이 매잡이의 조수로 등장하잖습니까? 이것도 크게 보자면 그와 같은 계산에서 그리 한 게 아닌가 합니다. 이 아우 광억이를 조카로 앞에 앉히지 않았다면 또 달라졌을지도 모르지요. 이 아우가 매사냥을 막 배우기 시작한 스무 살 청년으로 나왔을지도 모르지요.

어쨌든 형님이 속리산에서 사라진 것은 틀림없는 사실입니다. 나하고 언제 임경업 장군이 무예를 수련했다는 경업대를 다녀온 일도 있고 했는데 하루는 산에 다녀오겠다고 나가서는 돌아오지 않았지요. 지고 온 봇짐 따위 다 남겨놓고 끝내 나타나지 않았습니다. 우리는 혹시 무슨 사고라도 당한 게 아닌가 하고 걱정하며 주위에 소문을 내고 찾아보기도 했습니다.

그때 형님은 어떤 동굴에서 허방을 짚고 어딘가로 빠졌다는 것 아닙니까? 구경꾼이던 형님이 매잡이의 매를 빌려 산으로 들어갔을 리는 없지요. 산자락이라면 모를까, 매사냥도 그런 산중에서 할 수 있는 게 아닙니다.

아마두 형님은 자신도 잘 설명할 수 없게 허방에 빠진 일을 매를 빌려 인상적으로 말하고자 한 게 아닌가 합니다. 그즈음 매를 다루는 꿈을 종종 꿨는지도 모르지요.

아, 그러나 형님이 꿈을 꿨다고 말하는 게 아닙니다. 형님은 이 책 어디에서도 꿈에 충청도인지 경상도인지도 모를 어떤 곳에 다녀왔다고 말하지 않았습니다.

그럼…….

음, 다시 다들 모였으니 시작하겠습니다. 읽어보겠습니다.

*

빨리 나왔으면 좋았을 것을…….

그래, 한잔하세. 목이 말랐을 거야. 가짓수 많이 하느라고 늦었구먼.

맞춤한 안주 한두 가지만 있으면 그만인데, 술꾼들이야 다 그리 생각하는데, 자네 숙모는 딴에는 조카 대접한다고 이리 수선을 피웠나보네. 차라리 단출하게 어디 주막에서라도 만날 걸 그랬나봐.

그래, 뭐라고 했는가…….

그때 깨달은 게 한 가지 있었다고 했지. 그건, 내가 남들 눈에 보이지 않는다는 것만이 아니라, 생전 듣도 보도 못한 세상에 와 있다는 것이지. 남들 눈에 보이지 않는다는 것만도 무서운 일 아니는가. 그런데, 그런 채로 내가 어딘지 짐작도 안 가는 세상에 와 있다는 것 아닌가. 그곳은 어디 한갓진 곳에서 다른 고을과 왕래 많이 하지 않고 살아 그리된 조선의 어느 읍이 아니었다니까. 그곳은 조선이 아니었다니까.

어딘지 모를 곳. 남들 눈에 보이지 않는 존재. 혼자 돌아다니기. 생각할수록 으스스해지더군.

혹시 죽어 귀신이 되었나? 나는 그런 생각까지 해봤네. 그런데 도무지 저승 같지는 않아. 저승 다녀온 사람 만나본 적은 없지만, 그래도 저승 같지는 않더라고.

달빛에 의지해 밤길을 더듬어 읍내로 돌아왔네.

읍내가 가까워졌을 때는 으스스한 기분이야 많이 떨어져 나갔지. 그동안 나는 이 한가한 세상에서, 이 적막강산에서 왕 노릇 할 일을 궁리해보고 있었어. 아니, 내내 그랬던 건 아니고, 읍내가 가까워지자 그쪽으로 맹렬하게 생각이 돌아가더군. 무슨 힘이 나를 붙잡고 그렇게 만드는 듯도 했어. 으스스하고 허망한 기분에서 빠져나오려고 몸부림치다 왕 노릇 할 일을 생각하게 되었다고나 해야 할지도 모르겠네.

어진 군주가 되리라! 현명한 군주가 되리라! 용맹한 군주가 되리라!

누군가가 북을 치듯 내 가슴에서는 그런 소리가 둥둥 울려 퍼졌지. 나는 적막강산에서 그렇게 혼자 왕좌에 등극해서는, 앞으로의 왕 노릇 잘하기 위해 혼자서 법전을 만들고 조정을 꾸미고 산성을 쌓는 일도 해보았지. 밤길에 마주친 사람들은 깜짝 놀라 쳐다보더군. 나를 봐서가 아니라, 말 한 마리가 혼자 돌아다니고 있어서였지. 나는 그러거나 말거나 내 생각에 골몰했네. 순라군도 제대로 없는 읍내를 한 바퀴 휘몰아치듯 말달린 뒤 나는 향청으로 갔네. 보이지 않는 주인을 태우고 이틀씩이나 돌아다녀야 했던 말은 새삼 놀라운지 고개를 치켜들어 울어대고 몸을 일으킬 듯 버둥거리기도 하더군.

부잣집 처녀에게로 가기 전, 나는 왕(王) 자 한 자를 써놓는 것을 잊지 않았다!

조카, 마침 눈에 띈 숯으로 내가 향청의 대문에다 큼지막하게 말이지…….

왕이라니! 어이없다 싶을지도 모르겠어.

이야기야 기이하다고 생각하는 게 당연하지. 믿지 못 하겠단 말이 더 솔직할 것이야.

내 말은 그 상황에서 어찌 그러고 앉았을 수가 있느냐 싶겠다는 것이지. 덫에 채인 짐승이 그러고 앉았으니 어이없는 일 아닌가? 달리 뭐라고 할 것도 없네. 내 이야기야 기이하지. 기이하기로는 신행길의 신부가 사라진 것도 기이하네. 아닌가? 전정에 군정에 환곡에 시달려 달아난 농민들이 명화적이 되기도 한다는데, 신행길 신부의 금붙이를 노려 강도질로 한 건가? 아니면 자네 신부 된 여인을 전부터 흠모하던 산골 머슴 놈이 제 동무들과 힘 모아 보쌈하듯 훔쳐 가버린 건가? 그런데 그게 먹구름이 휘몰아쳐 가마를 덮치고는 감쪽같이 사라져버렸다고 하지 않았는가?

이건 예삿일이 아니란 말일세.

아, 서둘지 마세. 나도 이리 서둘 일이 아니네. 해야 할 이야기는 한참이나 남았어. 그러니 자네도 서둘지 말게. 목축이며 듣게.

나도 먹으면서 하지.

덫에 걸린 짐승이면 덫에서 빠져나올 일에 골몰해야 할 터. 그런데 그곳에 눌러앉은 채 왕 놀음을 하겠다니 가관이어도 어지간한 가관이 아니있네. 니도 그리 생각하는데 자네야 오죽하겠나. 그게 다 제가끔 타고난 성정 차이라고 해버리면 쉬운 처리가 되겠지. 온전하게 살피면 타고난 바탕의 차이이기도 하고 겪어온 일의 차이이기도 하다고 해야겠지만. 자네 아버지는, 형님은 찬찬히 일을 진행하시고 돌다리도 두드려가며 건너시는 분이고 그러하지. 그에 비하면 나는 덤벙덤벙이고 그러네. 낙천적인 구석도 있고 그렇지. 혼자서는 호방하다느니 어쩌느니 하지.

협객 흉내를 내다 호연지기를 기른다는 핑계로 천하 유람에 나섰지.

그러나 천하 유람 자체가 핑계였네. 이제야 털어놓지만, 그때 나는 허둥지둥 집을 나왔어. 더도 덜도 아니고 나는 도망 길에 오른 셈이네. 고리대금업자 한 놈 응징하려다 역적죄 소리에 움찔해서는 아예 한동안 눈에 띄지 않는 게 상책이라 판단하고 급히 짐을 꾸려 서찰 한 장 남기곤 사라져버렸던 것이지. 그리고 일고여덟 해 죽은 사람처럼 사라진 게 그때의 일이야.

곧 죽어도 한 줌의 자존심은 움켜쥐고 있었는데 그건 심 진사의 기백이었어!

그 무렵 내가 어떤 야담을 하나 읽었더랬지. 그때 내가 얼마나 초라했겠느냐만, 그래도 마음속으로는 심 진사라는 양반을 나처럼 생각하며 배포까지는 잃지 않으려 애썼네.

심 진사! 그 무렵 읽은 한문 야담집에 나오는 인물일세.

그 야담 내용이 어떻게 되는고 하면……

이 심 진사라는 양반 별난 인물이더군.

문벌가의 심 진사 이 양반 진사에 오르자 그 길로 과거 공부를 그만두겠다고 선언해버려. 누가 이유를 묻기라도 하면 껄껄껄 웃고 말 뿐이었지. 그뿐이야. 진사가 되고서도 과거 공부에 얽매이지 않겠다고 하다니 심 진사 이 사람 정말 호쾌한 사람 아닌가.

그때부터 하는 일이라고는 말 타고 이랴 소리치며 달리는 것이었네. 세상이 어지간히도 답답했는가, 답답한 세상에서 과거 공부해 어찌해보겠다며 보낸 제 지난 세월까지도 답답했는가, 심 진사 이 양반 말만 신나게 달렸지. 제 말만 탄 게 아니었어. 무슨 귀족이네 무슨 부호네 하는 집에 힘이 좋든 아름답든 좋은 말이 있다는 소리를 들으면 찾아가 기어이 타보기를 청했지. 호쾌한 심 진사 명성이 자자해지면서 말 주인들도 까다롭게 굴진 않았네. 어떤 이는 심 진사가 찾아와 제집 말을 타보겠다고 하는 것을 영광으로 여기기도 했어.

심 진사가 하루는 자기 집 앞에서 근사하게 생긴 말을 훈련하고 있는 사람을 보게 돼. 한번 타보자 하니 허락을 해.

그래서 말에 올라타니 한달음에 황해도 남천까지 달려가지 뭐겠어. 그때는 말도 어지간히 지친 모양이야. 어쩌나 하고 있는데, 말 탄 이가 지나가. 심 진사가 제 이름 대고선 그 말 좋아 보인다고 했지. 그런데 이것 보게, 선선히 허락하지 않겠어? 마음에 들면 아예 바꾸자면서. 올라타니 말은 큰 산의 골짜기로 냅다 달려가. 산은 깊어지고 물소리는 커지고…….

산채가 웅장하게 드러나자 이윽고 말이 멈춰. 둘러보니 도둑들의 산채가 아니겠어?

그래! 조카도 읽어보았군.

그런 것 같아. 어디서 읽었는지 잊어버렸네만, 맞는 듯하네. 과거 봐 입신양명하려는 우리 장조카지만 사내로서의 호방함이 어디 가겠는가. 그리고 우리 조카는 한창 청춘이지 않은가. 피가 끓을 때지. 아, 나야…… 여기서는 내 이야기는 접어두세.

허리 아픈 건 오래 책 보느라 구부정하게 앉아 있어 그런 거네. 시간을 아껴 책을 읽어야 하지. 그걸 왜 모르겠나. 그러나 몸이 망가지면 아무것도 못 이루네. 한 나라의 제왕이 될 자라면 특히나 몸이 좋아야지. 아, 인명은 재천이라지만 제왕이 되어 몇 년도 못 되어 자리에 눕고 붐어히고 그러면 나라 꼴이 어찌 되는가. 대리청정에 수렴청정에 외척에…… 나라 꼴이 말이 아니게 된다네. 작금의 사태가 그러하지 않은가 말일세. 한 나라의 제왕만 건강 간수해야 하는 게 아니지. 필부라도 마찬가지 아닌가.

활터도 다니고 격술도 몸에 익히고 그래보게. 침 맞는 것보다 낫지. 그런 걸 해야 허리가 안 아파.

심 진사 이야기는…….

도둑들이 말 두 필로 심 진사를 초빙한 것이지. 기묘한 방법으로 심 진사를 데려온 도적의 대표가 하는 말이…….

요약하자면, 자기네 산채는 홍길동 대장으로부터 백여 년을 내려온 산채인데, 한 해 전 대장이 세상을 뜨면서 위태로운 지경에 처했는지라 나라 안 방방곡곡에서 대장으로 모실 분을 물색하다가 감히 심 진사를 모시게 되었다는 말이었어.

어쩌겠어.

심 진사 쾌히 청을 받아들였지. 의적의 두령이 되어서는 손봐줘야 할 곳 손보고 재산 털어야 할 곳 털어 산채를 안정시켰지. 그리고 심 진사 다시 집으로 돌아왔네.

재미있지 않은가?

협객의 기질이 있는 사들이라면 사랑할 만한 이야기지. 허둥 시둥 도망 길에 오르면서도 나는 마음속 깊이에서는 심 진사가 갔던 산채와 같은 곳으로 나를 초빙할 무리와 만나기를 고대하지 않았는가 싶네.

남양에서 부사를 지낸 구담. 양양의 대적 이경래를 구담이 임금의 부름을 받아 지략과 용력으로 추포한 일을 언제 감동적으로 들은 적이 있네. 우리 집안 어른과 인연도 있더군. 그 말을 듣고서 내가 젊은 시절에 이 사람 이야기를 지은 적이 있지. 그때부터 나라를 소란스럽게 하는 도적을 잡는 무변의 활약상이나, 부호의 재산을 털고 꾸짖기까지하는 의적의 기상을 좋아했지. 무변이나 의적의 이야기를 많이 찾아봤고 더러 직접 짓기도 했지. 구담이나 심 진사는 반대편에 서 있는 듯해. 호방한 협객의 기질을 가졌다는 점에서 한 부류의 인물이네. 나한테는 그랬네.

다시 그 야담을 생각해냈지.

향청 앞에 글자 한 자를 써놓은 그 밤. 부잣집으로 돌아와, 처녀의 방에 누워서 심 진사를 생각해냈단 말일세.

그리고 나는 의적의 산채에 이미 오게 된 것인지도 모른다 생각하기 시작했어. 더는 누워 있을 수가 없더군. 그 생각이 나자 심장이 두근거려 가만히 누어 있을 수가 없어 뒤척였어. 속리산 어떤 자락에서 만난 매와 매잡이는 산채의 의적들이 내게 보낸 두 마리 말이 아니겠느냐 하는 생각마저 하고 있었지. 그런데 내가 당도한 곳은 황해도 금천에서 말달려간 심산유곡이 아니라 아직 뭐라고 해야 할지 알 수 없는 세상이었지. 산채의 의적이든 뭐든 내가 필요한 어떤 자들이 불러들이지 않고서야 어찌 이곳에 와 이러고 있겠느냐 하는 생각은 그때로서는 달리해볼 수 없는 합당한 생각이었어.

다시 자리에 누운 나는 처녀를 안아보았어.

처녀는 곤히 잠이 들었더군. 그 처녀를 깨울 생각은 없었네. 다만, 나는 왕이 될 터이니 그대는 나의 왕비로다 하고 가만히 중얼거렸어. 그랬는데, 잠이 깨지 않은 채로 그녀가 반응을 보이더군. 왕은 무엇이고 왕비는 또 무엇이냐고 잠꼬대로 묻더군.

나는 좀 놀랐네. 그 처녀 제정신으로는 아니지만 나를 느끼고 있다는 사실에. 그동안 나는 그 처녀의 몸만 안았던 게 아닌가 봐. 마음에도 뭔가 흔적을 남겼겠구나 싶더라고.

머릿속이 복잡해지더군. 그러나 우선은 왕이 무엇이고 왕비가 무엇인지에 대해 답해주어야겠더군.

쉽지 않은 일이었어. 향청 하나가 관아가 해야 할 일을 다 하는 세상에서 왕과 왕비를 어떻게 설명해야 할지는 좀체 잘 모르겠더군. 조카, 그렇지 않겠어?

왕이 아니리, 신랏적의 거서간이나 이사금에 대헤 설명해주는 게 쉽지 않을까 했네.

그런데도 나는 왕 노릇을 멈추지 않았네.

그 처녀에게는 당연히 왕비로 대접하였지. 그런데 처녀의 얼굴이 축이 많이 났다고 그래. 하루는 처녀의 어머니가 별당채에 들렀다가 놀라며 그러고서는 계집종을 불러. 그러고는, 어찌 된 일이냐고, 옆에서 잘 보살피지 않고 뭐하느냐고 한소리를 하는 거지. 계집종은 아씨가 예전 같지 않게 신경질을 자주 낸다느니 어쩐다느니 하는 말을 혼잣소리처럼 중얼거려. 따로 불러낸 마님에게 계집종은 또 이러더군. 신랑감을 한시바삐 구해야 할 거라고. 그러고는 대놓고 입을 삐죽거리기까지 했어.

무슨 사연이 있는지 처녀의 어머니는 가볍게 한숨을 내쉬어.

방에선 처녀가 제 얼굴을 거울에 비춰봐.

처녀도 제 얼굴이 많이 축났다고 생각하는 눈치야. 그러고 보니 내 눈에도 왕비의 안색이 처음 만났을 때와는 어딘지 다르더군. 아, 내가 처녀의 몸을 안을 때 달리 어떤 힘을 미쳐 그녀를 내 마음껏 놀리는 듯도 하다고 했던가?

그래, 그 사실은 그때쯤에는 이미 알고 있었지.

내가 팔을 뻗거나 할 때는 내 몸의 살덩이가 둘 사이에 분명히 있는데, 처녀가 어쩌하다가 내게 팔을 뻗으면 내 몸에 살덩이가 없는 듯 그냥 허공처럼 지나간다는 건 진작 알고 있는 사실이었고 그러네.

어머니의 말이 신호가 된 듯 처녀의 낯빛은 완연하게 어두워지지 뭐야.

밥 먹는 것도 예전만 못해지고 무슨 일에도 집중하지 못 하고 누가 무슨 일로 의논이라도 하려고 하면 안절부절못하는 기색이 역력해지더라고. 몸이 마르기 시작했는지 어쨌는지까지는 모르겠지만, 부모는 저것 보라고, 몸이 말랐다고, 뭘 좀 제대로 먹으라고 목소리를 높이곤 하더라고.

처녀의 방에 눌러앉은 나까지도 불편해지더군. 밤에 처녀 옆에 눕더라도 천장만 바라보며 헛기침하며 혼자 잠들려고 했지. 그래도 처녀가 내 쪽으로 돌아눕기라도 하면 그만 어쩌지 못 하고 가슴을 만지거나 입술을 더듬게 되곤 했어. 하루는 처녀가 잠꼬대를 해. 그런데 이게 예사 잠꼬대가 아냐. 평소 내 말에 화답하듯 하는 잠꼬대가 아니더라고. 아예 실성한 사람처럼 헛소리를 해대지 뭔가. 그 소리에 나는 잠을 다 깨버렸다네. 그동안 내가 한 소리와 관련된 말인 듯한데 노무지 알아들을 수는 없더군. 예사 잠꼬대가 아니었던 것이지.

이튿날은 일어나지를 못 하더라고. 처녀의 부모가 깜짝 놀라서 약을 사다 먹이고 의원을 불러서 보이고 하는 중에도 실성한 듯 헛소리를 하는 모습을 보이기도 했어.

중세가 자꾸만 심해져간 거지.

안 되겠다 싶어 나는 그날 밤에는 처녀 방에서 나와 하인들 방에서 눈을 붙였어.

이튿날 처녀의 부모는 점쟁이를 부르더군.

용하다는 점쟁이는 한참 방울을 재게 흔들며 집 안을 휘휘 둘러보더니, 하늘 귀신이 내려와서 따님을 데리고 놀고 있다고 처녀의 부모에게 말하더군. 그 소리를 듣고 처녀의 어머니가 이렇게 말해.

"두어 해 전에 저 애 몰래 우리가 혼사를 추진했는데, 그때 더 추진이 안 된 건 그만 도령이 급사를 해버려서인데, 그 도령이 귀신이 되어 우리 아이를 괴롭힌다는 소리구려. 저 애는 제대로 알지도 못 한 일이라오. 궁합을 맞춰보기도 전에 그리되었으니 어떻게 알 수 있었겠소. 그런데 그 도령이 귀신이 되어 우리 아이를 괴롭히다니 어째야 하겠소?"

처녀의 어머니는 주저앉듯 몸을 굽힌 채 오른손으로 자신의 무릎을 연이어 쳤어. 처녀의 아버지는 허허 소리를 연이어 내고 있었지. 집안의 남녀 하인들은 다 모여 놀랍다는 듯이 눈길을 맞추고 또 뭐라고 저희끼리 중얼거리고 그랬지. 그런데 점쟁이는 아니래! 자기가 하늘 귀신이랬지 언제 도령귀신이랬느냐는 거야.

"도령귀신이 아니고 하늘 귀신이랬소?"

처녀의 아버지가 묻자 점쟁이는 휘휘 집 안을 둘러보는 거야.

눈길이 내 쪽으로 향하는 순간 나는 움찔했어. 점쟁이가 나를 봐내고서, 저놈이 하늘 귀신이오, 하고 소리칠 것도 같았거든.

그런데 그 점쟁이도 나를 알아본 것 같지는 않아.

나는 아랫배에 힘을 잔뜩 주고는 그 자리에 그대로 버티고 섰어. 당장은 아니래도 그 점쟁이와 한바탕 맞붙어 싸워야만 할 것 같은 예감이 들었거든.

"하늘 귀신이 들었습니다. 하늘 귀신이 내려와서 따님을 데리고 놀고 있어요."

점쟁이는 다시 한번 그러더군. 그러면서 입을 힘주어 다물어. 그쪽에서도 한바탕 맞붙어 싸울 준비를 하는 듯지 뭐야.

이 일을 어찌해야 하느냐는 처녀의 부모 말에 점쟁이는 숨을 몰아쉬곤 이래.

"영험한 경을 크게 한번 읽어봅시다. 아흐레 동안은 경을 읽어야 물리칠 수 있을 겁니다."

그때 무슨 반항심이 살아나서일까. 광억이 조카, 자네의 숙부는 그때 처녀 곁으로 다가가 처녀의 허리를 오른팔로 휙 휘감고는 두 눈에 잔뜩 힘을 주고서 다들 덤벼보라고 소리를 쳤지 뭐겠어!

다음다음 날인가 해서 점쟁이가 부잣집으로 다시 왔어.
한바탕 굿과 기도를 할 준비를 잔뜩 하고서였네. 그리고 경쟁이까지 데리고서였지.
그 점쟁이가 하는 굿과 기도 참 요란하더군. 나야 뭐 들어줄 만했어. 그러나, 굿판으로, 또 제 방으로 와 앉은 처녀가 순간순간 얼굴을 찌푸려대는데 그건 내가 견디기 어렵더군. 그 요란한 굿과 기도가 꽤 오래 이어지니 처녀가 마침내는 진땀까지 흘리더라고. 나는 혀를 차면서 누웠다 앉았다 하기를 되풀이했지. 요란하대도 또 오래간대도 굿과 기도는 결국 끝이 나더군.
그리고서야 처녀가 자리에 눕는 게 허락되었는데, 나는 미안해하기도 하면서, 그래도 신랑 자리에서 물러날 생각은 없다고 말했어. 내가 하는 소리는 다 혼잣소리였지만…….

요란한 굿과 기도는 참아낼 만했지만 경쟁이의 경 읽는 소리는 몹시 신경을 건드리더군. 처음에야 모기 앵앵거리는 듯한 소리라 생각했는데 사흘인가 나흘인가 지나면서 시간을 맞춰 경 읽는 소리가 못 견디겠더라고. 한번은 시형, 시형, 시형…… 그렇게 내 이름을 빠르게 부르는 것 같기도 해. 불경을 외는 것 같기도 하고 공자님 말씀을 외는 것 같기도 해. 부적이 무슨 글자 같지만 따져보면 무슨 글자도 아니듯 경쟁이가 외워대는 경도 그렇더라고. 그런 것까지 헤아려보았으니 나는 어지간히 경 외는 소리에 신경을 쓰고 있었던 셈이지. 그 와중에도 밤에 처녀를 안고 자기도 했네. 나는 하늘 귀신이 아니고, 내가 곁에 붙어 있어서 처녀가 몸이 축난 게 아니라고 믿었던 거지. 급사한 아무개 도령의 귀신이라는 것도 믿지 않았지만 있다고 한다면야 그쪽일 터라고 생각한 거지. 점쟁이와 경쟁이를 확 떠다밀어버릴까 하는 생각도 했지만, 나는 그 부잣집과 또 처녀가 더 놀랄 일은 만들고 싶지 않았네.

이윽고 아흐레째 되는 날.

나는 그때까지 견뎌냈으니 하루만 더 지나면 다 끝난다 생각했네. 그날은 음식을 걸판스럽게 차리더군. 또 굿을 하며 하늘 귀신을 불러대. 음식 잘 드시고 부디 이제는 떠나가라고 사정을 하더군. 아흐레씩이나 경을 읽어대도 소용없으니 다급했겠지.

나는 마지막 날이니, 동네 사람들까지 구경 왔으니 나두 나서서 놀아주마 하는 마음으로 상 앞으로 쓱 나섰지. 그리고 권하는 대로 맛난 음식을 손으로 쓱쓱 집어 먹었어. 부잣집에 있으면서도 음식은 내내 훔쳐 먹는 수밖에 없었는데 내 것으로 차려진 것을 먹기는 그때가 처음이었지. 눈치껏 틈 봐가면서 음식을 집어 먹었지. 그런데 그걸 누가 본 모양이야. 아, 나를 본 건 아니고, 음식이 사라지는 걸 본 거지. 눈치 빠른 동네 아이들이었을 거야. 집 안이 떠들썩해지더군. 굿은 멈추는가 싶더니 곧 더 열기를 뿜어내기 시작해.

고민되더군. 여기서 물러나느냐 어쩌느냐.

얼마쯤 고민하다 나는 마지막이다 생각하고 쇠고기 산적을 한 줄 입으로 가져가 쓱 빼 물었어. 그리고 으적 씹기도 전에 굿판의 모두가 술렁이는 소리를 들었지. 더는 안 되겠다 싶어 나는 굿판에서 빠져나왔어.

드디어 굿도 끝나고 마지막으로 경 읽는 시간이 되었지.

그때쯤은 나도 흥분을 가라앉히고 마무리를 지켜볼 태세를 갖췄네. 경쟁이가 경을 읽기 시작해 얼마쯤 뒤에 점쟁이가 집 안을 돌아다니기 시작하는데 웬 병 하나를 들고서 그러더라고. 집 안을 한 바퀴 다 돈 점쟁이는 경쟁이 옆으로 가서 서더군. 그리고 이러지 않겠나

"하늘 귀신아, 왕 노릇 하고 싶으면 여기를 봐라. 여기를 들여다보아라."

왕 노릇이라는 말에 나는 대청마루 끝에 엉덩이를 걸치고 앉았다가 마당으로 쑥 내려가게 되었어. 무슨 우스운 짓을 하려는지 하고 지켜보는데, 경쟁이는 계속 알아듣지 못할 소리를 앵앵거리고, 점쟁이는 왕 노릇 어쩌느니 하는 소리를 중얼거리는 거야.

그러고는 "들어가라, 들어가라. 여기 들어가면 임금 되니 들어가라" 하고 병을 들고서 춤을 추더라고. 춤이 잦아들고는 병을 쑥 내밀어, 나는 그게 우스워 어디 한번 보기나 보자 하는 심사로 다가갔다가, 마침 내 앞으로 향한 병 주둥이에 눈을 딱 맞췄거든.

그때, 뭐가 보였다느니 나타났다느니 하는 소리가 들린다 싶고, 내 엉덩이를 누가 탁 때리는 느낌을 받았어. 그건 경쟁이가 신장대로 내 엉덩이를 탁 친 거였지. 알았지만 나는 어찌할 틈도 없이 병 주둥이로 쑥 빨려들고 말았어. 병 주둥이에서 머리가 걸려 잠깐 멈칫하는 듯했지만, 그것도 잠깐이고 그냥 쑥 빨려 들어가고 말았어. 아, 그러고는 요란한 소리가 나온다 싶더니 마개로 병 주둥이를 막는다, 보자기로 병을 둘러싼다 하는 소란이 벌어지더고.

보자기로 싼 뒤에도 새끼로 칭칭 동여맨다, 어쩐다, 해. 그리고 드디어는 땅을 파고 묻어버렸네. 나는 발버둥 치면서 빠져나가려고 했지만 해볼 방법이 없더군. 땅을 쿵쿵 밟아대는 소리까지도 다 사라지고 이윽고 적막해지더군. 그때 나는, 아이고, 이제는 죽었구나! 하고 주저앉았어.

내가 그 작은 병에 들어가 어찌 주저앉을 수 있었는지까지는 모르겠어.

여하튼 그랬어.

나는 이제 꼼짝없이 죽었다고 생각했네.

내가 이 세계에서 특별한 힘이 있다면 그건 남들 눈에 보이지 않는다는 것 아닌가? 그런데 병 속에 갇힌 다음에야 그게 무슨 힘이 될 수 있겠느냐 말이지.

몇 날 며칠이 지났는지 모르겠어. 처음엔 숨이 막혀 죽지 않을까 싶었는데 이상하게도 그렇진 않았네. 바깥에서 나는 사람들 소리도 잘 들리고 그랬어. 달리 어찌해볼 방도가 없었던 나는 바깥에서 들리는 소리에 신경이 곤두서 있었지. 혹시나 다른 조치를 한다는 소리가 나올까 기대해봤지.

병을 땅에서 꺼내 어찌한다면 살아날 기회를 잡을 수 있지 않을까 싶었지. 그런데 아무리 귀 기울여봐도 그런 소리는 들리지 않아. 하인들 하는 소리로는 점쟁이와 경쟁이가 용하게도 하늘 귀신을 틀림없이 잡아 가둔 것이라고 해. 아씨가 더는 헛소리를 하지 않는다는 거야. 좀 더 있으면 안색도 예전처럼 되리라는 거야. 처녀가 헛소리하지 않고 안색도 복숭앗빛으로 되돌아가는 것이야 나도 바라는 바였지. 듣던 중 나는 제발 날 좀 살려 달라고 좁은 병 안에서 발버둥치며 소리치다 정신을 잃었을 거야. 아예 발광했을 거야.

그날인지 다른 날인지 동네 아이들이 몰려와서 떠드는 소리에 나는 정신을 차렸어.

"하늘 귀신이 잘 묻혀 있을까? 정말로 하늘 귀신이 병에 갇혀 땅속에 있는 게 맞긴 맞을까?"

누구 하나가 문자 갇히는 걸 봤다느니 어쩐다느니 웅성거려. 병을 묻기야 했지만, 귀신이 들어앉은 건 못 봤다느니 어쩌느니 하며 웅성거리기도 해. 귀신이 어디 보이는 것이냐는 소리에는 음식이 사라지는 것은 봤잖느냐는 소리가 맞섰어. 아마도 그 부잣집으로 몰래 들어오기 전부터 떠들어댄 소리였을 거야. 그러더니 아이들이 땅을 파기 시작해.

하인들이 일하러 나간 것을 확인한 아이들이 대담한 짓을 하기 시작한 거지.

그 아이들 장난이 아니었다면 내가 광억이 자네에게 이 이야기를 할 일은 없었겠지. 그 아이들 덕분에 나는 살아났네. 마당에 묻어놓은 병을 꺼내어 이리 들여다보고 저리 들여다보고 하던 아이들, 기어이 지게막대기로 격구하듯 쳐버렸어. 나는 그 바람에 좁디좁은 감옥에서 풀려날 수 있었던 것이네.

다들 놀랐어. 한순간 모두 멈춰 있었어. 아이들도 그랬고 나도 말이지. 귀신은 없다고 선언한 아이들은 그래도 장난이 들통날까 봐 병 조각을 모아 마당에 묻고는 비질까지 해가며 흔적이 남지 않게 했어. 그사이 나는 부엌으로 가 물을 마셨지.

아이들이 빠져나간 뒤 밥까지도 찾아 먹었는지 어쨌는지는 기억이 안 나. 한숨 돌린 나는 별당채 처녀의 방으로 갔어. 처녀는 자수를 놓고 있더군. 듣던 대로 편안해 보였고 안색도 복숭앗빛까지는 아니어도 예전에 가까워져 있었어.

나는 처녀를 안고 싶었으나 그냥 길게 바닥에 누웠어. 기진맥진한 까닭이겠지. 얼마나 누워 있었을까. 계집종이 들어왔는데, 처녀에게 동네일 심드렁하게 늘어놓다가는 귀신에게 시달리던 때의 일이 기억나느냐고 묻더구먼.

그때 처녀는 새삼 그 일 왜 상기시키느냐며 눈을 흘겨.

그리고 다시 자수에 신경을 모아. 그런데도 찌푸려진 미간은 한참을 가더라고. 나는 그걸 똑똑히 지켜보았거든.

내가 처녀에게 몹쓸 짓을 했던 것이구나 하는 생각이 들었네.

처녀를 내 마음대로 신부로 삼았다는 것도 그랬지만, 마음을 어지럽힌 것이 더 미안했던 것이지.

그 길로 부잣집을 나왔네.

조카, 그날 이 숙부는 날 알아보는 한 사람을 만나게 되네.

향청은 내가 짐작했던 그런 곳. 화백 회의를 하는 곳이었어.

읍내 유지들과 일에 따라 찾아오는 성 밖 민촌의 대표들이 모여 논의하는 곳이었네. 사람 사는 곳인데 어찌 일이 없겠는가. 어디서는 살인 사건도 난 모양이더군. 그래도 내가 보기엔 한가하기 짝이 없는 세상이야. 삼한의 신지도 읍차도, 신라의 거서간도 이사금도 없는 세상 같아. 왕은 아예 모르겠더군. 나라를 세워 창업 군주가 되는 일의 영광이라든지, 왕좌를 지키기 위한 고뇌라든지, 백성을 교화하고 배 부르게 하는 일의 감동이라든지 어느 것 하나 모르겠더군.

나를 알아본 사람을 만난 건 향청 주변에 앉아 그곳을 드나드는 사람들을 멀거니 구경하며 다리쉼을 하고 있을 때였지. 나한테 건네는 듯한 소리는 무척이나 반색하는 소리였어. 그런데도 나는 기겁하며 고개를 돌렸어. 몸은 도망가기 위해 엉거주춤 일으킨 채였어.

노인은 환한 웃음을 가득 담은 얼굴로 나를 보고 있었어.

그가 두어 걸음 더 다가와, 분명히 나를 보고 말하는 거야.

"아니, 어떻게 여기를 왔어?"

마른 침을 삼키고 나는 노인을 향해 입을 뗐지.

"노인장, 제가 보이십니까? 노인장 눈에 제가 분명히⋯⋯."

"보이니까 말을 걸었지. 자네는 내가 안 보이나? 안 보이는데도 대답하고 있어?"

"아닙니다. 보입니다. 그런데 여태 여기서 나를 알아보는 사람이 없었는지라⋯⋯."

"그럴 만하지. 자네는 하늘 사람이니까. 지상 사람이란 소리야."

"하늘 사람요? 그리고 지상 사람이라고요?"

"설명하자면 복잡해. 그래 언제 왔나? 그동안 어디서 지냈어?"

내 사연도 설명하자면 복잡하지 않은가. 일이 어떻게 돌아가는지도 모르는데 선뜻 매사냥을 하다 동굴에서 허방을 짚은 일을 그 노인에게 낱낱이 고해바칠 수는 없는 일 아니겠는가 말이야.

매잡이와 함께 지낸 일에서부터 이야기를 시작했지. 그건 그 노인이 자신도 나와 같은 하늘 사람이라고 하는 소리를 듣고서 였네.

"……자네와 같은 지상 사람이라는 소리지. 어쩌다 여기를 왔는데 아무도 나를 알아보지 못하더군. 그런데 여기서 오래 살면서 여기 물과 음식을 먹다보니 사람들이 차츰 나를 알아보게 됐어. 그래 여기서 의원 노릇을 하면서 살고 있다네."

그런 소리를 들은 것은 동문 부근 언덕배기를 오르면서였지. 노인의 집으로 가는 길이었거든. 노인에게 저녁까지 얻어먹고서야 나는 비로소 매잡이가 된 일과 혼자 매사냥을 나간 일을 이야기하기 시작했지. 그러고는 그날 천만다행으로 땅속에서 풀려난 일까지 한달음에 이야기해나갔어.

내 이야기를 다 듣고서 노인장이 이러더군.

"장난질이 심했군. 마음을 잘 써야지, 이 사람아. 그 부잣집에 다시 갈 생각은 없을 테니 그럼 여기서 나랑 살자고."

꼬장꼬장해 보이지 않는 노인이더군. 그 점 마음에 들었네. 나를 알아봐 준 것은 몇 번 절을 올려야 할 정도로 고마운 일이었지.

나는 엉겁결에 고개를 끄덕였지. 어쩌겠나. 왕 노릇 할 마음도 품었으나 훔치지 않고 밥술을 뜨자면 그 길밖에 없었던 것이네.

그리고 일곱 해를 그곳에서 살게 되었네, 조카. 그동안, 이 조선 천지에서는 내가 죽은 사람처럼 사라져버렸지.

넷

어제보다 더 많이 모이셨군요.

몇 분 빠진 듯도 합니다. 그래도 더 많이 모이셨습니다. 이 댁
에 넉넉한 자리 마련해달라 부탁이야 했지만 이렇게 많이 모일
줄 몰랐네요. 아, 아닙니다. 어떻게 더 넉넉한 자리 구하겠습니
까? 이만하면 되었습니다.

어제 이만큼 읽었으니, 오늘 이만큼 읽고 내일 또 이만큼 더
읽으면 되지 않을까 합니다. 내일이면 끝을 볼 수 있겠습니다.
믿어야 할지 말아야 할지 몰라도, 어쨌든 재미는 있다고요? 나도
어쨌든 고맙습니다. 캄캄하기 전에 저녁밥 먹으러 돌아가실 수
있게 시간 맞춰보겠습니다. 자, 그럼……

아, 선기수요? 전기수야 소설 낭독의 전문가지요. 서울 동대문

밖에 살았다는 어떤 전기수는 『숙향전』이니 『설인귀전』이니 하는 소설을 매일 장소 옮겨가며 읽어요. 어쩌나 재미나게 읽는지 여러 사람이 듣고, 돈까지 내가면서 듣고 했다고 합니다. 이 사람은 초하룻날엔 제일교 아래, 초이튿날엔 제이교 아래, 초사흗날엔 배오개, 초나흗날엔 교동 입구, 초닷샛날엔 대사동 입구에 앉아서 읽어요. 초엿샛날엔 종각 앞에서 읽고요. 이렇게 올라가면서 읽다가 초이레부터는 도로 내려온단 말씀입니다. 내려갔다가 올라오고, 올라갔다가 내려오고 하면 한 달이 지나는 겁니다. 아, 다음 달에도 그렇게 읽지요. 그냥 책을 읽는 게 아니라 때맞춰 손짓도 섞고 표정도 짓고 하며 흥겹게도 하고 슬프게도 하니 사람들이 겹겹이 담을 쌓듯 몰려서 들었나 봐요.

맞습니다. 아시는군요. 이 양반 읽다가 사람들이 손에 땀을 쥐거나, 격분해서 어깨라도 들썩하게 될 때 딱 멈춘다는 것 아닙니까. 다음이 어떻게 되나 하고 침까지 삼켜가며 기다리는 판에 나 몰라라 하고 딴전을 피우니 궁금해서 어쩌겠습니까. 돈을 던져줘야지요. 그렇게 돈을 벌었다지요.

나야 돈 던져달라고 이렇게 시간을 끄는 게 아닙지요. 오해하지 마십시오. 우리는 재미난 이야기로 이 책을 읽는 게 아니니까요. 내가 때로 전기수처럼 손짓과 낯빛을 섞었을지도 모르겠으나 그건 미리 잘 계산해서가 아니라 절로 그렇게 된 것이었습니다. 형님한테 옛이야기 따위 잘한다는 소리 들었지만, 전기수 같은 전문가는 아닌 것이지요. 짤막한 옛이야기는 전체 흐름을 외우고는 때때로 몸짓도 섞고 소리도 바꿔가며 합니다. 그런데 이렇게 긴 이야기는 세세히 다 외울 수도 없고 해서 감히 해보겠다는 생각을 못 했습니다. 형님이 묘안을 내셨군요.

형님이 야담을 책 봐가며 들려줄 때 자기는 나처럼 옛이야기하듯 자연스럽게 못 한다고 아쉬워했지요. 글로 읽었거나 글로 써본 걸 이야기하자면 말을 하듯 자연스럽게 나오지 않더라는 거지요. 이번에 이것은 완벽하게 말을 하듯 써놓은 이야기입니다.

우 의원 나리께서 직접 이곳에서 자기 이야기를 해주는 듯하다고 누가 소곤소곤 말씀하셨지요? 그럴 때 본인은 조카가 된 듯했겠습니다? 내가 쉬는 중에 그런 소리를 들었습니다. 맞습니다. 그렇습니다. 그래서 내가 수월하게 책을 읽을 수 있는 것이지요. 책을 그냥 읽기만 하는데도 마치 전기수가 재미나게 읽어주는 것 같다고 하는 것이지요.

형님은 책이되 전에 없던 책을 내놓으셨습니다. 한문으로 쓴 야담은 모아 의원 제자에게도 맡겼던데 잘하셨습니다. 나는 띄엄띄엄, 그것도 얼마만 읽을 수 있을 뿐입니다. 무슨 뜻인지 짚어내도 날로 바꿔 말하기는 어렵습니다. 말과 글이 이렇게 거리가 멀더군요. 언문으로 쓰면 좀 가까워지긴 하는데 그래도 나한테는 멀어요. 언문으로 쓴다고 다 이렇게 되는 건 아니라는 사실 이번에 알았습니다. 형님이 전에 없던 책을 내놓으셨기에 우리가 이렇게 긴 이야기를 둘러앉아서 말로 하듯 나누고 있는 것이지요.

언문으로 쓴 이 특별한 책을 나한테 맡긴 이유가 다 있겠지요.

*

다시 말하지.

그동안에 나는 전국 방방곡곡을 돌아다닌 것이 아니네.

조카, 어떤 한 곳에 가 있었던 것이네. 참으로 기이한 곳에 가게도 될 운명이었지만, 그렇더라도 나는 일개 서생이었어. 이런저런 분란도 일으키고, 그래서 집안에 누도 끼치고, 식구들 고생하게 하기도 했지만, 나는 광억이 조카 자네와 같은 서생이었어, 서생.

자네가 청운의 꿈을 품고 진득하게 공부에 매신한 것을 생각하면 나는 좀 덜렁대긴, 아니 많이 덜렁대긴 하였지.

그렇게 되었던 건, 내가 어울린 동아리 영향이었고, 더 따지고 들면 스승의 영향이었네. 스승을 탓하는 게 아니라 영향을 받는다는 것이지. 영향을 이상하게 받아버린 셈이지만. 스승은 당파로 나뉘어 늘 다투는 모습에 진력이 나서인지 조정을 아예 무뢰배의 소굴로 보는 분이셨어. 그러니 크게 벼슬하기도 어려웠고, 오래 벼슬하기도 어려운 분이었어. 실제로도 권세 있는 아무개와 부딪히고는 미련 없이 관직을 내놓으셨어. 그리고 어찌어찌우리 고을에 인연이 닿아 학문을 펴는 일로 나서셨는데 문하생이야 많았지. 그런데 대부분 문하생은 스승의 학식이 빼어나니그것만 배워나가겠다는 것이지 인품까지 배우려고 하진 않았어. 한둘씩이야 있었겠지. 하지만 대세 가운데서는 잔물결 정도일으켰을 뿐이었겠지. 그런데 마침, 내가 한창 공부하던 무렵 내또래들이 스승의 기질과 처세를 좋게 보았어. 서생의 뻔한 길이좀 지겹다 싶기도 했을 테고 그 나이 때의 앞뒤 가리지 않는 의협심과 반항심도 작용했을 테지.

그래서 우리 동아리가 생겨났네.

시간이 흐르면서 동아리가 제법 결사의 기운을 뿜어내기도 하게 되었어. 때도 마침 어린 왕이 권좌에 앉으며 왕비의 집안이나서 전횡하는 세도정치가 휩쓸던 때였지. 스승은 북학을 주장하는 분은 아니었지만, 저 청나라의 문물을 배우자는 북학 이래

세상의 변화를 되돌릴 수 없는 큰 흐름으로 받아들이는 분이셨
는데, 유독 정치에서만 세상의 변화를 거스르고 있다며 때로 한
탄하고 때로 질타하셨어. 맞장구치던 우리 동아리는 홍경래가
일으킨 난을 재론하기에 이르렀네. 우리끼리만의 모임에서이지
만 저 평안도의 서생들과 무인들이 함께 일어난 일을 끄집어내
어, 그들을 역적이라고 매도할 일만은 아니라는 소리도 했네. 실
패하여 역적이 된 것이지 그 의기까지 폄하해서는 안 된다는 소
리까지도 나왔을걸.

　그런 소리가 쏟아져 나오자 다들 해둔 생각이 있음이 드러났
지. 누구는 문과와 무과 모두 급제자를 늘렸으나 현재와 같은 관
직체제로는 뜻있는 자라도 충분히 세상에 나아갈 만하지 못 하
며, 현재와 같은 인재 등용 방식으로는 능력 있는 자라도 충분히
쓰일 곳을 찾아주지 못 한다며 조목조목 따지기도 했네. 그 모든
것 이전에 외척이 쥐락펴락하는 세상이었네. 삼정을 문란케 하
는 세도정치의 세력을 단숨에 휩쓸 일을 도모해야 하지 않는가
하고 누구는 주장했고, 또 누구는 이 왕조의 중흥은 짧고 다시
긴 환멸의 시기가 왔노라며 새 세상을 그려보아야 한다고 주장
하기에 이르렀지.

　　달이 많은 별 거느려 하늘에 진을 치고

바람은 나뭇잎 몰아 가을 산에서 싸우도다.

홍경래가 젊을 때 지었다는 시를 외우기도 했네.

뜨거운 피가 도는 나이였지. 술이 곁들여져서이겠지만 다들 세상을 뒤엎을 기운을 공공연히 내뿜곤 했던 것이지.

홍경래 등이 출병 때 읽은 격문에서 지적한 지역차별과 문벌 세력의 권력 독점과 민생도탄에 대해 열정적으로 공감했네. 광억이 자네의 숙부인 나 또한 그들 중 한 사람이었어.

일개 서생 주제에 세상을 뒤엎을 꿈도 품었다네.

그런데 우리 동아리가 힘을 잃기 시작했다네. 스승이 좀 어이없는 죽음을 맞이하면서. 오랜만에 멀리 출타하였다가 돌아오는 길에 부랑배를 만났던 것 같아. 몽둥이에 맞고 칼에 찔린 상처까지 입고는 치료를 받았으나 끝내 귀가하지도 못한 채 그만 돌아가시는 일이 벌어졌지. 스승의 장례를 모신 뒤 언제인가부터 나는 우리 동아리가 어딘지 활기를 잃기 시작하는 것을 느끼기 시작했네. 허망함에 맥이 빠질 수 있는 일이긴 했지. 나는 일시적인 침체일 수도 있다고 자주 나 자신을 위로했지. 그런데 아니더군.

제대로 깨달았을 때는 되돌릴 수 없게 되어 있더라니까.

막 담금질을 시작한 상황이었지 제대로 된 검을 뽑아든 상황은 아니었던 것이지. 그런 상황에 구심점이 사라져버렸어. 스승의 죽음이 부랑배에 의한 우연스런 사고가 아닐 것이라는 이야기도 나돌았어. 머리를 정확하게 내려친 몽둥이질과 가슴을 겨냥한 칼질이 돈푼이나 노린 범죄이거나 시비가 붙어 욱하며 저지른 범죄일 수 없다는 것은 깊이 따져보지 않아도 알 만하지. 평소 스승의 반골 기질을 생각하면 적이야 하나둘이 아닐 터. 제자들 모두 목숨의 위협까지는 아니래도 제 목숨 걱정도 하게 되었을 것이야. 다들 주저앉고 흩어지고 할 수밖에 없었을 것이야. 나이가 차면서 혼례를 치른 동학들이 나오고, 아니 자식까지 얻은 동학까지 나오고 하면서 일어난 변화이기도 했어. 누구 하나가 소과 진사시에 붙으면서 다들 제 처지와 현실을 정면으로 맞닥뜨리지 않을 수 없게 되면서 일어난 변화이기도 했네. 어쨌든 의협심과 반항심이 순화된 까닭이라고 해두기로 하세.

다들 서로에게 실망하고 체념하면서 한 시절은 영영 가버렸어. 그리고 나는 엉뚱하게도 협객으로 살겠다고 마음속으로 선언해버렸네.

진사 따위 되어서 무엇하랴, 진사 되고 또 대과 준비해본들 무엇하랴……

너희에게 이 숙부가 어떻게 기억되어 있는지…….

좋은 모습이었다고 기대하지 않는다. 그러니 미안해할 필요는 없어. 협객으로 살겠다고 나섰다가, 으하하, 웃음이 나오는구먼. 분란만 일으키고 그대로 도망 길에 오르고 말았으니.

동아리의 한 녀석 처가 집안과 관련된 인사가, 사촌이랬나 뭐랬나가 인근에서 쌀이며 돈이며 급한 사람들에게 빌려주고는 고리를 뜯어먹는다기에 내가 나선 일이 있지. 서찰을 한 장 써서 띄우고는 그놈이 부리는 종자 하나가 걸려들기에 호되게 혼쭐을 내었지. 그랬더니 그 사촌인가 뭔가가 와서 경고하더군. 협객 행세를 하던 때이니 나도 쉽사리 물러났겠느냐만, 우리 동아리가 역적모의한 것까지 알고 있으며, 그때 앞장서 선동한 자가 나인 것으로 알고 있다며 손가락을 겨누더군. 각오하라고. 콧방귀를 뀌었지만, 놈의 종자가 화성 밖으로 한참 나온 이 골짜기, 칠보산 아래 숨은 듯한 이 자목리 우리 집을 기웃대는 일이 있고 하자 일이 터무니없게 풀려나가겠다 싶으면서 덜컥 겁이 나더군.

그렇다고 동아리 친구 녀석 찾아가 사정을 하고 화해를 주선해 달라고 할 수도 없는 일이지 않은가. 나도 협객인데, 협객이 어찌 시정잡배에게 머리를 조아리겠는가 말이야.

설미 관가를 찾기야 하겠느냐 싶었지만, 눈에 띄면, 그래서 그놈의 성질을 돋우면 그러고도 남을 자란 생각이 들더군. 눈빛이며 말본새며 모든 게 흉악한 놈이었어.

어쩌겠나.

천하 유람을 핑계로 집을 떠나 있기로 했지. 눈에 띄지 않기로 했단 말일세.

이 숙부는 정조 임금이 승하한 해 태어났다. 형님과는 네 살 터울이구나.

본래 수원의 읍치가 있던 곳은 화산 아래이지 않으냐? 우리 집안 터전은 바로 그곳이야. 화산 일대를 사도세자 모신 현륭원으로 조성하면서 나라에서는 그곳 백성과 읍치를 팔달산 아래로 이주하였느니라. 임금이 천도할 생각으로 화성을 축성해 우리 남 씨 집안이 성문 안 사람이 됐다만 논밭은 여기 칠보산 아래에 마련해놓았지.

어릴 때 형님과 칠보산에 몇 차례 오르고 했다. 내가 혼인하고 분가해 이곳에 자리를 잡으면서는 뒷산이 되었지. 일 없으면 날마다 오르는 곳이 된 셈이다.

이 모든 것을 뒤로하고 산친경개 유람을 떠났시. 그렇게 오래 이곳을 떠나있게 되리라고는 생각도 못 하고서……

집을 떠나 몇 달을 산 좋고 물 좋은 곳으로 떠돌았어. 그리고 속리산 한 자락에서 매와 매잡이와 매사냥을 우연히 목격하고는 넋을 빼앗겨버렸던 것이지.

그 뒤부터 노인장을 만난 사연은 이미 다 이야기하였네.

노인의 집에서 나는 새벽녘이나 되어서야 잠이 들었네.

그동안의 일 되돌아보고 또 앞으로의 일 짚어보느라 그리되었지. 흠칫 놀라며 깨어났을 때는 노인이 아침상을 다 차린 다음이었어. 곤하면 더 자라는 말에 어찌 그러겠어.

나는 냉큼 일어나 늦게서야 잠이 들었노라고 했어. 노인은 알 만한 일이라는 듯 고개를 끄덕이더군.

밥상에 숟가락을 내려놓은 뒤, 내 표정에 뭘 물어대려는 기색이 드러났나 봐. 노인은 손을 들어 제지하듯 하며 급하게 마음먹지 말라고 했어. 그리고 천천히 이 세계를 겪어보라고 하더군. 나는 알겠다는 뜻으로 고개를 끄덕였어. 상을 들고 나가려니 점심부터는 내가 준비해보라며 말리더군.

그날부터 한 며칠 나는 노인과 내가 마주 앉을 밥상을 차리고 설거지를 하고 그러며 묵묵히 보냈지.

아, 노인이 의원이라는 소리를 내가 했던가?

의원 일로 그 세상에서 생계를 꾸리는 노인이었네. 향청 부근에서 나를 발견한 날도 왕진하고 돌아가는 길이었더라지. 묵묵히 밥상 차리고 설거지하고 마당도 쓸고 하며 보낸 며칠 동안에도 왕진하러 집을 비우기도 하더군. 그때 나는 심심했는지라 약재함도 구경하고 했네. 이 조선 천지에도 나는 약재가 대부분이었어. 간혹 낯선 약재도 있는 듯해. 글자는 우리 조선과 같이 한자를 썼는데 획수 따위 모양새가 완벽히 똑같지는 않더군. 뜻도다른 글자가 있고 엉뚱해 보이는 조합도 보이곤 하더군. 그래도 맞춰보면 얼추 이해하긴 하겠더군. 그런 일도 다 차차 알게 될일이지만 나는 약재함을 구경하다 내가 써놓은 왕(王) 자가 어떻게 해석되었을지 새삼 궁금해했네.

노인이 나를 말벗으로 삼기 시작하더군.

한집에 사는데 내내 묵묵히 지낼 수만은 없는 일 아니겠는가. 노인은 내가 약재에 관심이 있고 의원 일에도 관심이 있다 생각했나봐. 아니면 달리 별다른 화젯거리가 없어서인지……

사실 내가 약재에 관심 둘 일이 뭐가 있겠는가? 의원 일도 마찬가지고. 그렇지만 어쩌겠는가. 고개 끄덕이며 들었지. 그러다나는 약초와 약재가 어디서 나는지 묻게 되었어. 약초와 약재가 어디서 나는가도 내 진짜 관심사는 아니었지만 그런 질문을 통해서 그 세상에 대한 궁금증을 내비칠 수 있게 되었지. 이미 짐작한 바이지만 어느 길로 가더라도 충청도나 경상도가 나오지 않겠더군.

하루는 자연스레 하늘 사람이니 지상 사람이니 하는 것에 대해 묻게 되었어.

"자네가 허방을 짚고 빠졌다고 하지 않았는가?"

노인이 그렇게 되묻더군. 내가 고개를 끄덕이자 노인이 이래.

"지상에 살던 사람이 구멍으로 빠져 들어왔으니 여기는 지하 세계인 게지."

당연한 이치 아니냐는 표정이야. 내친김에 나는 더 물어보기로 했어.

"그런데 어찌 하늘이 있고 해와 달이 있는지요?"

"저 하늘은 지상에 살던 자네가 보던 하늘이 아니야."

"아니라고요?"

"아니야. 이 세상의 하늘인 게지."

"그렇다면 지하 세계라는 것은……."

"달리 설명할 마땅한 방도가 없어 그리 말한 것뿐이네."

"지하 세계라고 했지만, 우리가 흔히 생각하는 지하가 아니란 말씀이십니까?"

노인은 그 말에 바로 답하지 않고 이러더군.

"자네는 속리산에서 허방을 짚고 이리로 오게 되었다고 했던 가?"

그렇다는 내 대답에 노인이 뭐라고 했는지 아는가? 노인은 오대산에서 그곳으로 오게 되었다지 뭐겠는가. 강원도 오대산 말이야.

한동안 나는 머리를 한 방 호되게 맞은 듯 뭐라고 말을 할 수가 없었네.

그날부터 나는 대놓고 그러지는 않았지만 묻곤 했어.

노인과 내가 빠져든 이 세계가 도대체 어떤 곳인지, 노인과 내가 어찌하여 이 세계에 빠져들게 되었는지 등등 물어야 할 건 많았네. 노인은 자기도 모르는 게 있다며 그런 건 별다른 추측도하지 않고 모른다고 했어. 그렇지만 노인은 자기가 아는 사실 중에 내가 그 세계에서 살아가는 데 급히 필요하다 싶은 것 위주로슬슬 털어놓더군.

노인으로선 숨겨야 할 필요가 없었지. 그런데도 노인이 급하게 마음먹지 말라가니 차차 겪어보는 게 최선이라거나 한 것은 내가 엉뚱한 생각을 할까 우려해서였네. 그런 것도 다 나중에 가서나 내가 알게 될 일이었지.

이윽고 나는 노인의 일도 돕게 되었지. 자연스럽게 그리되었네. 어느 날은 같이 약재를 손질하다 뭘 묻는다는 생각도 없이 내가 언제쯤 남들 눈에 보이게 되는지 물었어.

노인의 대답은 제 하기 나름이란 것이었네.

무심결에 물었던 것. 묻고 나서 나는 고민하기 시작했지.

한시바삐 남들 눈에 보이기를 바라야 할 것인지 아니면 눈에 보이지 않는 것을 내 힘으로 삼겠는지를 놓고 말일세.

제 하기 나름이란 것이 도대체 어찌해야 하는지를 모른 채 나는 그저 그곳에서의 나날을 보냈지. 그리 금방 몸이 보이게 되는 것은 아닌지, 가을이 가고 겨울이 와도 나는 남들 눈에 보이지 않는 사람이었고, 그래서 남들 앞에 함부로 나서는 일은 하지 않으려 조심했어.

밤늦게 읍내를 배회하는 버릇이 생긴 것은 해가 바뀌고서였어.

그리고 새봄이 찾아와 내가 그 세계에 산 지도 꼬박 한 해가 된 무렵 어느 날이야. 아, 그 세계도 사계절이 있어, 꽃 피고 새 울고, 뙤약볕 아래 아이들 물장구치고, 농부들 추수하며 단풍 구

경도 하고, 눈 쌓이면 동네 모두가 나서 몰이사냥으로 홍도 내고
해. 첫 사계절이 지나는 동안 나는 멀찍이 떨어져서 그 모든 것
을 지켜봤지. 그 뒤에도 크게 달라질 바 없었고…….

아, 조카, 해가 바뀌고 밤늦게 읍내를 배회하는 버릇이 생겼다
고 했는데, 나는 어느 날 도둑패가 향청의 창고를 습격하는 사건
을 목격하게 돼. 엉뚱하게 화를 입을지도 모른다 싶어 멀찍이 물
러나 지켜보기만 하던 나는 마지막 순간, 이전에 내가 빌려 탔던
향청의 말에 올랐어. 그 말까지 도적질해 가려고 밖으로 데려와
세워놓았는데 내가 알아보곤 등에 오른 것이었지.

습격을 끝낸 도둑패는 풀려나서 서성거리고 있는 말 한 마리
를 데려가기 위해 오래 시간을 쓰지는 않더군. 잡아보려고 얼마
쯤 시도하다가 급했는지 놈들은 짐을 싣고 달아나더군.

나는 그 뒤를, 말을 달려 따라갔어.

도적패는 말이 제 발로 따라온다 생각하는지 별 상관을 않았
네.

내가 버젓이 그 말에 타고 추적하고 있다는 사실을 알 리 없었
지. 나는 그때까지도 그 세계에서는 보이지 않는 사람이었으니
까. 그자들이야 별 신기한 일도 다 있다고 생각했겠지만 나는 그
때 이미 도적패의 소굴을 알아낸 뒤 내가 해야 할 일을 다 생각

해놓았지.

그 뒤의 일!

사람 머리라는 것은 순식간에 엄청난 속도로 돌아가기도 하는 법이거든. 그렇지 않은가, 조카.

도적패를 추적하며 그 뒤의 일을 내가 정말 다 계획했는가?

침착하게 따져보면 아니라는 대답이 나오게 될지도 모르지. 그런데도 내가 순식간에 머리를 엄청난 속도로 돌렸다고 생각하는 것은 뒷날에 회고하면서 흔히 일으키는 착오일지도 모르겠네. 그러나 하나 분명한 것이 있어. 그것은 내가 야심을 되찾았다는 것이네.

읍내를 배회할 때 나는 오갈 데 없는 귀신 같은 존재에 가까웠지. 우울한 망향인이라는 건 잘 대접해준 표현일 것이야. 하릴없이 그저 읍내를 헤맨 내가 아닌가. 그런데 내가 군주가 되어 그 지하 세계에 부유하고 강성한 나라를 세우겠다, 그런 야심을 머릿속에 떠올렸다는 것!

향청이 습격당한 일에 대한 소문이 읍내에 쫙 퍼졌지.

이튿날 저녁 무렵 왕진하고 돌아온 노인으로부터 소문을 전해들었어. 짐짓 놀란 척했네. 그날은 노인과 함께 소문을 이리

뒤집고 저리 뒤집으며 늦게까지 이야기를 나누었네. 읍내 중심
가로 나가보지 않아도 대략 어떤 상황인지 알 만하겠더군. 소문
은 도적패의 습격을 정확하게 짚어내고 있었어. 그러나 도적패
의 출몰지에 대하여서나 대처 방도에 대해서는 갈팡질팡하더
군. 순라군을 더 세워야 한다는 주장이 우선 힘을 얻은 모양이지
만 방도가 갈팡질팡하기는 마찬가지였어.

　다음 날에서야 나는 저녁을 먹고서 여느 날처럼 노인의 집을
나섰지. 답답한 심사를 풀기 위한 것이라 보아 노인은 이전에도
별달리 뭐라 말한 적이 없었으니 나는 묵례만 하고 집을 나서 언
덕배기를 내려갔네. 여느 날과 조금도 다를 바 없는 모습이었으
나 내 품속에는 읍내 세 곳에 내다 붙일 방이 있었어. 괘서라고
해야 하나? 홍경래도 괘서를 내다 붙이고 했지. 참요도 퍼뜨리
고 했지. 임신년에 난이 일어난다는 뜻의 이른바 십팔자(十八
字) 참요도 퍼뜨리고 해. 난을 일으키기까지 십 년을 준비했지.
저처럼 불만 품은 자를 찾아 뜻을 모으고, 자금 댈 자를 모으고,
민심을 격동시킬 괘서를 내다 붙이고…….

　방인지 괘서인지에 뭐라고 써붙였나 하면…….
　우선 나는 지난해 향청의 말이 달아났다가 되돌아온 사건의
진상을 밝혀놓았네. 그리고 읍민들이 나를 군주로 모시기로 결

의를 한다면 모습을 드러내고 풍요롭게 살 방도를 알려주겠다는 내용도 썼네. 이어서는 우선 내가 알려주는 대로 도둑패 소굴을 찾아가 토벌한 뒤 군주 옹립 절차를 밟을 것과 그렇지 않을 때 화를 내리겠다고 선언하는 내용을 썼네.

그런데 이 어찌 된 일인가.

향청에서는 나의 제안을 받을 수 없다고 결정하지 않았는가 말이야. 나는 화가 나 응징을 하리라 마음먹었어. 구체적으로 어찌한다는 계획도 없이 너무 화가 나 나는 향청으로 달려나갔네. 그랬다가 나는 생각지도 못 한 공격을 당하게 되었지.

나를 알아본 자가 있었어. 그자는 나와 함께 지내던 의원 노인처럼 나를 알아본 것은 아니었으나 나를 알아본 게 틀림없었어. 광인이었지.

향청 앞에서 그 광인이 어찌 나를 알아보았는지, 이 세계를 혼돈에 빠뜨릴 자라며 공격해왔다네. 무방비의 나는 기겁을 했네. 어서 왕(王) 자를 거두어 물러나라며 격술로 나를 쓰러뜨렸어. 순라군의 창을 빼앗아 들고서 찌르기까지 했어. 순라군이 제 창을 되찾아가지 않았다면? 나는 그 자리에서 절명하였을 것일세.

광인은 광녀였네.

어디에나 있는 미친 여자 하나. 아니었어.

나는 그 세계 사람이 알아볼 수 없는 몸으로 향청으로 갔지. 향청이 보이자 순라군을 밀어버리고 들어갈 것인지 어쩔 것인지 생각하며 어깨를 들썩였지. 분란은 향청 안에서 일으키기로 작정했을 때, 여자가 나를 손가락으로 가리켰지.

"미친놈이 제 발로 다시 여기를 찾아왔군."

나는 그 말이 나를 향한 것이라는 사실에 놀랐네. 순라군은 미친 여자가 미친 소리를 하는 것으로 봐서인지 씩 웃다가, 어이 물렀거라 하는 손짓을 했지.

"왕이 되려는 자. 왕은 남자만 될 수 있다고 생각하는 자. 왕이 되어 여자를 궁녀로 거느리려 하는 자. 왕이 되어 백성을 이끌겠다는 너는 그들을 후려쳐 죽을 곳으로 몰 것이다!"

허공이 아니라 분명히 나를 똑바로 겨냥한 말이었어.

그사이 몸을 일으킨 여자는 내게로 다가왔네. 나는 멍하니 쳐다보기만 했지. 내가 그 세계를 혼란에 빠뜨릴 자라느니 하는 소리. 그런 소리를 하던 중 여자의 손짓과 발짓이 요란해진다 싶었어. 나는 땅바닥에 나뒹굴었네. 여자의 격술에 당한 것이었지.

순라군은 혀를 차며 다가왔어. 그날따라 별난 미친 짓을 한다 싶은 여자를 쫓아내려다 순라군도 당했네. 그는 창을 빼앗기기도 했지.

여자는 그 창으로 나를 찔렀네.

"왕이 된 자여! 너는 너의 살에 짓눌려 눈 뜨지 못한 채 지옥으로 기어서 들어가리라!"

순라군이 달려들지 않았다면, 나는 재차 공격을 받았을 것이야. 목이나 가슴이나 배를 찔렸을 것이야. 빠개지는 듯한 내 어깨에서는 피가 흘렀지. 그 피는 순라군의 눈에도 보였던 모양이야.

"어, 이게, 이게 웬 피여?"

순라군이 놀란 채로, 놀라서 더 힘줘 창을 빼앗아갔어. 나는 절명의 위기를 넘겼네.

노인의 치료를 받지 못 했더라도 나는 오래 더 숨을 쉬지는 못 했을 것이야. 노인의 집에서 두어 달이 걸려 회복하였네. 나는 남들 눈에도 보이는 존재가 되어 있더군. 그동안은 내내 집 안에만 붙어 있었으니 남들 눈에 차차 드러났는지 갑작스레 드러났는지는 모르겠네. 어느 날 보이게 되었네. 침 맞으러 온 한 사람이 나를 본 모양이야.

노인이 그 소식을 전해주었네.

님들 눈에도 보이게 되었다는 것!

이제 완연히 그 지하 세계의 사람이 되었다는 말이 아니겠는가.

읍성을 도성으로 삼고 온갖 골짜기의 사람까지도 다 백성으로 거느린 군주가 되어 산다면 살아볼 만했겠지. 하지만 의원 노인을 도우며 밥이나 먹고 산다는 건 이 조선 천지에서 서생으로 사는 것보다 뭐가 더 보람이 있겠는가. 그리 생각했어.

한심하고 한심했지만, 몸이 회복되는 내내, 나는 그 삶을 받아들일 수밖에 없다고 생각했지.

그리고 한동안 꿈에서는 제 살에 짓눌려 눈 뜨지 못한 자의 흉측한 모습이 설핏 비치곤 했네. 나는 그자가 기어서 들어가게 되리라는 지옥은 보고 싶지 않아 눈을 질끈 감곤 했지. 그러다가 꿈에서 깨곤 했지.

광인이 외쳐댄 소리. 끔찍한 것이었어. 풍요롭고 강성한 나라를 경영할 군주가 그렇게나 끔찍하게 저주받는 것. 충격이었지.

왕이라는 것을 떠받들어보지 못 한 세상이어서 그러려니 하면서도 향청과 읍민 대다수가 왕을 재난으로 여기고 있다고 판단히게 되었네. 그들은 왕을 도직패보나 너 위험하게 봤어. 도적패보다 더 위험하게 보더군. 나와 같은 지상 사람이었던 의원 노인 또한 그랬어. 읍민의 생각에 동조하는 듯했어. 그러니 말 다한 거지 뭐겠나.

내가 고비를 넘기고 회복세로 접어든 뒤 어느 날이었을 거야. 노인은 그동안 내가 품은 생각과 꾸민 계획을 다 듣고서는 고개를 내젓더군. 한참이나 내저었어. 다시는 몹쓸 생각을 말라는 표정으로 쳐다보면서 말이지. 나는 노인과 격론을 벌이기도 했네. 나는 말했지. 사람들에게 욕심이 있고 다툼이 있으니 나라와 군주가 있어서 질서를 잡아야 하지 않겠느냐고. 나라와 군주 없이 세상이 어찌 사람다운 세상이 될 수 있겠느냐고. 노인은 지상 사람이었으니 당연히 그리 생각할 수도 있다면서, 나라 안팎의 온갖 군왕을 들먹이더군. 후대에 높은 이름 남긴 군왕일지라도 나라를 열거나 저 자신 등극하며 얼마나 많은 목숨을 앗아갔는지 늘어놓더라고. 나라를 넓히고 역적을 처단하면서 백성에게 얼마만큼의 세금을 거두어들이느냐고 묻더군.

세상의 질서를 잡는다는 게 신분을 나눠 복종하게 하는 것과 무엇이 크게 다르냐고도 묻더군. 나는 군왕이 하는 일과 군왕이 필요한 이유를 백 가지도 더 들려고 했지만, 그곳에서는 누구도 군왕을 원하지 않는다는 소리에 항복하고 말았어. 두 손 들어 항복한 건 아니지만, 할 말을 더 찾지 않았으니 항복한 깃이지.

군왕의 필요성을 모르는 사람들에게 군왕으로 추대하라고 하자면? 그들을 후려치는 수밖에 없지 않은가? 내가 군왕이 필요하다고 우겨댄다면 그건 읍민들을 후려쳐대겠다고 패악을 떠는 일이 아니겠는가 말이야. 그 지하 세계는 내가 살던 지상 세계와는 분명히 다른 곳이었지.

누구도 군왕을 필요로 하지 않는다는 점에서, 또 누가 군왕이 되겠다고 나서지 않는다는 점에서도 말이지.

참으로 기이한 세계지. 나는 그곳에 떨어져 혼자 좌충우돌한 것이었네. 바보스럽게도 말이야.

조카, 그 여자는 그냥 미친 여자였을까?

노인이나 나처럼 지상 세계에서 온 사람이 아니었느냐고? 노인도 그리 의심한 적이 있다더군. 하루는 노인이 말했어.

"애초에야 그냥 미친 여자였지. 어디에서 읍내로 흘러들어온 미친 여자. 지상에서 왔다고는 진지하게 생각 못 해봤네. 자네가 오기 전에는 지상 사람을 본 적이 없으니까 말이야. 그 여자는 어쩌면 다른 곳에서 이미 몸이 보이게 된 뒤 내 눈에 띈 것은 아닌가 하고 언젠가 생각해봤네. 그런데 하는 말이 도무지 지상 세계 사람 말 같지가 않아. 혹시 지상 세계의 다른 곳, 다른 곳이라기보다 다른 시대에서 온 사람은 아닐까 생각해보기도 했네."

지상 세계의 다른 시대에서 온 사람이라? 모르겠더군. 신랄적이나 고렷적 여자라고 할 수 있을지 의문이더군.

조카, 지금 앞날에서 온 사람이고 했나?

자네도 도무지 믿어줄 수 없는 소리를 하는 사람이 다 됐군. 이 숙부처럼 허황한 소리를 하는 사람이 됐어.

반갑네, 반가워.

자리를 털고 일어난 뒤 노인의 일을 배우기 시작했네.

그전까지는 그저 노인의 의원 일을 돕는 정도였지. 그런데 노인에게 항복한 뒤, 아니 그 세계에 항복한 뒤 나는 내 밥벌이를 제대로 할 일을 배우기로 했고, 해서 열심히 배우기 시작했네.

우리 가문이야 중인들 하는 의관과는 당연히 인연이 없었지. 그런데 광역이 자네 숙부는 의관 되기 위한 잡과에 응시라도 할 듯 열심이었네. 그런 내가 노인은 엉뚱하다 싶었는지 그리 서둘지 말고 차근차근 배워나갈 걸 주문하곤 했네.

요란을 떨긴 했으나 인연 없는 의원 일이어서인지 재주가 금방 내 몸에 붙지는 않았어. 노인은 내가 제일 관심을 두는 침술은 따로 시간까지 내어가며 가르쳐주었네. 나는 침으로 어디를 찔러 환자의 증세가 어찌 개선된다거니 하는 것에 새삼 신기해하며 명의 화타를 꿈꿔보기도 했네.

그런데 신상은 덤벙대느라 실수가 잦았어. 뿐인가. 엄살 심하다 싶은 환자라도 보면 화를 벌컥 내기도 하고 그랬지.

회복 못 할 병에 걸린 환자를 보면 하루 내내 마음이 무거워 일을 손에서 놓곤 했고 말이야. 그럴 때면 노인은 가슴이 그렇게 격동해서는 제대로 환자를 볼 수 없다고 하곤 했지. 호흡을 조절해 마음을 다스려보라더군.

약재 공부는 재미가 있었네. 이전에야 약재라면 대개 약초를 떠올렸지. 들여다보니 동물, 식물, 광물 모두가 약재가 될 수 있더군. 나는 약탕을 농축하고 환약을 만드는 일이 의약의 중요한 길이 아닌가 혼자 생각해봤네. 그곳에선 광물도 조선에서보다는 훨씬 많이 쓰는 듯했네. 약재함에 수정이나 운모, 염초나 유황, 그리고 수은까지 있더군. 당장 써먹을 약을 새로 만들지 못했지만 많은 상상을 해보게 되더군. 그래서 약물 공부는 공부라기보다 취미에 가까운 것이었지.

세월은 더디 흘렀어.

아니, 세월은 빨리 흐르기도 하더군. 조카, 드디어는 내가 왕진하러 가는 일도 있게 되었으니 말이야.

그동안 노인의 침술을 배우는 데 공을 많이 들였네. 내가 보기에 노인의 침술은 뛰어났네. 죽을 사람도 벌떡벌떡 일으켜 세울 정도야 물론 아니었지. 노인은 안 되겠다 싶은 사람은 처음 보고 돌아나오는 길에 고개를 내젓기도 하는 사람이었어. 제 침술 하나면 무슨 기적이든 일으킨다며 떠들고 자랑하는 사람이 아니었어. 온 정성을 쏟아보겠다며 진중하게 침 자리를 찾는 사람이었어. 혹시 잘못 짚은 것은 아닌지 숙고도 하는 사람이었어. 그래도 노인의 침술은 의원이라면 누구나 구사하는 침술 정도는 분명히 아니었네.

그 침술을 배우는 데 공을 들였네. 그런데, 정작 노인은 내게 그것보단 미리 병을 막는 건강 관리법이랄까 뭐 그런 쪽에 더 많은 말을 해주는 의원이었어. 그리고 노인은 몸의 병을 마음의 상태와 긴밀하게 연결해 이해하는 의원이기도 했어. 환자를 앉혀 놓고 마음 밝게 먹기를 특별히 강조하곤 했지. 병에서 회복되고자 하는 의지는 회복에 긍정적으로 작용하리라고 누구나 생각할 만하긴 하지. 그런데 노인은 그 정도가 아니라 아주 체계적인 설명을 내놓기도 하는 의원이었어. 그래서 노인의 환자는 그저 그냥 마음 밝게 먹어보는 정도가 아니라 그리했을 때 고질병에서도 회복될 수 있다는 믿음까지 갖고서 그렇게 하더군. 으하하 웃음도 터뜨리게 하고 노래도 하게 하고 춤까지 추게 하더군.

왕진하러 간 일을 이야기하도록 하지.

열성을 다해 배운다고 배웠지. 하지만 의원 행세를 하기는 모자랐나봐. 그때까지 나는 혼자 환자를 치료하거나 한 적이 없어. 노인은 나보고 그만하면 의원 꼴을 갖췄노라고 한 뒤에도 자신의 조수로 삼았을 뿐이네. 내가 침을 놓거나 뜸을 뜨는 때에는 꼭 곁에서 지켜보며 제대로 알고 하는지를 확인하곤 했지. 나는 노인의 그런 대우를 당연하게 받아들였어. 또 그게 배우는 과정이라 생각했으니 불만도 없었네. 그날도 나는 노인의 조수로 왕진을 따라갔지. 쓰러져 일어나지도 못하는 중년 부인을 며칠째 침술로 치료하는 중이었어. 상태를 예의주시해야 하는 시기라 매일 왕진을 갔는데, 그날도 노인과 나는 점심 뒤 첫 일과로 중년 부인에게 가기 위해 준비하여 나섰지. 언덕배기를 다 내려왔을 때쯤인가 해서 누구네 하인쯤으로 보이는 젊은이가 허겁지겁 달려오는 거야. 그자가 우리를 보고 아무개 의원이 맞느냐고 물어. 그러고는 제 주인집에 환자가 생겼다며 왕진을 부탁하더군.

달홍이 어디 있느냐?
가서, 술 한 병 더 내오도록 하여라.

두 곳에 왕진 일정이 잡힌 날이었지. 나는 노인이 집에 가서 기다리라거나 다른 의원을 찾아보라고 할 줄 알았지.

그런데 잠깐 나를 쳐다보더니 그자에게 앞장을 서라는 거야. 그리고 내게 일을 맡기더군. 내가 충분히 봐줄 만한 환자라는 것이지.

나도 들어보니 팔이 부러지거나 인대가 늘어나거나 했을 듯해. 그렇다면 그에 맞춰 침을 놓아주거나 하면 될 일이었지. 하지만 얼떨결에 혼자 왕진하게 되었는지라 순간 당황스럽더군. 그래도 어쩌겠나. 의원 행세하기로 한 것 제대로 해야지. 남문 부근 번듯한 기와집에 당도하니 환자인 네다섯 살쯤 되어 보이는 아이는 식은땀을 흘리며 툇마루에 앉아 있고, 아이의 아버지가 나서서 어찌하다가 아이가 팔을 다치게 되었는지부터 알려주더군.

아이의 팔이 부러진 듯하진 않아. 팔꿈치 인대가 늘어난 게 거의 틀림없을 듯했어. 내가 그렇게 진단하자 아이의 부모는 한숨 돌리는 표정이야. 그때야 아이의 어머니는 왜 어린아이를 나귀에 태워 이런 일을 만들었느냐고 아이 아버지를 원망해. 그러자 아이의 아버지는 아까 이미 말한 사고 과정을 다시 다 이야기하더군. 그러고는 아이가 허약하여 일부러 몸을 단련시키려다 그리된 일이지 않느냐고 수다스레 변명을 둘러대. 두 사람에게는 어지간히도 아끼는 사식이었던 것이지. 여기까지는 뭐 특별할 게 없었지. 아이의 아버지가 농장을 경영한다는 것, 그리고 오후에는 향청에 나가 일을 본다는 것까지도 아주 특별한 것은 아니었지.

농장 살피러 가서 아이를 나귀에 태웠다가 사고 낸 아버지는 뼈가 부러지진 않았다는 진단에 안심이라는 표정이 되었어. 향청에 나가봐야겠다며 내게 인사를 하더군.

그리고 침이든 뜸이든 약이든, 좋은 건 다 해서 빨리 낫게 해달라더군.

나는 그저 좀 웃어주었네.

아이의 아버지가 나간 뒤 치료를 시작했어.

침을 놓는 것이지. 내가 주섬주섬 침통을 꺼내 뚜껑을 열자 벌써부터 아이는 아플 것 같다며 겁을 내더군. 그 아이를 달래 침을 놓기 시작하고 얼마 뒤였을까. 아이 엄마의 옆모습을 보고 움찔하고 말았어. 잘못 본 게 아닌가 싶어 눈을 감았다가 뜨기까지 했다니까.

부잣집 처녀 느낌이 났거든. 설마 그럴 리가 하면서 눈에 띄지 않게 조심하며 여자를 살폈지.

긴뜩 겁먹었던 아이가 그새쯤 해서는 침을 꽂은 채 무심한 표정으로 앉아 있었지. 아이의 어머니도 이제는 좀 안심이 되는지 내게 말을 걸어오더군. 다 낫자면 며칠이 걸리겠느냐고 묻는 것이지. 나는 빠르면 열흘 정도에 나을 수 있지만 대체로 보름은 예상해야 할 것이라고 대답했어. 그때 목소리가 떨릴 것만 같더군. 헛기침을 섞어야 했네. 여자는 아이의 허약한 체질에 대한 이야기로 옮겨가려 하더군. 나는 고개를 끄덕여주면서 듣고 있긴 했어. 하지만 제대로 귀에 들어올 리가 없지. 여자는 구체적인 상담을 한다고 마음먹고 이야기를 꺼냈겠지. 나는 내내 고개만 끄덕여주었지 않나 싶네.

나는 내일도 와서 치료하겠다고 약속하고 그 집에서 나왔어.

이튿날 아이에게 침을 놓았네. 그리고 아이 엄마와 마주 앉았네.

조카, 전날 생각지도 못한 조우에 당황했던 내가 아닌가? 그러나 그때는 안정을 찾아서였지. 하루 만에 말이지.

진료 보고를 받고 노인은, 그 아이는 내가 책임지라고 하더군. 앞으로 할 만하면 왕진도 혼자 나가보라고 해.

나는 아직 감당하기 어렵다며 겸손을 떨면서도 일단 아이는 내가 맡아보겠다고 했네. 그러고 그 집에 다시 가 침을 놓아주고는 아이의 어머니와 마주 앉았던 것이지.

어제는 바빴노라고 하여 급히 자리를 뜬 이유를 대고 겸하여 사과도 하였네. 자연스레 어제 여자가 하려던 상담을 받아주겠다는 표시를 한 것이지. 그쯤 응대할 수 있었으니 나는 아무렇지도 않은 듯했지. 그런데 잠깐 사이에 그만 여자가 나를 당황하게 만들더군.

"의원님, 낯이 익습니다."

머릿속이 아뜩해졌네.

얼마간 어색한 순간이 지난 뒤 나는 고개를 두어 번 끄덕였네. 그리고 이렇게 둘러댔지. 나도 읍성에 산 지 여러 해이니 언제 한두 번쯤 스쳐 지났을 수도 있지 않겠느냐고.

내가 여자를 알아본 건 당연하다면 당연한 일 아닌가. 그런데 어찌해서 여자가 나를 낯이 익다고 한 것인지 영 헷갈리더군. 내가 보이지 않는 신랑이었지만 꿈에라도 얼굴을 얼핏얼핏 비쳤을 수도 있을지 생각해보기도 했어. 다행히 여자는 낯이 익다는 것으로 우리 사이를 더 더듬어보려 하지는 않더군. 대신 여자는 제아이 이야기를 시작했어. 허약 체질에 대해서 말이네.

나이에 비해 아이가 야간 작긴 했네. 그리 보아서인지 허약한 듯도 해. 그렇더라도 병적인 것 같지는 않더라고. 나는 자라면서 달라질 수 있다고 했어. 그리고 나이에 맞는 약을 몇 첩 써보는 방법도 있다고 했어. 너무 걱정하지 말랬지. 그런데 여자는 그동안 약을 안 써본 것도 아니래. 제 이야기를 계속 더 하더군. 그러고는 아이가 허약 체질이 된 까닭에 대해 제 나름의 생각을 내놓기 시작하는 것이야.

"아이를 가졌을 때 제가 건강하지 못했던 게 탈이었던 것 같습니다."

"그 무렵 특별히 몸에 좋지 않은 데라도 있었나요?"

나는 얼른 짚이는 바가 있었지만 그렇게 받았네.

"딱히 아픈 데가 있었던 것은 아니어요."

"그럼 무슨 문제가……."

"남들은 다들 활짝 피려는 꽃봉오리 같다고 했지요. 그런 때 혼례식을 올렸고 곧이어 아이도 가졌습니다만, 내 마음에는 어두운 그늘이 있었지요. 간간이는 뒤숭숭한 꿈도 꾸곤 하던 때였습니다. 그때는 사실 나 자신 잘 몰랐으나 지나고 보니 내가 건강하지 못 했구나 싶어요."

"아, 그래요? 아이에게 영향을 미칠 수도 있는 일이긴 합니다."

여자는 제 나름 오래 생각해봤는지 확신하는 눈치야. 나는 내 궁금함을 조심스럽게 풀어보려 하였네.

"혹시 혼시 괴정에 분란이 있거나 혹은 혼례 뒤에 시댁과 무슨 갈등이라도 있었습니까?"

그렇게 돌려 물었더니 여자는 바로 고개를 내저어. 그러고는 이래.

"다 제 탓이지요."

"무슨 일이 있긴 있었군요?"

"일은 혼례와 관계된 것은 아닙니다. 혼례가 있기 전에……."

마침 아이가 하인과 함께 장난치며 툇마루께로 왔네. 그 바람에 여자의 이야기가 잠깐 멈췄지. 하인이 아이를 다시 마당으로 이끌어 가자 여자의 이야기가 이어지더군. 여자는 혼례를 올린 그해 봄 자기 집에서 크게 굿을 한 일이 있다고 했어.

여자는 자기에게 붙은 하늘 귀신을 쫓기 위한 굿이었다고 오래잖아 털어놓더군.

다섯

그렇습니다.

정확하게 챙겨 들으셨군요. 남시형이 맞습니다.

이 책에서 형님은 자신을 남시형이라고 밝히고 있습니다. 성씨를 분명히 남씨라 밝혔습니다. 그게 헷갈려 그럴 리는 없겠지요. 다른 등장인물의 이름이라면 헷갈릴 수도 있지만 자기 이름을 헷갈려 남씨라 했을 리는 없지 않겠습니까? 의도적으로 바꾸었다고 봐야 하지 않겠습니까?

그렇습니다. 나는 남광억이 되는군요. 애초 나를 조카로, 장조카로 만들었을 때 형님의 장난질 같은 것인가 했습니다. 그런데 그런 게 아니더군요. 시금까지 들어본바 여러분도 이 책이 무슨 장난실을 하고지 지은 책이라고는 생각하지 않으셨으리라 믿습니다. 장난질이 아니면 뭘까? 그게 뭘까 생각해보다가 나는 혹시 있을지 모를 위험을 피하기 위해서는 아닐까 생각해 봤습니다.

젊은 시절 협객의 행동에서 역심을 품었다고 꼬투리를 잡힐 수도 있지 않을까 우려할 만한 대목이 없지 않을 듯했습니다. 본인이야 사라져버렸으니 문제없다지만 남은 집안사람이 곤욕을 치를 수 있다 싶어 성씨를 바꿔버린 것이겠다고 생각을 정리했습니다. 그런데 이게 통할 수 있겠습니까? 이건 우씨의 것이 아니고 남씨의 것이오, 하고 말이야 할 수 있겠지만 그게 어디 통하겠습니까? 그냥 우기기지요. 지하 세계에 떨어져 의원이 된 이 양반은 어디로 보나 우시형 의원이 아니겠습니까?

시형 형님은 삼십 세 되던 해 집을 떠나 유람에 나섰습니다. 일고여덟 해가 지나 집으로 돌아왔는데 그동안 천하 유람을 했노라며 의원 일을 시작하셨지요. 의원으로 재주가 알려지던 중 대궐로 불려가 대비를 치료하는 중책을 맡으셨습니다. 그게 사십육 세 때의 일입니다. 오십 세 때는 생각지도 못한 처의 상을 급작스레 당해 크게 상심한 날을 보냈고, 괴질로 뒤숭숭하던 삼남을 둘러봤습니다. 삼남을 둘러보며 나잡은 마음으로 의원 일에 몰두했는데 오십오 세가 되던 작년 쓰러져 숨을 거뒀습니다. 그 시신이 사라진 것은 집안사람들이 장례를 치르던 중의 일이었지요.

앞으로 지하 세계에서 남시형이 겪는 일이 우시형의 실제 삶과 어떻게 연결되는지 헤아려 보면 누가 뭐라고 하지 않아도 여러분 스스로 답을 얻을 수 있으리라 봅니다.

아, 그건 그렇고, 왜 남시형이라고 했느냐고요?

그것 내가 말을 안 했군요. 나도 더 생각을 해봐야겠습니다. 오늘 캄캄하지 않을 때 집으로 돌아가서서 저녁 드실 수 있도록 하겠다는 약속 지킬 수 있도록 해주십시오.

다시 책 계속 읽겠습니다.

*

하늘 귀신이라지 않는가, 조카.

내가 딴 사람을 예전 부잣집 그 처녀로 착각한 게 아니었지. 틀림없는 그 여자였네. 처녀 적보다 살도 붙고 앳된 티도 말끔히 가셨지. 미색이 오히려 그때보다 더 돋보이는 듯도 싶더군.

나는 하늘 귀신을 병에 가둬 땅에 묻지 않았냐고 말하고 싶더군. 그 뒤 당신은 회복하지 않았느냐고 말하고 싶었어.

하지만 가만 듣고만 있어야 했지. 한동안 듣고만 있다, 이윽고 이렇게 물었이. 점쟁이가 뭐라더냐고. 굿을 했으면 귀신을 쫓았다거나 못 쫓았다거나 답을 내놓았을 것 아니냐고. 그랬더니 이렇게 대답하더군.

"아, 그건, 아흐레째 되는 날 귀신을 붙잡아 병에 가두는 데 성공했습니다. 그리고……."

그리고 땅에 파묻었을 테지. 하지만 나는 아는 척을 할 수 없지 않은가. 그냥 계속 들었더니 그게 끝이 아니었다는 거야.

"아니, 왜요?"

"하늘 귀신을 영영 내쫓은 줄 알고 그해 가을에 저는 혼례를 올렸지요."

"그런데 무슨 일이 있었습니까?"

"마당에 파묻어놓았던 병을 동네 아이들이 끄집어내어 깨뜨려버린 일이 있었습니다."

나는 새삼 알게 된 일이기라도 한 듯 이맛살을 찌푸리고 말았네. 거짓으로 지은 표정은 아니네. 그게 나로서는 살아나는 일이었지만 처녀에게는 어두운 그늘을 드리우는 일이 되었구나 직감할 수 있었던 것이지. 여자는 혼례를 올린 뒤에 우연히 그 일을 알게 되었다고 했네.

"그때부터 하늘 귀신이 제 몸에 다시 붙었는지 어쨌는지 몹시 불안하고 그랬지요. 뒤숭숭한 꿈도 꾸고 한 것으로 보아 귀신이 다시 붙었는지도 모르겠습니다. 좋지 않은 일이고 해서 그때는 신랑에게도 이야기할 수 없었지요. 그때 저 아이를 가졌던 겁니다."

그런 일이 있었으니 여자는 제 탓이라는 것이지. 아이가 허약하게 태어난 게 다 제 탓이라고 믿고 있었던 것이지. 그럴 만한 일이지. 한때의 내 장난질이 그때까지도 그늘을 드리우게 될 줄이야 어찌 알았겠는가. 자수 놓던 처녀의 발그레한 볼을 보며 물러날 때, 나는 그 일은 다 마무리된 줄 알았는데 말이야. 조만간 마무리될 줄 알았는데 말이야.

조카, 사람의 일이란 그런 것인가봐.

그날 나는 크게 당황하지 않고 그녀를 마주할 수 있었네.

그 다음 날은 어쨌는지 아는가? 당황하지 않은 정도가 아니었지. 아주 대담했지.

여자가 하늘 귀신이 붙어 시달렸다고 믿고 있는 때의 일을 내 식으로 이야기해 여자를 깜짝 놀라게 하였다네. 점쟁이가 말한 그 하늘 귀신이 바로 지상 사람인 나라고 털어놓을 수야 없는 일이지. 그렇게 무지막지하게 털어놓을 수는 없는 일이고, 나는 내 추측이라며 조심스럽게 이야기를 시작했네.

"귀신이 붙었다는 때는 아주머니께 어떤 증세가 있었습니까?"

"평소와 달리 별나게 신경질도 부리고 그랬나봅니다. 내 곁에서 도와주던 계집아이에게 말입니다. 그리고 헛소리도 하였다고 합니다."

"네, 헛소리한 것 말고 특별하게 느낀 증세는 없었습니까?"

"헛것이라고 할까요, 뭐 그런 걸 봤던 듯합니다."

나는 짐작하고 있었다는 듯이 고개를 끄덕였어. 그리고 천연덕스레 이렇게 말했어.

"제가 아주머니 얼굴에서 지나간 일을 얼추 짚어볼 수 있을 듯한데, 아주머니는 혼사로 고생하셨을 듯합니다. 혹 불쾌하실지 모르겠습니다만, 이야기를 해도 괜찮겠습니까?"

여자는 고개를 끄덕이더군. 나는 말했네.

"혼사 이야기가 있던 쪽 남자가 죽은 일이 있었던 것 같은데……."

그쯤 끄집어내니 여자는 깜짝 놀라더군. 그리고 자기도 모르게 부모님이 신랑감을 찾는 중에 그런 일이 있었다고 털어놓아. 이어서는 하늘 귀신이 아니고 그 남자의 귀신이 붙었던 거냐고 묻더군. 나는 아니라며, 그 남자의 귀신이 붙었던 것도 하늘 귀신이 붙었던 것도 아니라고 하고 이야기를 계속했네.

"아주머니가 겪으신 일은 흔한 경우는 아니지만, 혼기에 찬 처녀에게 종종 나타나는 일입니다. 정도의 차이가 날 수 있는데 좀 호되게 겪은 경우로 생각하시면 됩니다. 제가 다 말씀드리진 않겠습니다만, 아주머니가 처녀 때 본 헛것은 그때의 아주머니 마음이 지어낸 것일 가능성이 제일 큽니다. 그 헛것이 아주머니께 꼭 싫기만 했던 것인지 생각해보십시오. 그렇지 않다면 그것은 괴롭히려고 달라붙은 귀신이 아닐 겁니다. 귀신이라고 생각된 건 죽은 남자의 일도 있고 하여 뒤숭숭한 가운데 점쟁이가 그리 말하니 틀림없다 싶었을 겁니다."

"그렇다면 점쟁이가 굿을 한 건 아무 효과가 없었나요?"

"아닙니다. 병에 가둬 땅에 파묻었을 때 아주머니는 곧 회복되셨던 듯한데요?"

여자가 고개를 끄덕이더군. 나는 얼굴에서 다 읽어내고 있다는 듯 고개를 끄덕여주었어. 그리고 말을 이었지.

"일이 그쯤 해서 끝났으면 좋으련만 동네 아이들 장난질을 듣고 만 게 탈이었지요."

여자는 어느 정도 이해하겠다는 낯빛이 되더군.

마무리를 해주었어.

"잠자리가 뒤숭숭해지고 했을지라도 처녀 때 같지는 않았을 듯한데요? 그렇다면 틀림없습니다. 혼기가 찬 처녀에게 종종 나타나는 헛것이 아주머니에서 요란을 떨었던 겁니다. 그러나 혼례를 올린 뒤에는 다시 그렇게 요란을 떨지는 않았을 겁니다. 그건 다 그때쯤 겪을 수 있는 일이니 괜히 그 그늘을 아직도 잡아당겨 마음 쓰지는 마십시오."

"아이의 일은 어찌 됩니까?"

"혼자만의 생각으로든 뭐든 아주머니가 건강하지 못 했다면 어느 정도 영향을 미쳤을 가능성이 있긴 합니다. 문제는 앞으로 아주머니 나름으로 생각하던 것을 털어내 버리고 건강하게 생각하고 건강하게 아이를 대해주십시오. 그러면 나이가 들면서 약골이니 어쩌느니 하는 소리는 들을 일 없을 겁니다. 오다보니 하인 녀석과 재미나게 놀고 있던데, 글공부 너무 일찍 시키지 마시고 그렇게 마음껏 뛰어놀게 두십시오. 탈 수만 있다면 나귀 타는 것도 좋지요. 건강 신경 써서 별나게 할 건 아니지만, 나귀도 타고 그러면 좋지요. 아이야 뛰어놀다보면 팔이 부러질 수도 있는 일. 그렇게 편하게 생각하십시오. 아이 팔 다 나은 뒤 언제 의원으로 찾아오십시오. 아이와 아주머니 모두 약도 한 첩 지어 드시면 효과가 더 좋을 겁니다."

조카, 그날 나는 그 집을 나설 때 여자의 한결 환해진 얼굴을 볼 수 있었네.

여자가 노인의 의원에 찾아온 건 스무날쯤 지나서일 거야.

그동안 나는 몇 차례 더 왕진해 아이에게 침을 놓아주었지. 여자와 특별히 많은 이야기를 나눈 건 아니지만 그래도 집안에 대해 알게 된 것도 있고 그랬네. 그녀의 시댁은 읍성에서 손으로 꼽히는 집안 중 하나이더군. 그건 남편이 향청에서 일을 보는 것에서 내가 이미 짐작한 바이지. 성 밖 농장을 주위 농부들과 함께 운영해 시댁 식구들과 함께 나눠 부족함 없이 먹고살아. 그곳에서는 남들 다 부러워할 만큼 행복한 집안이었지. 그러니 나는 그 집안의 마지막 그늘을 거둬준 셈이지.

여자가 무슨 일로 찾아왔느냐고?

아, 약을 짓기 위해 왔던 것이네. 달리 올 일이 뭐가 있겠는가?
조카는 설마 여자가 이 숙부의 얼굴을 다 떠올려내서는 찾아왔다고 추측이라도 해본 건가? 그런 일 없으니 걱정하지 말게. 아쉬운 건 나 혼자만으로 충분하니. 사실 그녀가 헛것으로 봤던 존재가 나와 닮았다고 생각해봤을지 어쨌을지 혼자 추측해본 적이 있긴 하네. 그러나 약을 지으러 왔던 그때 그녀가 그런 생각을 했을 리는 없네. 만약 그랬다면 정말 귀신을 만난 듯 경악했을 테지. 그랬다면 찾아왔을 리가 없지. 제 아이와 함께 동문 부근 언덕배기 노인의 의원으로 찾아왔을 때 그녀 얼굴은 환했네.

나는 그렇게만 기억하고 있네.

노인이 진맥을 짚은 뒤 아이와 아이 어머니에게 해준 말은 내가 한 말과 크게 다르지 않았네. 여자가 나도 그렇게 말하더라고 하니 노인은 제대로 진단한 것이라고 해주더군. 그러고는 이래.

"약은 자네가 직접 지어보게. 아이 것과 부인 것 모두."

"아, 그래도 약은 어르신께서 직접 지어주시는 게 좋을 듯합니다."

송구해하며 그랬더니 노인은 진단이 정확하니 약 짓는 일에 꺼릴 게 뭐가 있느냐더군. 그래서 나는 그날 두 사람 약을 직접 지어주게 되었네. 이미 나에 대한 믿음이 깊은 여자는 흡족한 낯빛이더군. 마지막 순간에 노인이 약첩에서 슬쩍 하나를 빼고 대신 다른 하나를 넣는 걸 나는 봤네. 그 자리에서는 우리 두 사람 모두 아무 말 않았지.

떠날 때, 나는 아이를 불러 안아주었네. 갑작스레 그러고 싶었네. 번쩍 들어올리기도 했더니 놀라더군. 그래도 다음 순간엔 좋아 깔깔 웃어. 조카, 그때 내가 안은 건 분명히 아이네. 예전 부잣집 처녀가 아니네. 오해 말게.

여자가 떠난 뒤 나는 혹시 잘못된 게 있느냐고 물었네.

"아니야. 다만 아이 어머니는 약을 좀 길게 먹어야 할 듯해 독한 성분이 있는 것 하나를 약한 것으로 바꾸었을 뿐이네."

노인의 대답을 듣고서 나는 고개를 끄덕였지.

약 처방에 대해 내가 뭘 깊이 깨닫게 되어서 그런 건 아니야. 나는 그녀의 마음에 그늘이 완전히 걷히는 데는 시간이 어느 정도는 걸릴 일이구나 하고 혼자 생각하느라 그랬던 것이지.

그날 저녁이었을 거야.

저녁 밥상을 물리고서 노인이 한마디 툭 던지더군. 낮에 온 여자가 나를 대단한 의원으로 믿는 듯하더라고 말이야. 나는 처음엔 무슨 말씀이냐고 아직 배워야 할 게 많다고 겸손을 떨었지. 그리고 넘어갈 일이었는데 얼마 뒤 노인에게 고백을 하게 되지.

그동안 왕진해 치료한 아이의 어머니가 예전 부잣집 그 처녀더라는 사실. 그리고 더 털어놓은 것도 있지. 내가 그녀의 믿음을 얻게 된 경위에 대해서도 말이네.

의원으로서 능력을 발휘해 믿음을 얻었던 게 아니라고 고백한 셈이지. 그런데도 노인은 훌륭한 대처였다고 하더군.

어느 날 노인이 물어.

"혹시 자네 그 여자를 마음에 품고 있는 건 아닌가?"

나는 뜨악하다는 표정을 지은 뒤 왜 그리 생각하셨느냐고 물었지. 노인은 그저 퍼뜩 그런 생각이 들더라더군. 나는 아니라고 대답했어. 그리고 껄껄껄 웃었지.

"아니라면 다행이네. 혹시라도 그런 일 없기를 바라네. 요즈음 자네 얼굴에 자주 수심이 끼는 듯해 해본 말이야."

"아니옵니다. 더 열심히 공부할 터이오니 그런 걱정은 마십시오."

"내가 바라는 바야 그것이지. 뭐 꼭 더 열성을 내라는 뜻은 아니네. 이 일도 다 시간이 있어야 하는 것이니 때를 기다릴 줄도 알아야지. 때가 되면 절로 이루어진다 싶은 부분도 있다네."

가끔 그렇게 도인 같은 소리가 나올 때면 나는 고개를 끄덕여 주곤 했지. 그때도 마찬가지였네. 노인은 그곳의 다른 사람보다 별나게 보이는 구석이 전혀 없는 사람이었네. 긴 수염 휘날리고 지팡이 짚고 무시로 나타나고 하는 도인을 떠올릴 필요가 없네. 그런데도 그즈음 나는 도인의 풍모를 조금씩은 발견하곤 했네. 그 노인 의원에게서⋯⋯.

노인이 내 얼굴에서 수심을 본 건 정확했네.

예전 부잣집 처녀를 다시 마음에 품어서 생긴 수심은 아니네. 그녀를 떠올리지 않은 건 분명히 아니긴 해. 보이지 않는 신랑으로 그녀를 내 마음대로 안고 쓰다듬고 하던 때의 일 생생히 떠올린 적도 있네. 그러나 그때도 다시 그런 일을 그리워해서는 아니네. 그건 그것대로 내가 털어내야 할 마음의 그늘일 뿐이었던 것이지. 그럼 그 무렵 얼굴에 은근히 비치기 시작한 수심은 무엇이었느냐 하면…….

애초에 노인이 본 수심은 막연한 것이었는지도 모르지.

그러나 곧 그건 분명해지기 시작하더군. 조카, 나는 지상의 가족을 그리워하게 되었네. 자네 숙부인 나라는 인간, 이제야 가족 이야기를 끄집어내는군. 한심한 작태라 생각할지도 모르겠어. 가족에 대한 생각이 왜 없었겠느냐만 어째 이야기하는 동안 내밀 틈이 없기도 하더군. 물론 핑계라는 건 나 자신 잘 알고 있네. 우리 집안에, 처와 자식의 형편에 등한했던 것 틀림없는 사실이네. 어울리지 않게도 협객의 삶을 바라며 날뛴 인간이니 더 말할 게 뭐가 있겠나.

그래도 이 어리석고 낯짝 두꺼운 인간에게도 고향과 처와 자식이 생각나더군.

"삼봉을 아는가?"

하루는 노인이 내게 묻더군.

"정도전이라면 이름은 압니다."

나는 나도 모르게 심드렁하게 대답했네. 그날 노인은 평소 입에 잘 대지도 않던 술을 내놓고 나와 무슨 이야기를 나누자고 하였네.

이성계를 도와 조선을 개국하게 하고 조선의 기반을 닦게 하였으나, 뒷날 태종이 되는 방원의 무리에 죽임을 당하고 아직껏 신원되지 못한 삼봉을 노인이 입에 올릴 줄은 몰랐던 일이었네. 그동안 의기소침해 있던 나의 기분을 군왕과 그 신하 사이에 있었던 일을 이야기해 좀 풀어주려나 보다 싶었네.

"정도전은 한 고조가 장자방을 쓴 것이 아니라, 장자방이 한 고조를 썼다고 말한 사람이네."

무슨 뜻인가? 군왕이 신하를 부려 이상을 펴는 것 같으나 실은 신하가 군왕을 내세워 자신의 이상을 편다는 뜻 아니겠는가? 정도전은 그런 생각을 가진 사람이라는 것이지. 귀가 순간 솔깃했네. 들어보니, 삼봉은 군왕이 가진 권한의 하나는 재상을 찾아내 임명하는 것이요, 다른 권한 하나는 그 재상과 정사를 논하는 것이라 했다더군. 따져보면 결국 삼봉은 군왕이 국가의 대사를 협의하되 재상에게 모두 맡거아 한다고 주장한 것이라더군. 이성계의 아들 방원에 당한 것은 바로 이러한 혁명적 사상 때문이었다는 거야.

군왕이 성군과 명군만 나오는 게 아니니 권한을 제한하고 재능 있는 재상이 선택해 일을 맡도록 해야 한다는 이 주장 어떤가? 혈통으로 정해진 군왕이 아니라 재능으로 선택된 재상이 권한을 가져야 한다는 이 주장 어떤가?

생각할 거리가 많은 주장이지. 가슴을 뛰게도 하는 주장이지.

그런데 그때 이 숙부는 돌아갈 수 없게 된 고향을 그리워하는 자였네. 새삼 처와 자식을 그리워하는 자였네.

망향인.

그렇지. 우울한 망향인이라는 표현을 내가 한번 썼던 것 같은데?

그때 그 말에 가족에 대한 그리움을 담았네. 낯 뜨거워 더 구체적으로 이야기할 수 없었지 않나 싶네. 노인이 내 얼굴에서 봐낸 수심의 정체를 내가 또렷이 깨닫고 난 다음, 그것은 감당하기 어려울 정도로 나를 괴롭히기 시작했어.

예전 부잣집 처녀를 다시 만난 게 그곳에서 산 지 여섯 해째 되는 때의 일이었지. 그리고 근 한 해 동안 나는 지상과 가족이 그리워 속으로 끙끙 앓아대어야 했지.

다시 읍내를 배회하는 일도 있곤 했어. 혼자 주막을 찾는 일도 있곤 했어. 말을 빌러 타고 성 밖으로 나가 멀리 달려본 것도 여러 번이네. 그곳 민속에는 사람 발길 닿지 않은 울창한 숲에서 때가 되면 신물이 나와 세상을 금은으로 영화롭게 하고 음식으로 사람을 배부르게 할 것이라는 신앙이 있더군. 향청에서 공식적으로 하는 행사는 아니지만 해마다 신물맞이 굿도 해. 마을 단위나 또 어떤 모임 단위로 열리는 듯해.

조선의 일반 민중이 진인을 기다리는 것과도 비슷해 보이더군.

조카, 나는 그 숲을 찾아 헤매기도 했네.

내 나름의 신물맞이였지. 그곳 사람이 되어 살아갔지만 내 속에서 격한 감정이 일어나 있었고, 그것을 다스리자면 그렇게라도 할 수밖에 없었지. 성 밖의 산과 들과 숲 곳곳에 십여 호에서 수십 호가 모인 마을이 있어. 혹은 드물게는 백수십 호에 이르는 마을도 있더군. 내가 다 돌아보지도 못 한 큰 호수도 있어. 읍성에서 먼 곳은 며칠 거리나 되는데, 그 먼 곳에서 더 먼 곳으로 가면 어디에 가닿는지 궁금했네만, 그건 그곳 사람들에게는 관심 밖 일이더군. 사람 발길이 닿지 않은 숲이라고 할 뿐이었네.

그 숲이 꼭 어느 지점을 말하는 듯하진 않아. 여하튼 마을에서 외따로 떨어진 울창한 숲, 제각기 두려워 멀찌감치 피하거나 막연하나마 마음에 떠올려 치성을 드리기도 하는 그런 숲. 성 밖

사람들은 장날이 되면 읍성으로 모여들어 물산을 교환도 하고 사고팔고도 해. 드넓은 산야 곳곳의 마을들을 부지런히 돌아다니며 세상 소식까지도 물어 나르는 것은 등짐장수니 봇짐장수니 하는 장사꾼들이야. 무슨 전설 같은 것에 의하면 예전에 바깥과 통한 적도 있긴 한 모양인데, 그렇다고 조선에 가닿거나 중국에 가닿는 것은 아니라는 말이지. 차라리 불을 뿜어 가뭄을 몰고 오는 강철이 같은 괴수의 세상이나, 짐승과 사람이 한 마을을 이뤄 사는 세상에 가닿을 듯하지.

언제 한번은 성 밖으로 나가 숲길의 끝에 이르렀는데, 범의 것도 아니고 거인의 것도 아닌, 잠꼬대인지 잠을 깨서 신경이 날카로워 내지르는 소리인지 모를 소리를 들은 듯도 해. 한순간 숲의 온갖 나무들이 내 쪽으로 휘어지며 어지러이 나뭇잎을 쏟아부었지. 순간적으로 태풍이 몰아친 듯했다네.

그곳이 사람들 발길 닿지 않은 숲의 초입이었을까? 끝내 확인할 길이 없었네. 말이 기겁해 뛰기 시작했으니까.

그리고 드디어 나는…….

드디어는 노인도 알았네. 내가 무엇을 앓고 있는지.

"눈 딱 감고 십 년은 공부해보게. 그러면 어찌 살아가야 할지

답을 얻을 수도 있을 거야."

몇 번 비슷한 말을 듣다가 하루는 내가 노인에게 이렇게 받고 말았네.

"십 년 공부를 하면 지상으로 돌아갈 길이 열리옵니까? 돌아갈 길이 있다면 지금 알려주십시오. 도저히 더 견딜 수가 없습니다. 의술을 공부하는 건 보람된 일입니다. 하지만 지금으로서는 지상 세계가 생각나서 도저히 더 해나갈 수가 없습니다. 저를 여기에 어쨌든 붙들어놓아 보려고도 해봅니다만 그랬다간 이 세계에서 패악이나 떨 뿐일 것 같은 두려움이 듭니다. 제가 못된 귀신이 되지 않도록 도와주십시오. 지상으로 가는 길을 아신다면 제발 알려주십시오!"

소리치다 노인의 낭패스런 눈빛을 마주친 나는 집을 뛰쳐나갔네. 그날은 그 세계에서 제일 많이 취했던 날이었을 거야.

대취, 대취, 대취했지.

"자네, 꼭 지상으로 가야겠나?"

한 달여 지나 하루는 노인이 그렇게 묻더군. 대취한 뒤에도 나는 노인의 조수 일을 계속했기. 읍내를 별나게 배회하거나 그러진 않았어. 말을 빌려 타고 어디든 다른 세계가 없나 하고 달려보는 일도 없었지. 대취하여 광란을 부림으로써 미치게 하는 듯한 기운은 가라앉았지. 아, 대취하여 광란도 부리지 않았겠나. 하하, 어찌 광란을 부렸는지는 말을 말도록 하지. 여하튼 그러고 서 아무렇지도 않은 듯 진맥을 짚고 침을 놓고 뜸을 뜨는 일을 했지. 그러나 그 기운이 다시 쌓여갔을 것 아닌가. 한번 열린 구 멍에서 술술 새어 나와 차곡차곡 쌓여갔으니 드디어는 내 얼굴 을 찡그려놓게 하였고 저도 모르게 한숨이 나오게 하고 그랬지.

무심한 듯했으나 노인은 나를 주의 깊게 보고 있었던 거야. 그 러고는 또 대취해서 광란을 부릴지도 모른다 싶었는지 그렇게 물어왔던 거야. 지상으로 돌아가고 싶으냐고.

달리 할 말이 없었네. 바로 나는 엎드려 절했네. 돌아갈 길을 알려 달라며.

"한 열흘만 더 생각해보게."

"열흘 뒤에는 알려주실 겁니까?"

나도 그냥 물러나지 않았지. 나는 그대로 엎드린 채였어. 노인 은 또 이래.

"내친김에 십 년만 공부해보라고 붙들고 싶어. 공부가 아까워 서 그러네. 백 년에 한 번씩 휘몰아친다는 괴질도 머잖아 움직이 지 않을까 싶어. 그때 사네가 내 곁에 있으면 큰 도움이 될 듯 해."

"십 년 공부 뒤 괴질이 돌고 그때 제가 어르신을 도와 읍민을 구해내기라도 한단 말씀입니까?"

"아, 앞날의 일을 어찌 다 알 수 있겠나. 빠를 수도 있고 늦을 수도 있지. 하지만 괴질이 돌면 뛰어들어야 하는 것 아닌가. 의원으로서 당연히 그리해야 하지 않는가. 읍민을 구해낼 수 있느냐 없느냐 따지기 이전에 말일세."

"그동안 거두어주셔 고맙습니다. 감사하게 생각하고 있습니다. 소인도 이곳에 정을 붙이고 살아가려 노력하였습니다. 다 잊고 살 수 있을 듯도 했습니다. 그러나 뜻밖에도 지상의 처자식이 생각나면서 이곳에 더 앉아 있기가 어려워졌습니다. 하루하루 뼈가 깎여나가고 핏줄이 타들어가는 듯한 고통을 겪고 있습니다."

조카, 그즈음 나는 정말 그렇게 괴로워하고 있었네. 속이 타들어가 어찌해야 할 바를 모르겠더군.

노인은 자신도 그때쯤 해서 몹시 괴로웠노라고 했네.

나는 아무래도 어르신보다 근기가 많이 모자란 듯하다고 아뢰었지. 그랬더니 이러더군.

"자네는 왕이 되려고도, 군왕의 야심을 품기도 한 자가 아닌가?"

"다 착각이었지요. 제가 어디 군왕의 그릇이겠습니까? 또 이 세계에 왕이 무슨 소용입니까?"

내 감정이 격해졌나봐. 노인이 이러더군. 비꼰 게 아니라며 이러더군.

"자네는 풍요롭고 강성한 나라를 경영하는 군주가 되어 읍민을 편안하고 복되게 하려 했던 것이니까."

"그러나 그건 이 세계에서는 도적패보다 더 흉악한 심보로 대접하지 않습니까?"

"허허, 다시 예전처럼 논란할 일은 아닌 것 같네."

"그렇습니다. 저도 이제 왕이니 읍민이니 하는 것에 관심 두고 있지 않습니다. 그리고 예전 부잣집 처녀를 꿈에라도 품는 일 없사옵니다. 부디 돌아갈 길을 알려주십시오."

노인은 다시 눈을 감더군. 두 눈을 감은 채 체념한 듯 고개를 끄덕이더군. 그리고 나지막한 소리로 혼잣소리처럼 중얼거리더군.

"이미 말을 끄집어냈으니 열흘은 더 기다려보세."

노인이 나를 붙들기 어렵다는 판단을 했다고 짐작되더군.

그러나 불안했어. 열흘을 더 기다려보잔 말이 무슨 꿍꿍이 같기도 하잖아. 나는 전에 없이 노인의 속마음을 의심해보기도 했지. 그 열흘 동안 어떤 일이 있었는가 하면, 하루는 노인이 괴질의 시작이 생각보다 빨라질 듯하다며 장탄식을 하더군. 한나절 우두망찰하던 노인은 약재를 바삐 썰더군. 나도 묵묵히 일을 도왔지. 속으로는 나를 붙들려고 잔꾀를 쓰는 것은 아닌가 의심하면서도.

닷새인가 남겨놓고 노인은 평상심이었네.

나는 초조하고 또 의심이 더 깊어졌겠다고? 아니네, 아니야.

그때부터는 나도 차분해졌지. 속을 끓이거나 하진 않았어. 나는 노인에게 바람도 쐴겸 나가보자고 했네. 어떤 골짜기의 약초꾼이 새로운 약재를 구해놓았다는 연락이 있었던 걸 떠올리고서 말이야. 수레에 약초를 싣고 돌아오는 길에 나는 다정한 주인과 하인처럼 노인과 세상사를 가볍게 논하였네. 멀리 보이는 숲과 가까운 나무 그리고 얼굴에 닿는 바람이 새삼 정겨웠지. 노인은 백 년에 한번 닥친다는 괴질을 분명히 마음속에 두긴 했으나 그것으로 물결을 일으키지는 않았네. 나도 물 위를 살살 노저어 갔지. 생로병사도 일상사인 것처럼. 평상심으로 다 지나가게 할 수 있는 것처럼. 수레를 끄느라 땀도 나고, 기분도 한결 너 가벼워졌네. 그런데 그 길에서 우리는 지상 세계에서 온 사람들을 만났지.

한 눈에 봐도 지상 세계 사람들이었어.

그들은 우리를 의식하면서 큰길로 다가왔네. 노인과 나는 서로를 쳐다봤네. 나는 아무 말도 하지 않았지. 노인도 마찬가지였어. 그러나 잠깐 사이에 우리는 그들의 정체를 알아챘다는 사실을 서로 확인했지.

노인이 말하더군. 정말 그때 그러고 싶었다는 듯이, 잠시 쉬었다 가자면서 길가 나무 그늘에 앉더군. 나는 수레를 세우긴 했으나 어디 앉지는 않았네. 한눈을 파는 척했네. 한 가족으로 보이는 그들이 큰길에 합류하기 전에 노인이 말했지.

"어디서 오는 길이오? 먼 길을 온 듯하오이다?"

나는 고개를 돌렸고, 주춤 멈춰서는 그들을 봤어. 한 아이는 제 입을 막더군. 여자아이였을 거야.

"산골로 다니면서 밥 얻기가 힘들었으면 우리를 따라오시오."

노인이 자기들을 보고 말한 게 분명해지고도 그들은 얼마간 더 꼼짝을 하지 않았네. 드디어 남녀 두 아이의 아버지로 보이는 사내가 말했어. 자기들이 보이느냐고. 도대체 여기가 어디냐고. 무척이나 이상하게 들리는 말과 억양. 그 소리를 어찌 알아들었는지 노인은 차차 알게 될 것이라고 대답했네.

조가, 내가 끄는 수레 뒤에 붙어 그들은 읍성으로 왔네. 노인의 집으로 데려온 그 가족은 복색도 머리 모양도 참 낯선 자들이었어.

양이의 피가 흐르나 해서 뜯어보면 우리와 같은 얼굴이야. 일본이나 청나라의 말을 쓰는 것도 아니야. 이 사람들 도대체 뭐냐! 밥을 먹게 한 노인이 어디서 왔느냐고 묻자, 그들은 조선에서 왔다고 하였네. 우리가 이해하지 못 하는 듯 보이자 북조선에서 왔다고도 했고, 일본에 나라를 빼앗긴 뒤 되찾았으나 오래 북과 남으로 나뉘었다고도 했네. 노인은 광녀를 두고서 나한테 다른 시대를 언급한 적 있는 사람이었네. 그러나 그도 그토록 세계가 달라지리라고는 생각하기 어려웠는지 거듭 묻고는 고개를 내저었어.

다른 시대에서 온 자들. 이백 년 뒤쯤 세계에서 온 사람들. 어떤 면에서는 그들이 우리보다 더 빨리 다른 시대로 온 것을 알아챈 듯했네. 물론 자신들이 지하 세계에 오게 됐다는 것은 좀체 받아들이지 못하는 듯했지만 말일세.

조카, 이 숙부기 우리 조선의 옛 나라들을 공부한 적이 있었네. 고렷적이나 신랏적보다 시대를 더 거슬러 올라가고, 삼국시대보다도 더 거슬러 올라가서야 만나는 단군 조선이니 삼한이니 하는 나라들. 이 땅의 조선이 망하고 남의 손에 넘어갔던 것을 되찾은 뒤 북의 조선과 남의 한으로 나뉘어 다툰다지 않는가? 옛 나라인 단군 조선과 삼한이 이 땅에 되살아난 것일까? 그렇게 이해해 볼 수도 있었지만, 그 시대의 삶은 좀체 이해하기가 쉽지 않더군.

삼 년간 전쟁을 치르고 육칠십 년을 대치하며 원수로 산 북과 남. 드디어 이 두 나라가 화해하고 하나로 합칠 일도 구상하기 시작하였다더군. 그 앞서 북의 조선이 양이, 그중에서도 미국이라는 양이와 맞서기 위해 오랜 공을 들여 만든 무서운 폭탄을 없애는 조건으로 돈을 비롯해 여러 가지 지원받기로 한 협상이 타결돼 사업이 진행되던 중이었다지. 그런데 북의 백성이 왕의 압제에 맞서 목소리를 내러 거리로 쏟아져 나오고 그것을 군대가 나서 진압하려 하며 혼란에 빠졌다더군. 민란 같은 것이 곳곳에서 났고 많은 사람이 유민이 되었네. 유민이 되었다가 그들은, 나라 밖으로 탈출하려 계획하게 되었네.

이 숙부처럼 그 지하 세계에 빠져든 것은 두만강을 건넌 다음이었어. 산골에서 정신을 차린 뒤 그들은 한동안 자신들이 중국 땅 어디에서 알 수 없는 경로로 약물에 취했거나, 잠이 들게 하는 연기라도 마신 것이려니 했다는 것이야. 사람을 발견하고 도움을 요청했는데 본 척도 하지 않고 지나가더란 일이며, 노인이

146

어디서 오는 길이냐고 물었을 때 귀신을 만난 듯 놀랐던 일이며 다 털어놓더군.

나는 그들이 어찌 지하 세계로 오게 됐는지 설명해 줄 수 없었네. 살아가려면 어찌해야 하는지는 말했네.

남은 닷새는 그렇게 지나갔지.

서로 다급한 궁금증을 어느 정도 푼 뒤 나는 삼봉을 떠올렸어. 그리고 다른 조선에서 온 내 또래 남자에게 물었네. 그 시대에는 혈통으로 정해진 군왕과 재능으로 선택된 재상 중 누가 권한을 가지는지 물었네. 한참을 풀어 설명하고서야 내 뜻이 전달되었지. 대답은 간단하더군.

"현대의 많은 국가에서는 투표로 선출된 자가 지도자를 맡습네다."

북의 조선도 그러하냐고 물었지. 이번 대답은 길었고 열띤 것이었어.

"북조선도 형식적으로야 그렇습네다. 그러나, 김씨 조선이니 김씨 왕조니 하는 소리가 있는데 그거이 틀렸다고 말할 수 없습네다. 삼대가 세습했으니 왕조 국가 아니겠어요? 핵폭탄으로 나라 안팎에서 흥정하며 권력을 놓지 않으려다, 인민을 숱하게 난민으로 만들고 결국에는 저희 권력도 목숨도 위태롭게 됐시오.

우리는 세계를 상대로 한 사업이 잘 될 줄 알았고, 처음에는 기대가 컸습니다. 다른 나라에서 돈이 들어오고 사람이 들어오고 하면서 물자가 풍부해졌으니까요. 그런데 그것들 빼돌려 제 주머니 채우는 자들이 나오더군요. 돼지 같은 자들이었지요. 인민들 귀와 입은 한사코 틀어막으려 하면서 말입네다. 토막 난 돼지 그림이 이곳저곳에 나타났지요. 그리고 인민들이 거리로 뛰어나왔지요. 돼지가 토막 난 자기 몸을 뒤늦게 알고 깜짝 놀라는 그림이 크게 내걸렸습니다. 그러자 군대가 나서 총을 쏘기 시작했습니다.

평화니 번영이니 하며 북의 인민이 당하는 고통은 나 몰라라 하고 무슨 역사적 과업인지 개인적 업적인지 만들려 설쳐댄 남쪽의 크고 작은 지도자들도 문제가 많기는 마찬가지라 봅네다. 남쪽 경제인들이란 작자들은 우리를 값싼 노동자로만 봤고요. 그 남에서는 아예 재능을 보고 국민들이 투표해 지도자를 뽑습니다만, 그것도 문제가 없다 할 수 없시오. 사람 재능이란 걸 알아보기가 쉽지도 않고 재능 이전에 한 사람 마음속에 뭐가 들었는지, 또 마음이 어떻게 변하는지 다 알 수가 없으니까요. 그리고 투표란 늘 인기투표 수준에서 못 벗어난다지요."

북의 조선이 만들어냈다는 어마이미한 폭탄. 위력이 어떠한지 구체적으로 알고 싶어 물어보기도 했네, 아들과 함께 있던 아버지에게 물었는데 그 아들이 답하더군.

"여기 읍내와 온갖 골짜기들까지 포함한 이 지하 세계 정도는 한 방에 다 가루로 날려버릴 정도로 위력이 대단합네다."

그리고 새가 날 듯 하늘을 나는 기구가 있어 사람이 그것을 타면 하루 안에 지구 반대편이라도 갈 수 있다더군. 지구 전체에 촘촘한 그물망처럼 선이 놓여 말만 통한다면 누구와도 서로 불러내 대화할 수 있다더군. 그런 세상에 어찌 압제가 있을 수 있고 유민이 있을 수 있는지 모르겠다고 나는 말했지. 그리고 나는 어지럼중에 헛구역질이 나려던 걸 참고 이렇게 한마디 맥없이 물어봤네.

"그 시대에도 선비는 책을 읽고 백성들은 농사를 짓습니까?"

이번에는 아이의 아버지가 대답해주었네.

"책이야 읽고 말고요. 하지만 하루가 다르게 생산되는 정보와 지식을 책에 다 담을 수는 없습네다. 인민들이 농사도 짓습네다. 밥은 먹어야 하니까요. 그러나 그건 생산 경제의 작은 부분에 지나지 않습네다. 농업보다 공업과 상업이 더 많은 걸 생산합네다."

사농공상이 뒤집어진 것이지. 조카, 사농공상이 뒤집어졌다면 세상이 뒤집어진 것 아닌가? 세상은 그렇게 된다더군. 그렇게 되었다더군.

세상이 뒤집어진 것까지 확인하는 동안 남은 날은 마저 지나갔네. 그런 중에 남자가 의사의 길을 포기했으나 대학에서 의학 공부를 했다는 것을 털어놓았어. 그것은 노인에게 아주 반가운 소리였어.

열흘이 지나자 노인이 이러더군.

"준비는 되었나?"

순간 무슨 말인지 헷갈리더군. 그러나 곧 나는 고개를 끄덕였지.

"달리 준비할 것이 없사옵니다."

노인은 벼루에 먹을 갈던 것을 멈추고 종이와 붓을 준비했네. 그리고 글을 쓰기 시작하더군. 아무래도 글자 같지가 않아. 휘갈기더군.

부적인가 싶은데 꼭 그렇지도 않아. 글월도 아니고 부적도 아닌 걸 써놓고 한참 들여다보더니 그걸 나한테 내밀어.

나는 아무 말 않고 받아 들었네.

"서문 밖으로 나가면 청구산이 나오잖는가? 그 산에 절이 하나 있지. 주지 스님 찾아가 그것 보여주면 도움을 줄 것이네. 어서 가보게."

조카, 그때 울컥 눈물이 솟구쳤네.

나는 황급히 무릎을 꿇고 절을 올렸네. 세 번 예를 다해 절을 올리고, 부적인지 서찰 글월인지 모를 것 하나만 접어 품에 넣었어. 뒤돌아보지 않고 언덕배기 노인의 의원을 나섰네. 괜스레 햇빛이 눈에 부시더군. 어지러울 정도로 부셨던 것으로 기억하네. 그때는 초여름이었지.

주지 스님은 몇 번이나 서찰을 들여다봐. 그러곤 따라오래.

청구산의 그 절은 산비탈에 자그마한 법당이 여럿 있었어. 스님은 나를 제일 위쪽으로 데려가더군. 위태롭다 싶은 곳에 아슬아슬하게 자리 잡은 새 둥지 같은 법당 앞까지 가서는 각오가 되었느냐고 묻지 뭐야. 뭐 어떻게 돌아가는지 알 수 없었지만 나는 입을 힘줘 다물고 고개를 끄덕였네. 그러자 문을 열더군. 한쪽에 비탈의 바위가 얼마쯤 들어와 앉은 채 그대로 벽 구실을 하는 방이었어. 불상을 모신 곳은 아니니 그냥 선방, 그냥 다락방 같은 곳이라 해야 할지도 모르겠군. 안으로 올라서니 물병 하나를 내밀곤 이러더군. 주지 스님이 말이야.

"힘껏 기도해보게. 달리 길이 있는 게 아니네."

허리를 숙이며 고개를 조아리기 바쁘게 문이 닫혔어. 절그럭거리는 소리가 났어. 쇗대를 채운 것이더군. 그리고 보니 문짝도 웬만한 힘으로 부술 수 있는 그런 게 아니야. 그 방 안에 무슨 지

상 세계로 이어지는 굴이라도 있나 싶어 둘러봐도 그런 따위는
없어.

　주지 스님이 밖에서 쇳대를 채웠더랬지?
　물이 떨어질 때쯤 해서 열릴 문이 아니더군. 하루에 한 끼는
먹어야 하잖느냐고 주먹밥이라도 밀어 넣어 주기 위해 열릴 문
도 아니야. 하루가 꼬박 지나서 밖에 기척이 난다 싶더니 주지
스님의 목소리가 들리는데, 지상 세계로 가지 못 하면 그 자리서
죽게 되니 단단히 마음먹고 기도하라는 거야. 그게 전부야. 기막
힌 노릇이지. 하지만 어쩌겠나.
　죽기 살기로 기도했네.
　아껴 마신 물도 다 떨어지고, 이것 혼자 돌아가겠다고 떼를 썼
다가 벌받는 것은 아닌가 하고 해보던 의심도 다 가라앉고, 이제
끝까지 가본다 생각하며 기도하다 나는 의식을 자꾸만 놓치기
시작했어. 그새 바깥 날씨가 뜨거워진 듯해. 땡볕이 무섭게 내리
쪼이는 건 아닌가 싶을 정도였네. 다락도 뜨겁게 달아오르더군.
드러누워 기도하다 기력을 회복하면 다시 일어나 기도하기를 얼
마나 반복했는지 모르네. 기도만 한 건 아니지. 온갖 생각이 다
떠오르더군. 내가 왜 그 지하 세계에 오게 되었는지 곰곰이 따져
봤지. 지상 사람이 왜 그곳에선 하늘 귀신으로 취급받는지도 따

져봤지. 지상에서 귀신이라고 하는 존재는 또 무엇인지 따져봤지. 모르고 모르겠더군. 그래도 그런 생각이 떠오르고 그럼 무슨 밧줄처럼 잡고 늘어졌네.

다 잊었다고 생각한 부잣집 처녀와의 일과 왕을 꿈꿨던 일도 떠오르더군. 다 잊었다고 생각했는데 새삼 나를 사로잡더라고, 그리고 어느 날 그 생각들이 불같이 치솟다가 나한테서 마치 허물처럼 벗겨져 나가더니 흰 재가 되는 것을 보았네.

흰 재가……

그리고 가뭇없이 잠이 들었을 거야.

매가 남아 있지도 않은 내 몸을 다 뜯어먹는 꿈을 꿨던가? 매가, 매가 하늘로 날아오르는 것을 마지막으로, 잠도 꿈도 없는 무엇이 펼쳐졌던가?

한참이 지나서였네. 어디선가 빛이 비치는 것을 발견했지. 방 안으로 밀고 들어온 바위와 한쪽 구석 나무 기둥 사이에서 빛이 들어오고 있더군. 그곳으로 기어가 눈을 맞췄지. 빛이 들어오는데, 그 빛은 틈 사이로 들어오는 빛 같지가 않아.

파르스름한 빛이 들어오는 그곳은 산속에서 뻗쳐 들어오는 빛이었네. 그렇게 느꼈네.

그 빛을 오래오래 들여다보았을 거야. 그러고는 그 작은 구멍을 향해 머리를 들이밀었네.

누가 그때 내 엉덩이를 신장대 같은 것으로 쳤는지 어쨌는지……

그때 이 지상 세계로 돌아올 수 있었네.

노인이 소개해준 스님의 도움으로 이 조선 천지로 돌아왔단 말이네. 속리산 자락에서 허방을 짚고 가게 되었으니 그곳에서 빠져나오면 어디가 되겠는가?

확신하지 못 했지만 그래도 제일 먼저 짚어볼 때는 속리산 어디가 아닌가 하고 살펴봤네. 그런데 한눈에 봐도 그곳은 속리산이 아니었어. 그럼 어디였겠는가? 의원 노인은 오대산 부근에서 그곳으로 가게 되었다고 했지. 오대산을 눈여겨본 적은 없지만 그곳 같지도 않아. 산은 높지 않았어.

얼마 동안 정신을 잃었던가봐. 옷매무새는 흐트러져 있고 얼굴엔 흙먼지라도 앉은 듯했어. 우뚝하니 솟은 소나무 아래 누워 있었던 것도 같고 큼지막한 바위에 기대 있었던 것도 같고 그랬네. 무슨 동굴 같은 곳에서 깨어난 건 아니었어. 먼 산과 가까운 들이 한참이나 제대로 구분되지 않았어. 가까운 나무나 바위는 겹쳐 보이기도 하고 그랬지. 다락은 아니니 빠져나왔구나, 직감

하고서 둘러봤는데, 한참이나 걸려 눈에 초점이 맞춰지고 원근도 제대로 구별할 수 있게 되더군. 정신도 제대로 머릿속에 들어앉는 느낌이 들었지. 그러면서 나는 그곳이 속리산도 오대산도 아니다 생각했어. 그때 어디 가까운 곳에서인 듯 수탉이 목을 빼서 우는 소리가 들렸어.

그리고 눈에 들어온 것은 꽤나 익숙한 바위였네.
내가 오래 등을 대고 있었던 것은 바로 그 바위였던 것 같았네. 뒤늦게 그 바위를 눈에 넣은 나는 두 손으로 더듬어봤네. 그 바위는 어릴 적 형님과 함께 놀러 오기도 했고, 칠보산 아래 자목리에 분가한 뒤 산행 때마다 봐왔다시피 한 장보암이었네. 칠보산의 보물을 다 가졌다고 해서 가진바위라고 흔히 말하던 그 장보암이었네. 나는 그곳에서 금곡리로 곧장 빠지는 길을 알지. 그러나 능선을 탔어. 칠보산은 높지 않으나 능선이 길어 웬만큼 능선만 타도 운동이 충분히 되는 산이었지. 물론 나는 운동을 하기 위해서가 아니라 일고여덟 해 떠나 있었던 수원부를 한꺼번에 두루 살펴보기 위해 능선을 탔어. 화성을 비롯해 곳곳을 눈으로 더듬었지. 내가 지하 세계에서 나와 고향으로 돌아왔음을 확인했네.

속으로 눈물을 흘리며 나는 칠보산의 정상으로 갔지. 그리고 이 마을로 내려오는 길을 찾아 처자식을 부르며 내려갔지. 된장국 냄새에 울컥 눈물이 솟구쳤네.

죽은 사람이 살아 돌아온 일이었네.

글월을 남기고 제 발로 나갔으니 제 발로 돌아오리라. 처음엔 다들 그리 생각했겠지. 몇 달 정도 그렇게 생각했을까? 그래도 한두 해 정도는 무슨 연락이 오고 아니면 그냥 불쑥 나타나리라 생각했겠지. 그러나 일곱 해인가 여덟 해인가 하는 세월이 흘렀지. 그러니 말일세. 이미 죽은 사람으로 취급할 수밖에 없었지. 살아 있다면 어찌 그때까지 연락 한 번 없었겠어.

그런데 이 숙부가 나타났으니 숙모가 어떠했겠는가? 자네 두 사촌 동생은 또 어떠했겠는가? 죽은 지아비가 살아 돌아왔고, 죽은 아비가 살아 돌아온 일이었네. 집 안은 눈물바다가 되었고 폭풍이 치듯 한바탕 소동이 일어났네. 우리 집안 모두에게 알려지고 나서는 말할 것도 없는 일이지.

형님은 맨발로 대청마루에서 뛰어내렸다지 않는가. 자네 아버지는 말이야. 그동안의 사연 물을 것도 없이 잔치부터 열라고 하신 형님 아니신가.

아, 잔치를 여셨지.

이야기할 게 많네. 그러나 그때의 눈물바다와 폭풍 치듯 한 소
동 다 이야기할 틈이 없어. 협객 흉내를 내다 숨어버렸던 서생이
전국을 떠돌며 익힌 의술로 의원 일을 하겠다고 하여 모두를 어
리둥절하게 만든 일이나, 의원으로 이름을 얻어가던 때의 놀라
운 일이나 모두 덮어두기로 하세.

아, 해야 할 이야기 많다고 너무 내달리기만 한 건가?
조카, 어서 소피 보고 오게.
나도…….

여섯

이제 이 책의 마지막 장을 읽을 차례입니다.

이 마지막 대목에서 시형 형님은 궁중에 들어가 대비를 치료한 일을 털어놓습니다. 그건 사실 다 아는 일이지요. 궁궐의 어의 제안을 어떻게 뿌리쳤는가 하는 것은 새롭게 알게 되는 일일 수도 있겠습니다. 삼남을 다녀온 일은 많은 분에게 아예 몰랐던 일이 될 수도 있겠습니다.

형님은 삼남에서의 일을 중심으로 누군가가 자신의 삶을 전으로 남기기를 기대한다는 식으로 말하다가 사실 그건 관심사가 아니라고 정정합니다. 그러면서 소설을 언급하는데, 지하 세계에서의 일을 소설로 남겨볼까 진지하게 생각했노라 밝힙니다. 소설이란 형식으로 오해나 위험을 피하면서 일 만한 사람은 알 수 있도록 할 수 있으리라 기대했던가 봅니다.

그런데 형님은 소설이면서도 자신이 직접 겪은 일임을 힘줘 말합니다. 남 씨 성을 빌린 것은 결코 자신을 숨기기 위한 것이 아닙니다. 여기에 나와 있는 여러 행적을 보면 남시형은 틀림없이 우시형이니까요. 그럼 왜 그렇게 하였을까요? 시형 형님의 모친께서는 남씨 부인이십니다. 남원 남씨.

형님은 본인이 지하 세계에 빠진 동안 모친이 세상 뜬 일을 크게 죄스러워했습니다. 아내 분이 혼자 자식들 키우며 고생한 일과 의원 남편을 두고도 많지도 않은 나이에 세상 뜨는 병 얻게 한 일 또한 죄스러워했습니다. 혹시나 해서 좀 전에 내 알아봤더니 형수님 성씨도 남씨더군요. 고성 남씨. 남씨 부인이었습니다. 형님 자신의 성씨를 내리고 남씨 성씨를 빌린 것은 두 여인의 삶을 위로하고 기억하기 위한 것은 아닐까 혼자 추측해봤습니다.

이런 건 자제분들도 알 수 없는 일일 겁니다. 형님과 여러 차례 술잔을 나누면서 나는 그런 추측을 할 수 있게 되었지요. 물론 다 알 수는 없는 일입니다.

속리산에서 내가 매사냥을 배우던 때, 형님은 자신을 용인에서 왔다고 했습니다. 뒷날 알고 봤더니 형님은 나와 같은 수원부, 그것도 같은 매곡면 사람이더군요. 형님과 나는 칠보산 이쪽과 저쪽, 그러니까 하나는 동쪽에 다른 하나는 서쪽에 사는 사이였더군요. 이 댁이 동쪽이고 내가 태어나 스무 살 무렵까지 살았고 다시 돌아온 원평이 서쪽이지요. 내가 전에 나무하러도 오고 놀러도 오고 한 칠보산에서 형님은 깨어났습니다. 형님은 나보다 더 많이 이 산에 올랐다고 했습니다. 지하 세계에서 빠져나와 깨어난 곳이 이 산이래잖습니까? 정신 차려보니 칠보산의 보물을 다 가지고 있다는 장보암이래잖습니까? 우리도 그곳 가서 며칠 기도라도 하면 형님이 다녀온 지하 세계로 갈 수 있을까요?

나라의 지도에는 치악산이나 중악산으로 나온다고 합니다. 그러나 일대 사람들은 다 칠보산으로 부르는 이 산이 원래 무슨 산이었다고요? 네, 팔보산이었다고 합니다. 보물을 하나 잃어버려 칠보산이 됐지만 이제 다시 보물을 찾았다고 하면 어떨까요? 다른 세계로 통하는 문이라면 보물이라고 할 수 있지 않겠습니까?

이 마지막 장에 아직 남은 게 있군요. 그건 신부 잃은 조카 남광억에게 숙부 남시형이 해주는 말입니다. 아우 진광억은 형님 우시형 의원이 괴질이 도는 삼남에 갔을 때 얼마간 동행했습니다. 이번에도 함께하자고 하실까요?

이 사람도 궁금한가 봅니다. 이야기를 듣다 보니 좀 궁금해졌다 이 말씀이군요. 매잡이의 조수로 얼마간 지내다가 광대 패를 따라다니기도 했습니다. 심부름꾼 같은 일을 했습니다. 수원에서 형님과 재회했을 무렵에는 성내 약재상에서 일하고 있었지요. 책쾌 노릇도 겸한 게 양반 나리 형님과 오래 인연을 이어오게 하지 않았나 합니다. 지금은 농사일까지 틈틈이 하지요.

*

조카, 자네에게 황망한 사건이 생기지 않았는가!

내가 뭐라고 했는가? 자네 일과 관련해서 이야기를 하노라고 서두에 밝혔네. 나는 그저 내가 겪은 기이한 일을 자네에게 털어놓기 위해 이 이야기를 시작한 것이 아니네. 자네의 일은 내가 겪은 일과 분명히 관련이 있네. 그래서 이야기를 해야겠다고 마음먹었어. 그리고 자네를 시간 내게 해서 부른 거라네.

처음부터 긴 시간 필요하리라 생각했네. 하지만 이리 길지는 몰랐네. 겪은 일의 대강만 알려주며 내달리고 있네만 한참 오래 걸렸네. 이야기하다보니 더 상세하게 들려주지 못 한 부분이 많네. 아쉽네.

필요하다면 따로 떼어 이야기하지. 그때 자세히 이야기하고 뜻도 따져보도록 하세.

대비의 병을 고쳐야 할 일을 맡게 된 것은 용한 의원으로 이름을 얻어가던 중이었지.

대궐에 다녀온 일도 어쩔 수 없이 짧게 이야기해야겠네.

어명을 받아 대궐로 들어가게 되었을 때 식구들이 놀라고 기뻐한 일이라든지, 그새 선왕이 되어버린 왕이 내게 명의라 소문이 자자하다니 반드시 대비의 병을 고치라고 명했을 때의 일이라든지, 다 넘어가도록 하겠네. 대비가 단순한 피부병이 아니라 수두를 다시 앓는 것임을 알아채고 지하 세계 노인에게 배운 바대로 온 힘을 다해 치료했네. 피부병 낫게 하는 게 아니라 기력을 회복시켜야 하며, 어쩌면 중요한 원인일 마음의 병을 고쳐야 한다는 것을 내다보며 치료에 나섰네. 대비의 병은 호전되었네. 그런데 마음의 병까지는 어쩌지 못 하겠더군. 고심하다가 나는 기도를 시작했어.

꿈에 노인이 나타났네. 노인은 예전 일을 생각해보라고 하더군. 예전 부잣집 처녀의 마음에 드리운 그늘을 사라지게 한 일말일세. 나는 대비가 어떤 사람인지를 알아보고 또 헤아려봤네. 남편 먼저 떠나보냈고, 왕세자인 아들도 떠나보냈고, 손자를 왕으로 내세웠다가도 떠나보낸 여인 아닌가. 아, 손자를 보낸 건 최근 일이긴 하지. 어쨌든 두 왕과 왕세자 하나를 먼저 저 세상에 보낸 여인이야. 그동안 거의 내내 수렴청정한 여인이야. 외척이 날뛸 수 있는 근거를 마련해준 여인이기도 하고.

병이 난 것은 어린 손자를 왕으로 내세워 수렴청정하다 물러

앉은 뒤 몇 년이 되었을 때야. 친정의 권세를 돌봐주랴, 대궐의 최고 어른으로서 권위도 행세하랴, 바쁜 여인이었네. 그런데 물러앉으니 골방 노인이 된 기분이 들었던 거지. 그 점을 주목했네. 효과가 있었지. 오랜 욕심과 깊은 울화가 뭉쳐진 마음을 풀어주었지. 효과가 확실하게 나기 시작했네.

내 앞에서 웃음을 터뜨린 건 여러 번이었네. 처음에 파안대소를 보였을 때 나는 치료를 확신할 수 있었지.

드디어 손자인 전하와 마주하여서도 웃었네.

대비가 입을 벙긋거리며 웃었다는 소식이 들려왔고, 그때야 나도 모르게 후유, 숨을 내쉬었지. 소식을 직접 가져온 김 내관이 내 손까지 잡아오며 축하하더군. 이어 의관들도 어찌 알았는지 몰려와 떠들썩하게 축하해줬지. 제 일처럼 좋아해주더군.

다들 고맙다고 인사하고 나는 내 처소로 물러났어. 혼자 성공의 기쁨을 찬찬히 즐기고 싶기도 했고 몹시 피곤하기도 해서였지. 처소에서 얼마간 쉬고 있자니 김 내관이 어떻게 손을 썼는지 주안상이 들어오더군. 혼자서 몇 잔 마시기에 딱 맞게 차린 주안상이었어. 기분이 아주 좋았네. 두어 잔 마시니 술이 확 오르더군. 긴장이 풀린 탓이었을 거야.

그날 나는 노인을 다시 만나네.

아, 지하 세계의 내 스승이었던 노인 말이네. 그동안에도 몇 번 꿈에 나타났으나 그날은 아주 생생하게 나타나더군. 보자마자 노인이 내게 뭐라고 했는지 아는가?

"축하함세."

첫마디를 그렇게 떼어놓더군. 그리고 두 손을 내밀어.

나는 손을 맞잡았다가 얼른 엎드려 절을 했지. 절을 올리고 방석을 내놓으며 자리에 모셨어. 그리고 내가 어쨌는가 하면, 김 내관을 불렀지 뭐겠나.

아, 그랬더니, 김 내관이 기다렸다는 듯 들어오는데, 내가 주안상을 봐오라고 하려는 걸 어떻게 알았는지 곧 주안상을 들이더군. 꿈이었으니까 가능한 일이네만 그때야 꿈인 줄 어디 아는가. 아주 생생한 꿈이었는데 나는 당연한 듯이 주안상을 받아 노인에게 술을 올렸어.

"백성들 가까이에서 의술을 펴게!"

빈 잔을 상에 소리 나게 내려놓으며 노인이 한 말이야. 평소와 달리 목소리가 컸고, 몸짓도 활달했네.

"네!"

나는 앞뒤 가리지 않고 호쾌하게 대답했네.

그런데 다음 순간 지하 세계에서 떠나오던 무렵의 일이 생각나더군. 괴질이 생각보다 빨리 돌 듯하다며 장탄식을 늘어놓던 노인이 생각났지. 아, 백 년에 한 번씩 휘몰아친다는 괴질 말이야. 노인은 내가 자신 곁에 머물러 도와주기를 원했지. 공부한 김에 십 년만 해보라고 하면서 말이야. 하지만 그때 나는 지상 세계에 대한 그리움으로 미칠 지경에 이르러 있었으니 귀에 들어올 수가 없었지. 노인에게 백성들 가까이에서 의술을 펴라는 소리를 들으니 딱 그때 일이 떠오르더군. 송구한 노릇이었지.

노인이 그동안에도 십 년 공부 채우지 못 한 것만 아쉬워했지 자기 일 도와주지 않은 건 책망하지 않았거든. 그러니 더 송구했어. 나는 괴질로 지하 세계에 어떤 변고가 있었는지는 차마 못 묻겠더군. 해서 대신 무고하셨느냐고 물었네.

"나야 다 늙은 사람인데 무고하고 말고 할 게 어디 있는가."

"아직 정정해 보이시는데 무슨 말씀이십니까? 이 술 한 잔 더 받으시지요."

"이 몸은 빌려 입은 옷가지나 다름없네. 자네한테 나타나는 것도 이번이 마지막이야."

"아니, 무슨 말씀이십니까? 마지막이라니……."

"세월이 많이 흘렀네."

"흐르기야 흘렀지요. 그렇지만, 그래 봤자 몇 년 세월일 뿐이옵니다. 제가 그곳에 있었던 세월에도 못 미치는 걸요."

"이제 그곳은 시간이 이곳보다 두세 배는 족히 빨리 흐를 거야."

"아니, 세월이 두세 배나 빨리 흐르다니요? 그곳에서 일곱 해를 살다 돌아왔을 때 계절이야 좀 다르기는 했지만……."

"그런데 이제는 그리되었어. 그렇게 되었지. 내가 떠나고부터 더 빨리 흐르더군."

"어르신께서도 그곳을 떠나셨습니까?"

"괴질이 돌지 않았나?"

"그 일은……."

"그때 나는 세상을 떴지. 괴질이 한바탕 휘몰아치고는 한풀 꺾였다 싶은 무렵 그만 내가 희생되고 말았네. 지금 이 몸이 빌려 입은 옷가지 같은 것이라 한 말 이제 이해가 가는가?"

"아……."

나는 입을 벌린 채 망연자실하고 말았어.

안 그래도 나도 그게 궁금했네.

그래서 세상을 뜨셨다면 혼령은 이곳으로 오신 기냐고 물어봤어. 그랬더니 자기는 귀신이리도 그곳 귀신이라고 하더군.

"그럼 제 꿈에 나타나신 건 어찌 된 일이옵니까?"

"아, 그건 자네가 어지간히도 기도하지 않았는가. 꼭 도와달라고 그렇게 보채는데 내가 어쩌겠어. 십 년 채워 공부시켜보려던 것 그러지 못 했으니 꿈에서라도 부르니 달려가 가르쳐야지 어쩌겠어."

"송구하옵니다. 그때는 견딜 수가 없었습니다."

"이제 다 지난 일이네. 나는 그곳 귀신 되어 아쉬운 건 없네만, 괴질이 휩쓸고 간 뒤 읍민들 민심이 날로 더 흉흉해지고 강퍅해진 일을 지켜보는 건 괴로웠네. 그렇게 되더구먼. 세월이 지상보다 두세 배 빨리 흘러간다는 게 보통 일이 아니더구먼. 지상보다 느리거나 비슷하게 흐르던 세월이 빨리 흐르면서 드디어는 자네가 그렇게 목 놓아 부르던 왕이 출현하기까지 하더군."

그 세계의 읍민들이 군왕을 모시겠다고 나서고 드디어는 군왕이 출현하고…….

조카, 숙부가 지금도 왕의 꿈을 품고 있으리라 생각하는가?

그럴 리가, 그럴 리가 있는가. 노인은 나보고 백성들 가까이에서 의술을 베풀라고 했네. 나는 그러겠다고 대답했고 말이야. 그때 노인이 나타난 게 마지막이었어. 백성들 가까이에서 의술을 베풀라는 당부를 하러 온 것이었다고. 옷가지를 빌려 입고서 말이야.

노인은 당부를 다시 하고 떠나갔네. 꿈에서이지만 술을 많이 마셨는지라 노인을 어떻게 배웅했는지는 생각이 안 나. 그 꿈은 참 이상한 꿈이더군. 그런 것까지 다 생각이 나는 꿈이었어. 술에 취해 어떻게 배웅했는지 잘 생각이 안 나는 게 다 생각나는 그런 꿈이었다고.

아, 하나 이야기할 게 더 있네.

아마도 틀림없이 왕이 붙들 텐데 어쩔 거냐고 묻더군. 물어놓고서 노인은 내 눈을 허옇게 만들어놓겠대. 한동안 그렇게 만들어놓을 테니 눈이 흐려졌다고 핑계를 대라고 하더군.

이튿날 일어나니 정말 눈이 흐릿해.

축하 주연이 끝나고 왕으로부터 궁궐의 어의를 제안받았어. 아, 제안이 아니라 임명이었지. 나는 노인 말대로 눈을 핑계 삼았네. 뜻을 받드는 게 백성 된 도리이나 갑작스레 눈이 어두워져 도저히 그럴 수 없노라고 아뢰었지. 눈동자를 뒤덮을 만큼 허연게 낀 정도는 아니었지만 누가 봐도 탈이 났다 싶었을 거야. 병이 난 몸이 어디 대궐에 머물러 있을 수 있는가.

수고하였다며 어서 집으로 돌아가 쉬라는 명이 내려오더군. 항간에 알려진 것처럼 금은보화를 상으로 받은 건 아니지만, 후한 상급을 받은 건 틀림없네.

돌아와서는 의원 문도 닫아걸었지.

눈이 빨리 회복되지 않아서이기도 했고, 대궐에 갇히다시피 하여 대비마마 치료에 온 힘을 다했는지라 맥이 빠진 듯도 했고, 그래서 침을 빼들 생각도 하지 않고 지냈지. 이곳저곳 권세 있는 집이나 재산 있는 집에서 부르더군. 대비마마 쾌차하게 했듯 누구를 어찌해주면 뭘 주겠다느니 어쩐다느니 하는 말들이 수시로 옆구리를 찔러대더군. 그때마다 의원 노릇 하기 어렵게 되었다는 듯한 소리만 흘려보냈어. 권세나 재산에 불려갈 일은 앞으로 없네. 대비 치료한 게 마지막이네. 그 여인 지금은 뭐 하고 있는가? 손자 왕도 저 세상으로 떠나보내고 이제는 강화도에 유배 가 있던 왕족 불러들여 왕에 앉히지 않았는가. 스무 살도 안 되는 왕을 세웠으니 다시 수렴청정한다지. 다 이 근래의 일이네.

그때, 대궐에서 나와 의원 문도 닫아건 채 지내던 때, 나는 오랜만에 시구들과 나들이노 해보았어. 그러나 대개는 집 안에서 화초나 가꾸며 지냈네. 그러면서 노인이 마지막으로 나타나서 당부한 일을 어떻게 받들 것인지 골똘히 생각해봤네.

그해 봄도, 그해 여름도 화초나 가꾸며 지냈지.

여름도 다 지나려 할 때 집을 나섰네. 유람을 하기로 했어. 예전에 협객 흉내 내다 피신하던 때도 유람을 내세웠지. 거창하게도 천하 유람이라! 그때 내세운 것 같은 거창한 유람은 아니고, 우선 바람 쐬고 좋은 경치도 구경하자는 것이었네. 봄에서 여름까지 내내 집 안에만 틀어박혀 있었으니 좀이 어지간히 쑤시기도 했으니 말이네.

나귀 타고 우리 집 하인 달홍이를 종자 삼아 길을 나섰네. 그런데 때가 묘하게 되어버렸지 뭐겠나.

출발하고 얼마 안 되어 어디에서 염병이 돌고 있다느니 장질부사가 돌고 있다느니 하는 소리가 들리더니, 어허 이것 발길을 돌려야 하나 어쩌나 하는 차에 하루는 저물녘이 되어 여장을 풀었는데 그게 내가 장질부사가 크게 도는 고을에 들어선 것이더군.

처음엔 몰랐네.

그날 아직 하늘이 다 어두워지지 않았을 때 밖으로 나갔지. 소피를 보려고 했으니 종자 달홍이도 없이 밖으로 나왔는데, 나온 김에 아예 부근 동네 쪽으로 산책이라도 해보려 했던 듯도 하네.

그런데 이게 웬걸, 얼마 가지 않아 캄캄해지지 뭐겠나. 돌아오려니 길도 영 모르겠는 거야. 이상한 일이지. 잠깐 사이에 그리되더라고. 얼마 뒤 갈림길에서 노인을 만났어. 노인은 그 고장 사람이라 자신을 소개하더군.

그러곤 자기 집에 맛이 좋지는 않으나 술이 있으니 괜찮다면 같이 한잔하지 않겠느냐고 해. 그 노인을 따라 한참을 갔어.

그런데 홀연 노인이 보이지 않아.

대신 움집이 나타났는데, 혹시 그곳이 집인가 싶어 들어가보니 시신 몇 구가 누워 있지 뭐겠어. 두리번두리번 살펴보니 그중에 하나가 노인이야.

그리고 시렁에 술 한 병이 놓여 있더군. 노인이 나를 그곳에 데려간 것이지.

우선 술을 마셨네. 그리고 시신을 모두 거두어 묻어주고 그곳을 떠났지.

혹시 노인이 지하 세계에서 만난 그 노인이 아니더냐고?

그래, 나도 얼핏 그런 생가이 들어 노인의 시신을 자세히 살폈네. 아니더군. 그러나 내가 끝까지 모시지 못한 스승이라 생각하고 그 노인의 시신을 처리했네. 스승이래서 그리 처리한 게 아니라, 스승이 아니라 괴질에 희생된 백성 중의 하나일 뿐이었지만, 스승이나 다름없다고 생각하고 그곳의 시신 모두 거두어 묻어주었지. 꿈에서인들 시신 만지는 게 기분 좋은 일이겠느냐만 그때는 각오가 되었는지라 큰 거리낌 없이 모든 일을 마칠 수 있었네.

그래, 그 일도 꿈이었네.

언젠가 홍 아무개 의원에 대한 전을 읽었는데, 그 전을 빌린 꿈이었어. 남의 일을 빌린 꿈이었지. 하지만 나는 그 일을 통해 노인이 내게 당부한 일을 어떻게 해야 할 것인지 깨달음을 얻었네.

한동안 내가 염병이니 장질부사니 하는 괴질이 들불처럼 번져가던 삼남 지방에 머문 것은 그 일로 해서이네.

홍 아무개의 전을 빌린 꿈을 꾼 뒤 노인을 한 번 더 만났네. 지하 세계의 노인 말이야. 지하 세계는 지금 얼마의 세월이 흘렀고 계절은 또 어떤 계절이냐고 물었어. 그랬더니 노인이 자네가 있는 그곳과 무엇이 크게 다르겠냐고 하는 거야. 아, 그래서 내가 그곳은 몇 배나 세월이 빨리 흐르게 됐다고 하지 않으셨냐고 물었어. 그런데 뭐라고 하는네 잘 돌리지 않더군. 여히튼 내가 있는 곳과 같다는 기야. 늦더위 물러나고 가을바람 불기 시작했다는 거야.

괴질도 돌았고, 왕도 나타났다면서도 내가 있는 곳과 크게 다를 바 없이 세월이 흐른다더군.

이상하다고 생각하면서, 노인에게 다른 시대 다른 조선에서 온 네 식구는 어찌 되었느냐고 물었어. 노인은 먼저 기대를 많이 했노라는 말부터 했어. 잠시 침묵하다간, 적응하는 게 쉽지 않았다고 하더군. 더 묻기가 뭣했어.

노인은 갑작스레 예전 부잣집 처녀였던 여자와 그 아들 소식을 전하겠다더군. 두 사람이 지금 노인네 부근에 살며 일을 도와주고 있다니 놀라운 소식이었지.

"어쩐 일로 말입니까?" 하고 내가 여쭈었네.

"자네가 떠나고 얼마 뒤에 그 집에서 분란이 있었네. 무슨 점쟁이가 나서 그 집 아이를 아비 모르는 자식이라고 했고 그것이 사실이 돼 모녀가 어려움을 겪었지. 그 집 남자가 아이를 가지지 못하는 몸임이 밝혀진 데다 여자도 사실은 처녀 시절 갑자기 태기를 느낀 듯하더니 달거리를 멈췄다고 실토했다네. 혼인하고 열 달을 채워 아이를 낳은 것은 맞으나 이전부터 달거리가 없었다는 거야. 본인의 이런 실토까지 있어 그 녀사는 지아비 없이 임신한 여자가 되었고 아이는 아비 없이 태어난 아이가 되었네."

나는 그 아이의 아버지가 나란 말씀이냐고 묻고 싶었지만 그러지 못 했네. 어쩐 일로 의원 일을 돕느냐고만 물었어.

"두 모자 충격을 다스리느라 의원에 찾아와 약을 지어가곤 하더니 자네 없이 고생하는 내가 딱했나 보더군. 여자는 조수 정도가 아니라 솜씨 좋은 의원이 되었네, 벌써. 아이도 의원이 되었으면 좋겠는데 무슨 뜻 가진 자들과 어울리기도 하고 처박혀 책을 읽기도 하고 그러네. 왕이 되려는지, 왕에 맞서는 자가 되려는지 그건 잘 모르겠어."

더는 노인이 나타나지 않더군.

삼남에 있을 때 여러 번 노인에게 물었어. 자문자답이라고도 할 수 있겠지만, 어찌하는 게 옳겠냐고 여러 번 묻곤 했지. 그때는 다 나 혼자 답을 찾아내야 했지만, 그래도 지하 세계에서 내 스승은 어떻게 했을까 생각하면서 나도 그렇게 하려고 했네. 한 번씩 그곳의 여자와 아이의 소식이 참을 수 없게 궁금해지기도 했어. 묻지 않았어. 자문자답도 하지 않았어.

의원으로서 나는 귀천을 따지지 않았네. 괴질이 귀천을 따져 누구는 낚아채고 누구는 놓아주는 것이 아니니 말이야. 괴질이 귀천을 따져 고통을 주는가? 귀천 상관없이 고통 주고 목숨 앗아가지 않는가.

그래도 제 권세나 제 재산 믿고 사람을 부리려는 자들에게는 아무리 불러도 가지 않았네.

삼남에서 나는 권세나 재산이 베푸는 호사를 누리지는 못 했지. 하지만 민촌의 사람들이 눈물로 뜨겁게 반겨주는 의원이 되었네. 어디 화타 같은 명의여서 그랬겠는가. 돌림병 도는 마을이라면 다들 피해가는데 의원이라며 나타나니 그게 놀라웠겠지. 내가 죽을 목숨 몇이나 더 살렸겠어. 내 목숨 돌보지 않고 함께 하는 게 감격스러웠겠지.

누가 나에 관한 전을 지어줄 만도 한 일 아니겠어?

삼남에서 나는 보았네. 백성이 어찌 사는지. 알게 되었네. 백성의 고통이 어떠한지.

누구는 떠들어댈지 모르지. 백성 된 자가 나라에 토지세 내지 않고 군역 감당하지 않으면 어찌 나라가 유지되겠느냐고. 말이야 옳지. 백성에게 조세와 군역 부담하게 하지 않은 나라가 여태껏 어디에 있었느냐고. 말이야 더 옳지. 그러나 기근에 시달린 농민이 논밭을 쌀 닷 되나 서 되와 바꾸는 세상이야. 삼남을 떠돌며 보았네. 삼정이 나라를 튼튼히 하고 궁극에는 백성을 돌보기 위한 것이라면 누가 시비를 하겠나. 전정에 군정에 환곡이 이미 수탈 수단이 된 지 오래이네. 환곡 하나만 이야기해볼까? 춘궁기에 백성이 살 수 있게 빌려주는 쌀이 환곡 아닌가? 그런데 빌려줄 때 쓰는 말과 돌려받을 때 쓰는 말이 다르더군. 작은 말로 빌려주고 큰 말로 돌려받아. 쌀값이 싼 곳에서 사서 비싼 값으로 빌려준다느니, 쌀값이 낮을 때 빌려주고 돌려받을 때는 비쌀 때 값으로 돌려받는다느니…….

그 온갖 수작들! 그렇게 백성에게 수탈한 것 층층이 앉은 관리들이 착복하지. 이러니 수탈 수단이라고 아니할 수 있겠나? 농민이 언제까지 수탈만 당하고 있겠는가? 삼남을 떠돌며 나는 민란의 기운을 느꼈네. 홍경래가 죽지 않았다는 말이 떠돌아. 정주성이 함락될 때 홍경래는 몸을 날려 먼 곳으로 날아갔다는군. 그날 죽은 홍경래는 가짜 홍경래고, 언제든 때가 되면 홍경래가 날아온다는 것이야.

민란이라…….

제 억울함과 분노 풀려고 함부로 세상 뒤엎으려 난을 일으킬 일은 아니지. 난을 준비하자면 온갖 속임수도 써야 하더구먼. 사람을 모아야 하고 자금도 모아야 하니, 뒷날을 약속도 해주어야

해. 뜻이 맞을 때는 산을 무너뜨리고 물을 덮을 듯하지만, 사람 일이니 온갖 곳에서 틀어지더군. 봉기 직전에 배신자가 나오기도 하고 온갖 것을 고려해 세워놓은 계획이 어이없이 어그러지기도 하네. 지키려는 자가 당하고만 있겠나? 그자들도 죽을 각오로 나서지.

그럴 때 훈련받은 군사를 어찌 쉽게 이길 수 있겠어. 계획이 어그러지고 타격도 몇 차례 받으면 기세는 뚝 떨어져 대개는 비참한, 눈 뜨고 보기 어려운 참담한 결말에 이르곤 하지. 홍경래, 십 년 준비한 그도 기세 꺾여 넉 달 만에 최후를 맞더군.

아, 성공하는 때도 있으나, 이후가 더 무섭더군. 대개 약속은 지키지 못 할 약속이 되어버리고, 몇백 년을 기다린 진인이라는 자는 포악하거나 무능한 군주 행세하다가 제 수하에게 목숨을 잃거나, 새로운 난의 도화선 역할을 하기 십상인 게 그동안의 일이더군. 어디 지난 시대만 그러한가. 다가오는 시대에도 마찬가지라지 않는가.

그런데 누구도 민란의 기운을 가라앉히지 못 하니…….

군역도 지지 않는 양반이 전세도 온갖 혜택을 누려서야 말이 안 되지. 그런데 제도가 아예 그걸 보장해주고 있단 말씀이야.

재산 가지고도 세금 내지 않는 양반이 부지기수야. 세도가가 달리 세도가이겠어. 의무 없이 혜택만 누리니 세도가 아니겠어. 만석지기니 십만석지기니 하는 그자들 토지 차지하고서도 세금을 내지 않아. 대신 더 내놓을 것 없는 농민들 쥐어짜서 세금 거두니 죽는다는 소리가 나오지. 그냥 죽지는 않겠단 소리가 나오지. 제도가 엉망이고 온갖 벼슬아치의 권력까지 악랄하게 행사되는데 어찌 민란이 나지 않겠어?

제도를 바로잡고 벼슬아치 권력이 바르게 행사되도록 하려면 군주가 나서야지. 그런데 군주는 나약하고, 그 군주 어찌해 뭐 하나 고치고 뭐 하나 만들려 하면 온갖 것 따지며 주저앉게만 하니……

공부하는 선비도 있어야 하고 나랏일 하는 관리도 있어야 하지. 그뿐이겠는가. 나는 검을 들고 새 세상을 열어젖히는 자도 있어야 한다고 보네. 협객도 왜 빠져야겠어.

그러나 나는 이제 의원이네. 아직도 남의 종기 빨아서 치료하는 건 마뜩잖고 혹시라도 그런 날은 몇 번이나 물로 입가심하고도 께름칙해하는 인간이네만 의원은 의원이네. 이 세상에서 그래도 내가 인간다울 때는 남의 육신의 고통을 덜게 할 때야.

때로 마음의 짐도 내려놓게 하지.

해가 바뀌어 집으로 돌아왔지. 한동안 쉰 뒤 다시 의원 문을 열었어.

의술 배울 만한 재목이 눈에 띄면 가르쳐보겠다고 생각도 하기 시작했지. 삼남에서의 일은 다 잊은 듯 평범한 의원처럼 지냈다만, 언제든 괴질이 휩쓸 수 있는 일이니 그럴 때 곁에서 함께 온몸을 던져 백성을 구할 젊은 의원의 재목이 없나 살펴보는 일부터 해서 여러 가지를 머릿속에 그리기 시작했네. 아주 구체적인 계획이 선 것은 아니지만 나도 지하 세계의 노인처럼 앞날을 대비하기 시작한 것이라고 할까. 삼남에서 내 한 몸 아끼지 않고 뛰어다녔다만 훌륭하게 대처한 것 같지만은 않았거든. 알아야 할 게 많기도 했네. 옛날 의서만으로는 부족하다는 생각도 많이 했지. 새로운 약재도 찾아내야 했어. 더 중요한 건 섭생이 제대로 되지 않고 위생이 불량하여서는 돌림병은 늘 괴질로 들이닥치겠더군. 바른 섭생에 위생이 좋아야 사람은 병고를 막을 수 있어. 이 조선에서는 일침 이뜸 삼약이라 하지만 그건 병이 난 뒤 다스리는 법과 관련된 것이고, 건강을 지키는 데는 바른 섭생과 좋은 위생이 우선이야. 아, 밝은 마음도 빼놓을 수 없지. 그 세 가지가 조화를 이룰 때 몸은 병을 막아내고, 병이 걸린 뒤라도 이겨낼 수 있어.

해야 할 일이 한두 가지가 아니야. 내 일 도와줄 제자 될 만한 자 어디 없나 살펴보는데……

우리 집 하인인 저 달홍이가 눈에 띄지 뭔가.

내가 삼남에 머물게 되었으니 너는 수원으로 달려가 집에 알리라고 했지. 그랬더니 쥐여준 노잣돈이면 사람을 사서 연락할 수 있는 일이라는 것이야. 그리고 달홍이가 내 곁을 지키며 함께 했네.

상민의 자식이네. 아직 글은 제대로 몰라도 마음이 착하고 심지가 굳어.

하나씩 가르쳐볼 생각이네.

하루는 그동안 일을 소설 형식으로 남겨볼까 하는 생각을 문득 하게 되었네.

삼남에서의 활약을 소설로 남기려 한 게 아니네. 그런 게 정말 그럴 만한 가치가 있는 일이라면 누가 전이라도 남기겠지. 그러나 나는 그만한 활약을 하지는 못 했어. 내 활약은 앞으로의 일이야. 조카도 기대하게. 어쨌든 전이니 뭐니 하는 건 내가 상관할 바가 아니지.

저 시하 세계의 일 기록으로 남기고 싶었네. 내 이름 그대로

써서야 어찌 되겠는가? 누가 믿어주겠어? 미쳤다는 소리 듣기
딱 좋지. 그랬다가는 의원으로서의 권위와 능력까지도 다 잃고
말 일이지. 그래서 그동안의 일을 소설 형식으로 남겨볼까 한 것
이지. 알 만한 사람은 알 수 있도록.

언젠가 그 지하 세계에 가게 되는 사람이 보게 된다면 도움이
될 수도 있도록 써볼까 했어. 그 궁리하는 중이었네. 장조카인
자네 혼사일이 잡혔다는 연락을 받은 것은.

아, 그 연락받고 다음으로 미뤘네.

그게 하루가 급한 일은 아니니. 그동안 집안 어른으로 한 게
아무것도 없으니 그럴 때는 만사 제쳐놓고 달려가야지.

자네 신행길의 일……

그 일을 금붙이 노린 강도질로 보는가? 신행길 신부의 금붙이
를 노린 여느 강도질로 보는가? 아니면 자네 신부된 여인을 전부
터 흠모하던 산골 머슴 놈이 제 동무들과 함께 밤에 담장 넘어
보쌈하듯 훔쳐가버린 일이라 생각하는가? 어찌 이 일이 그런
일……,

구름이 휘몰아치면서 신부가 가마째 사라져버린 일이야. 땅으
로 휘몰아친 구름에 몸종까지 삼켜져서는 감쪽같이 사라져버린

일일세. 어느 산채의 도적패들이 이런 사건을 일으키겠는가. 내가 예전에 읽은 야담의 심 진사가 일으킨 일이겠는가? 심 진사가 두령 되어 이끄는 도적패가 신출귀몰하여 일으킨 일이라고는 자네도 생각하지 않고 나도 생각하지 않네.

그럼 자네는 이 일이 어찌하여 일어났다고 생각하는가?

조카, 숙부는 이 일이 분명히……

나는 그 일이 지하 세계와 관련이 있다고 생각하네. 내가 다녀온 그 지하 세계 말일세.

쉽게 말하지. 도적패가 일으킨 일이라고 하자고. 그렇다면 그 일은 다른 도적패가 아니라 바로 그 지하 세계의 도적패가 일으킨 일이 아닌가 하네.

그동안 그곳에는 많은 일이 있었더군.

읍민들이 군왕을 원하게 되고, 마침내 군왕이 출현한 모양이네. 내가 이미 말했지? 그런데 도적패에서 왕이 나와 군림한다더군.

신행길에는 신부의 두 오빠도 동행했지.

나는 조가머느리를 기다리면서 형님과 우리 집안 내력도 더듬고 하며 오랜만에 취했네. 덕담도 하면서 말이지. 형님이 여러모로 알아봐 자네 앞길에도 도움될 만한 집안에서 며느리 얻게 되었다고 전부터 이야기하시기에 축하했지.

자네 숙부는 집안 기대를 저버리고 중인들 일을 하는 신세 아닌가. 그것도 의관이 되어 녹을 먹는 것도 아니고 저자에서 침놓고 고름 짜서 돈푼을 벌 따름이지 않은가. 그러니 청운의 꿈을 품은 광억이 조카 자네가 좋은 집안 신부 얻어 안정된 바탕에서 과거 공부할 수 있다면 축하해줄 일이지. 진사 되어 무엇하겠느냐며 일찌감치 소과 진사시도 때려치워버린 주제지만, 집안에 하나쯤은 진사도 나오고, 과거급제자도 나오면 어찌 내 일처럼 어깨가 으쓱해지지 않겠는가? 예전처럼 막무가내 세상 삐딱하게 보는 숙부가 아니네.

자네는 자네의 길을 가야지. 조카가 잘하고 보람을 느끼고 남에게도 덕을 베풀 수 있는 일을 해야겠지. 막연하나마 그런 생각하며 기다렸네. 조카와 조카며느리를 기다리며 시름 다 내려놓고 오랜만에 형님과 마주 앉아 술잔을 기울였네. 그런데 난데없이 신부가 사라져버렸다느니 하는 소식이 오다니!

무슨 소리인지 모르겠더군.

형님이나 나나 모두 소식 전하러 온 하인 놈을 멀뚱히 쳐다봤네. 말이 갈피가 안 잡혀 내가 불러 호통을 치기도 했지. 무슨 소리냐고! 신부가 먹구름에 휘말려 사라져버렸다니 그게 무슨 얼토당토않은 소리냐고! 가마째 사라졌다기에 기가 막혀 같이 달려가 보자고도 했지.

혹시 나는 무슨 부랑패를 만난 것은 아닌가 했네. 시비가 붙어 일이 어째 좀 커졌을 수도 있겠다 했지. 무슨 고산준령을 넘느라 먹구름에 휘말리며, 그렇게 맑은 날에 광풍이 불어 가마째 휘감아 날리겠느냐고?

정말 가마도 없이 자네가 왔을 때, 황망하게도 신부의 두 오빠까지 죽을상을 하고 왔을 때, 나는 사내가 한둘인 것도 아닌데 정말 먹구름이 휘몰아치며 가마를 휘감아갔더라도 어찌 쳐다만 보고 있었느냐고 소리치려 했다! 그런데 조카 자네의 얼굴을 보는 순간 왠지 달리 생각하게 되더군.

그래서 입 닫고 들었네. 형님과 함께.

형님은 내내 영문을 모르겠다고 하셨지. 그런데 나는 이 일이 예삿일이 아니구나 하는 생각을 했고, 내가 다녀왔던 지하 세계와 어떤 식으로든 관련된 일이라는 생각을 하게 되었네.

자네가 처음 이야기했을 때부터 그리 생각하고 있었어.

그러나 지하 세계의 일을 바로 끄집어낼 수는 없는 일이지. 속리산 자락에서 매잡이가 되어 매를 날렸다가 어찌어찌하여 일곱 해나 지하 세계에 가 있게 되었다는 소리를 뜬금없이 할 수는 없는 일이지. 그 이야기를 누구에게도 할 생각이 없었네. 그래서 소설이니 하는 걸로 남기려고 하지 않았는가 말이야. 믿어도 좋고 안 믿어도 상관없는 일로 그려보려고 했던 것이지.

아는 사람은 짐작할 수 있도록 말이네. 어찌해서 그곳에 가게 되는 사람이 있으면 도움이 될 수도 있으려니 생각하면서 글을 남겨보려 했던 것 아니겠는가.

그런데 그 일을 내 입으로 직접 하게 되었네. 다른 누구도 아닌 자네에게.

조카며느리가 지하 세계에 갔으리라고 말했네. 단정이었지.

조심스럽게 추측해야 할 일인지도 모르겠네. 단정하듯 말한 건 자네 숙부의 성격 탓이지. 어쩌겠는가. 그러나, 조카, 앞뒤 살피지 않고 살아온 숙부지만 그 말을 정말 아무렇지도 않게 쉽게 했겠는가? 그럴 리는 없지 않겠나! 추측이 아니라 단정에 가깝게 말한 것은 노인이 해준 이야기가 있어서이네.

내가 대궐에 있을 때, 꿈과 기도 가운데서 만난 노인이 해준 이야기를 다 자네에게 한 건 아니네. 내가 떠난 뒤 지하 세계에서 있었던 일은 그저 지나가듯이 알려주었을 뿐이네.

노인은 내가 떠나오고 오래잖아 실제로 괴질이 시작되었다고 했네. 앞서도 이야기했지? 백 년에 한 번씩 닥친다는 괴질이 많은 읍민의 목숨을 앗아갔지. 그때는 유별나게도 육칠 개월씩이나 휩쓸던 괴질이 숙어 들고 난 뒤엔 도적패가 날뛰기 시작했다지. 산중의 도적패가 읍성을 습격하고 살아남은 읍민들 가운데서도 도적패가 나와 성 밖의 농장이나 농가를 습격하는 일이 일상사가 되었지. 도적패가 아니고서는 먹고살기가 어려워지자 모두가 도적패가 되는 지경에 이르렀네. 어느 도적패에 꼭 속하지 않더라도 특별히 관계를 맺고 응원하는 도적패가 있었다는군. 이리되니 향청의 좌수가 질서를 잡아낼 수 없게 된 세상이 되어버렸지.

읍민들이 군왕을 원하게 된 것은 도적패 사이를 오가면서라지 뭔가. 읍민들은 어느 한 쪽의 도적패가 모든 것을 움켜쥐어 질서가 잡히기를 소망하게 되었고 그 소망을 읽어낸 도적패의 두령이 군왕을 선언했다지. 하나둘이었겠나. 피비린내 나는 싸움 뒤 마침내 하나가 군왕으로 출현한 모양일세. 도적패에서 왕이 나와 군림한다더군. 그자는 사람 발길이 닿지 않은 숲에서 나온 신물을 받들어 모시는 자이자 신물 그 자신이라고 했다지.

읍민들이 정말 숲 속의 잠든 신물을 깨워 불러낸 것인지도 모르겠네.

지하 세계의 왕은 어찌해서인지 하늘을, 그러니까 이 지상 세계를 드나들 수 있는 자라더군. 저 자신 신물이라는 주장이 완전한 거짓말은 아닌지 어떤 것인지 모르겠네. 어쨌든 제 백성이 원하는 바를 위해 한 해에 두 번씩 지상으로 나온다지.

한번 나오면 이 지상에서는 천재지변이 일어나거나 하여 혼쭐이 빠지는데, 일을 수습하는 중에서야 비로소 곳간의 양식이 사라져버린 일이나 여인네들이 흔적도 없어진 일을 깨닫게 된다지.

먹구름이 어찌 그냥 땅으로 휘몰아치고 가마를 감춰 흔적도 없이 사라지겠는가!

노인이 분명히 말했네. 지하 세계의 왕은 먹구름 속에 제 몸을 감추고 괭풍처럼 지상을 휩쓸며 노석실을 해간다고. 분명히 그리 말하였네.

아, 이 모든 일이 내 잘못이 아닌가? 나는 그렇게 생각하네. 조카, 내가 지하 세계에서 한 생각이 이런 결과를 가져왔다고 생각하네. 내가 써놓은 왕(王) 자 글자 한 자가 기어이 이런 일을 불러왔네. 지금 왕으로 군림하는 자는 내가 내다붙인 패서의 내용을 전설로 꾸며 읍민의 마음을 흔든 모양이야. 그곳 사람들은 신물의 전설에 나의 전설을 더하고는 왕을 요청하고 받아들이게 되었네. 온갖 약속을 했을 왕은 지상 세계로 나와 도적질을 해간다지. 먹구름 속에 제 몸을 감추고 광풍처럼 지상을 휩쓸며 도적질을 해간다지.

조카, 이제는 신부가 어디로 갔는지 알겠는가?

찾아 나서라는 말을 내가 어찌 쉽게 하겠는가? 그 세계로 가는 길을 나라고 어찌 알아 알려줄 수 있겠는가? 선택은 자네가 하여야 할 일이네. 들어가기 어렵고 나오기 어려워 말리려는 게 아니네. 아마 그곳에 다녀온다면 자네 인생 전체가 바뀔 것이야.

이 숙부의 인생도 바뀌지 않았는가?

일곱 해를 보내고 돌아왔네. 돌아오니 이 조선의 바다에 양이의 철선이 수시로 출몰하는 시대가 되어 있더군. 개항하라느니 무역을 하자느니 한다는데 언세 대포를 쏘고 총을 쏘며 상륙할지 모르는 일이지. 이 조선에도 지하 세계의 신물 같은 것이 들이닥치는 일이 벌어지지 않으리라 장담할 수 없는 시대네. 조카, 한 사람 인생만이 아니라 세상이 바뀔지 모르는 시대이네. 다른 조선도 나타난다지 않는가.

어쨌든 자네와 나는……

내가 할 수 있는 것은 그곳이 어떤 곳인지 상세히 알려주는 것이고 또 그곳이 어찌 바뀌었을지 자네와 함께 추측해보는 것뿐이네. 필요하더라도 그건 천천히 하도록 하세.

나는 우선 이 술부터 마셔야겠으니……

서둔다고 그 세계로 가는 길이 금방 열릴 일이 아니야.

내가 그곳에서 겪은 일을 생각해보게. 그리고 자네의 청운의 꿈은 다 접어야 하지 않겠는가? 이 조선 천지에서 입신양명할 꿈은 다 접어야 할지도 모르네. 이 지상보다 두세 배나 빨리 세월이 흐른다면 자네가 신부를 구해서 돌아온다고 한들 어찌 되는가? 이곳과 크게 다를 바 없이 세월이 흐른다면 아무 문제가 없는가? 다른 시대 다른 조선의 일도 알게 된 우리가 해야 할 일은 무엇인가? 지금 이곳에서 우리가 아무리 기를 써봐도 될 일은 되고 안 될 일은 안 되게 정해져 있단 말인가? 이곳에서 그곳으로 가기도 하고 그 시대에서 이 시대로 오기도 하니 바꿀 수도 있다는 말인가?

모르고 모르겠네. 참으로 모르겠어.

사람의 힘으로 해낼 수 없는 일이라면 포기하는 것도 방법이긴 하겠지?

나는 자네에게 어떤 선택을 강요하는 게 아니네. 그러자고 이야기를 시작한 것이 아니네. 사건의 진상을 알려야 할 의무가 있었기에 한 것일 뿐이네. 하지 말아야 했는가? 아예 믿기지 않는가? 이 숙부가 겪은 일도 믿기지 않지만, 자네가 겪은 일도 믿기지 않기는 마찬가지야. 그렇지 않은가? 그렇다면…….

광억이 조카, 자네가 당한 일이 숙부인 나의 일과 관련이 있다는 것만은 이야기하여야겠기에, 오늘 이곳으로 불렀고, 그 대강을 이제 다 이야기하였네. 그곳에 왕이 나타났어.

어찌 가게 되었는지도 모른 채 이 숙부는 그곳에 가게 되었네. 돌아오는 데는 무려 일곱 해 세월이 걸렸지.

일곱

내가 형님을 마지막으로 뵌 건 작년 봄입니다.

시형 형님이 운명하시고 자신의 시신까지 거둬 사라지기 두어 달 전이었지요. 작년 봄 그때, 정확하게는 그 얼마 전 막 봄이 시작됐을 때, 과천과 용인 그리고 여주에서는 해괴한 일이 있었습니다. 부잣집 여러 곳이 도둑을 맞았는데 어떤 집은 쥐도 새도 모르게 많은 재물이 사라졌다고 합니다. 어떤 집은 도대체 조선 사람 같지 않은 행색의 도적들에게 흠씬 두들겨 맞으며 재물을 빼앗겼다고 합니다. 그런데 관아에서 도적을 잡자고 나서보니 단서가 없어요. 쥐도 새도 모르게 재물을 잃은 집도 그렇고, 떠늘썩하게 재물을 잃은 집도 그렇고. 도적을 추적해보재도 단서가 있어야지요? 하나같이 별나른 단서가 없더라지요.

그때 도적이 재물만 훔쳐 간 게 아니었습니다. 한 도둑떼인지 때마침 제각각 그 무렵 몰리듯 나타난 다른 도둑떼들인지는 모르나, 여자들을 납치하기도 했습니다. 사실 도둑이 여자들을 납치했다고 하기가 뭣합니다. 목격담에 의하면 여자들이 길을 가다가 갑자기 하늘로 솟구쳤다가 안개나 먹구름 같은 게 자욱해진 뒤 행방이 묘연해진 일이었으니까요.

과천이나 용인 그리고 저 여주에서 일어난 일이어서 이 수원부 칠보산 자락의 마을들에서는 바람 타고 오며 부풀려진 소문처럼 받아들였을 겁니다. 단서가 없다는 소리는 도적을 잡아들이지 못 한 관아에서 핑계로 하는 소리라 생각할 수 있지요. 바람에 휘말린 듯 여자들이 허공으로 솟구치더니 난데없이 안개가 자욱해지면서 그대로 실종됐다느니 하는 소리는 무슨 이야기꾼이 지어낸 것이나 마찬가지라 생각할 수 있지요.

이 해괴한 일들을 전해 듣고서 나는 우리 옛이야기 중의 하나를 떠올렸습니다. 해괴하다고만 생각하고 귓등으로 넘기진 않았더란 말씀입니다. 옛이야기 가운데 지하국에서 이 지상으로 도둑질을 와서 여자도 잡아가는 괴물에 관한 이야기가 있습지요. 그 괴물을 물리치고 여자들 구해오는 어떤 무사에 관한 이야기가 있습지요. 무사가 지하국의 괴물을 퇴치하고 공주나 신부 같은 여인을 구하는 이야기는 여러분 중에도 아는 분이 있더군요. 첫날 이야기를 시작할 때 벌써 지하국의 대적 이야기를 말씀하신 분이 있지 않습니까?

네, 그렇습니다. 나도 그 이야기를 떠올렸습니다. 마지막으로 뵈었을 때 시형 형님도 지하국 도적 퇴치 이야기를 말씀했습니다. 형님도 과천이나 용인 그리고 저 여주에서 일어난 일에서 그 이야기를 떠올렸던 것입니다. 그런데 형님은 이야기만 떠올린 게 아니었습니다. 형님은 실제로 지하국에서 도적이 이 지상으로 올라와 재물을 훔치고 여자를 납치해 간 일로 믿고 있었습니다. 처음에 형님은 나한테 본인이 혼자 생각해 본 바라며 말씀하셨지요. 그러나 곧 확신하고 있다는 것을 숨기지 않으셨지요. 지하국에 그 도적이 생겨나게 한 것은 자신이라는 소리까지도 하셨습니다.

그런 와중에 잠시 숨이 끊어졌다가 다시 깨어난 사람의 이야기를 했던 겁니다. 무슨 야담집에서 봤다든가, 야담집에 실을 만한 이야기라든가 하면서 말입니다.

앞서 내가 거짓으로 죽었다가 살아난 사람의 이야기를 했습니다만, 그건 오늘 다시 여기서 할 필요는 없겠습니다. 시형 형님이 나한테 했던 이야기를 어러분께 들려드리는 것만으로 그동안 내가 한 이야기의 마무리를 지어도 충분하지 않은가 합니다. 이미 책은 덮었습니다. 더 펼칠 일 없습니다.

떡 드시며 편안하게 들어주십시오. 그리고 그 뒤에 하고 싶은 말씀 있으면 하셔도 좋습니다. 이야기판을 마무리하는 날이라고 시루떡까지 준비했군요. 이 막걸리는 이웃에서 보태주셨군요. 드십시오. 나도……

*

서울 청계천에는 넓은 다리 광교가 있지요. 서울 청계천에는 또 긴 다리 장교도 있지요. 한 가난뱅이가 친구들 모임에 웬만하면 빠지지 않고 달려갔는데, 몇 해가 지나면서 바로 그 장교 부근에 사는 부잣집 친구네가 붙박이 모임 장소가 됐습니다. 그곳은 열 명의 친구가 모여 노는 곳이 되었습니다.

모임에는 술과 음식이 떨어지지 않았습지요. 가객과 기생도 심심찮게 불러왔습니다. 언젠가부터 가난뱅이는 자기가 술과 음식을 얻어먹자고 늘 그곳을 찾는 게 아닌가 하는 생각을 슬그머니 하게 됐습니다. 그즈음 친구들은 때로 그를 불청객으로 여기기 시작했고 말입니다. 그러면서 그를 얕잡아 보고 슬쩍슬쩍 놀리는 일이 있었습니다. 대놓고 얕잡아보는 친구도 생겨났는데요, 가난뱅이는 꾹 참고 넘겼습니다. 오래잖아서 친구들은 그를 놀리는 길 모임의 한 재밋거리로 삼기에 이르렀습니다요. 그들 관계가 이리된 뒤 혹시 가난뱅이가 일이라도 있어 나타나지 않으면 도리어 그자들이 오늘은 이 사람이 왜 안 오나 하고 기다리게 되었습지요.

어느 하루는 비가 왔습니다. 이날 여러 친구가 음식을 먹고 한담을 하는 중에 누구 하나가 이 친구를 생각해내고 놀리기 시작했습니다.

"살림살이도 넉넉하지 않은 사람이 나이가 쉰 줄이니 자네는 돌아갈 날이 머지않은 것 같으이. 우리 친구들이 여태껏 각별하게 정을 나누었으니 부음을 들으면 어찌 달려가 문상하고 장례 치르는 일을 돕지 않을 수 있겠나? 마음은 다 그렇단 말일세. 그런데 그때 누구 집에 우환이 생길지 어찌 알겠는가. 우환은 아니래도 무슨 일이 생길지 어찌 알겠는가. 며느리가 애를 낳을 수도 있고, 손자가 홍역을 치를 수도 있고. 아, 그럴 때는 함부로 나닐 수가 없단 말씀이야. 그동안의 정을 생각하면 우리 모두 자네 시신을 어루만지며 위로해주어야 하는데 말씀이야. 혹시 모르니 오늘 이렇게 하세. 그러니까, 오늘 우리가 모두 약조를 하세. 누구는 초종범절의 비용을 대고, 누구는 입관할 물건을 감당하고, 누구는 사역의 경비를 부담하기도. 약조를 하고 문서로 만들어두세."

모두 고개를 끄덕이거니 하자 이자가 "한데 다만 관의 치수를 미리 정해 둘 수 없으니 어쩌한다?" 이러는 겁니다.

가난뱅이는 장난 반 고마움 반의 심정으로 "나중 일이긴 하지만 어쨌건 자네들 뜻이 이러하니 감사할 따름일세" 하고 우선 받았습니다. 그런데 한 친구가 나서서 의견을 내놓지 뭐겠습니까.

"대개 관목은 단 몇 치 차이로도 값이 아주 다르더군. 지금 정확히 재두지 않고 그냥 긴 관목을 마련해둘 일이 아니야. 또 만약 값이 덜한 것으로 준비해놓았다가 뜻밖에 송장이 길면 그때 어떡할 거야? 지금 대강대강 염을 해서 틀을 잡아두는 게 옳지 않겠어? 그렇지 않겠어?"

모두 그도 그렇겠다 하고 달려들어 가난뱅이를 붙잡아 억지로 눕혔습니다. 가난뱅이는 한바탕 놀이가 시작됐다는 것을 깨닫고 몸을 맡겼는데 이건 순식간에 진짜 시체 꼴이 되는 일이었습지요. 친구들 모두가 둘러서서 수건과 끈 등속을 마루에다 늘어놓고 홑이불을 편 뒤 가난뱅이를 들어다가 그 위에 눕히는 겁니다. 그리고 밑에서부터 염을 했습니다. 위까지 올라오자 가난뱅이는 그만 숨이 막혔습니다. 한번 되게 숨이 막히자 무슨 소리도 낼 수가 없었습니다. 친구들은 저희대로 낄낄거리느라 그를 제대로 살필 틈도 없었나 봅니다. 염이 제대로 됐다느니, 더 꽁꽁 묶어야 하는 깃 아니냐느니 하는 소리가 가물가물 멀어진다 싶더니 가난뱅이는 머릿속으로 무슨 생각도 할 수 없게 됐습니다. 눈앞이 캄캄해지는 것을 마지막으로 완전히 정신을 놓고 말았습니다.

그가 아무런 움직임이 없자 친구들이 호통을 치거나 하다가 급히 염을 풀기 시작했습니다. 염을 다 풀고 들여다봤을 때 그는 벌써 죽어 있었습니다. 친구들은 기겁하고는 그의 수족을 주무르기도 하고 입에다 약물을 떠넣기도 했습니다. 한동안 더 그가 축 늘어진 몸 그대로이자 제각기 발뺌을 하기도 했습니다.

누가 목을 매는 것이 지나친 것 같더라느니, 애초에 이런 장난을 치자고 한 것 자체가 잘못됐다느니. 이처럼 왁자지껄하는 판에 가난뱅이는 정신이 조금 돌아왔습니다. 낮잠을 길게 자고 깨난 듯도 하고, 모든 게 멀찍이 멀어진 듯도 하면서 왠지 속에서 설움이 울컥 솟구쳤습니다. 어쨌거나 입술이나 눈썹이라도 달싹여 너무 걱정 마라는 표시를 하고 싶었습니다. 그런데 웬걸 꼼짝할 수가 없지 뭡니까. 다음 순간 그는 되돌아오는 숨을 딱 멈춰보았습니다. 생각과는 달리 그러고 있어도 별달리 힘이 들지 않았습니다. 그는 의식이 되돌아온 표시를 하지 않고 숨까지 거두어들였습니다. 숨을 완전히 멈췄는데도 머릿속이 밝아오고 귓가에 닿는 소리도 또렷했습니다. 그렇지만 그는 계속 죽은 척한 것이었습니다.

"이 사람이 노모와 처자가 있잖은가? 아무래도 시신이 굳기 전에 기별해야겠지?"

얼마간 시간이 더 흐르고 한 사람이 의견을 내어 말하자, 가난뱅이는 겉으로는 죽은 척하고 있으면서도 마음속으로 식구들이 애통해할 일을 떠올리곤 숨을 들이켰습니다. 그리고 입술을 달싹거려보았습니다. 숨을 참고 있는 게 힘이 들어서 그런 게 아니라 다시 설움이 울컥하며 기척을 내고 만 것이었습니다. 그걸 누가 봤는지 살아났다고 소리쳤지요. 모두가 달려들어 아까처럼 그의 몸을 주무른다, 약물을 떠먹인다 하더니 그가 눈을 번쩍 뜨자 물었습니다.

"자네 우리를 알아보겠는가?"

아무 대답을 하지 않았는데도 그들은 서로를 위로하였습니다. 낭패를 볼 뻔했는데 천만다행이라며 벙글거리기까지 했습니다. 그는 윗몸을 일으켜 모두를 둘러보고는 목을 놓아 울었습니다. 친구들은 영문도 모른 채 덩달아 울었습니다. 얼마 뒤 그가 입을 열어 띄엄띄엄 말했습니다.

"나 같은 빈털터리 신세가 오늘날까지 연명해온 건 자네들 은덕일세. 매양 자네들의 수고로움을 대신하여 언젠가 결초보은 하겠다는 마음이 있었네. 오늘 도리어 자네들에게 재앙을 끼쳤어. 재앙을 끼쳤다니까. 차라리 영영 죽었더라면 못하게 됐네."

가난뱅이는 얼마간 더 훌쩍거리고는 다시 말을 이어갔습니다. 그동안 자기가 풍도의 일을 믿었던 바 아니나, 아까 순식간에 염라국에 들어가지 않았겠느냐면서 말이지요. 귀두와 나찰이 좌우에 늘어서고 쇠갈고리와 끓는 솥이 뜰에 벌여 있는 곳에, 차꼬나 칼 같은 형구는 의금부나 형조와 다르지 않더라고 하면서 말이지요.

풍도란 풍도옥이라고도 하는데 지옥을 뜻합니다. 도가에서 지옥을 풍도니 풍도옥이라 합지요. 죽다가 살아난 이 가난뱅이에 의하면 풍도엔 집사 같은 자도 있고 나졸 같은 자도 있더랍니다. 가난뱅이는 친구들에게 말했습니다. 높은 전각 안에 화려한 일산을 받고 임금처럼 보이는 분이 자리에 앉아서 자기를 불러들여 '너는 무슨 죄목으로 들어왔느냐?' 하고 묻더라나요.

"내가 우러러보고 '황망하게 죽은 죄인이 잡혀 온 까닭을 알겠소이까?' 하고 아뢰었더니, 옆에서 노랑 수건의 야차가 나와서 고하더군. '소인 등이 다른 일로 출장을 나갔다가 마침 귀문관에서 우왕좌왕하는 자가 있기에 데리고 들어왔을 뿐이옵니다. 그 연유는 모르옵니다.' 이렇게 아뢰자 전 위에 있던 어떤 분이 불쑥 나와서 아뢰는데, 아마도 이분이 판관인 모양이야. 이분이 아뢰는 말이 '요새 부자들이 교만스러이 뽐냄이 갈수록 더욱 심하옵니다. 살리고 죽이는 걸 저희 마음대로 하지요. 아무개와

아무개 등 아홉 놈이 강제로 이 사람을 묶어 치사시켰소이다'
하더라고."

풍도 이야기에 눈을 동그랗게 뜨고 듣고 있던 친구들은 움찔
하거나 침을 꼴깍 삼키거나 하고선 이어질 말을 기다렸습니다.
가난뱅이는 잠깐 뜸을 들였다가 계속했습니다.

"염라대왕이 진노하여 귀졸 스물일곱 명을 뽑아 '저들을 잡아
다가 풍도 여설옥으로 집어넣어 쇠칼과 돌차꼬를 채운 뒤, 철옹
성 장군으로 하여금 삼라문에 보고하라'는 뜻으로 분부하고 누
누이 다짐하시는 거야. 그래서 내가 통곡을 하며 '저 아홉 부자
는 본디 인간 세상에서 마음씨 착하고 자비로운 사람입니다. 소
인은 지금까지 전부 저 아홉 사람의 도움으로 살아왔소이다. 이
번에 우연히 장난을 치다가 소인의 숨이 막힌 것이옵고, 저들에
게 죽임을 당한 것이 아닙니다. 삼가 관대히 처분해주옵소서'라
고 애걸하였지. 염라대왕이 좌우를 돌아보며 하시는 말씀이 이
러했다네. '아홉 부자가 만약 평상시 가난한 벗과 곤궁한 친지
들에게 못할 노릇만 일삼고 한 번도 측은한 마음으로 구휼한 바
없다면 저 사람 말이 저러하겠는가? 아직 잡아들이지 말고 두고
보는 것이 좋겠다.' 좌우에서 아뢰기를 '저들 아홉 놈이 자기들
재산을 균분하여 이 사람에게 주어도 지들이 지은 죄를 만에 하
나라도 갚겠습니까'라 하더군. 염라대왕이 '그렇다면 역사·야

차 등에게 내린 명을 아직 거두지 말고 기다리다가, 결과를 보고 며칠 내에 보내도록 하겠노라' 라고 하시자, 옆에 있던 집사가 내 등을 떠밀어 공중으로 떨어졌지."

가난뱅이는 그래서 자기가 바람을 타고 표표히 내려 왔더라나요. 방금 여기 당도한즉, 친구들이 자기 곁에서 지켜보고 있더라지요. 이럴 때 우리 기분은 어떨까요?

이 가난뱅이는 반갑기도 하고 슬프기도 하더라는 거예요. 그리고 제 죽음이 장난치다가 일어난 사고인데 자기가 무슨 면목으로 여러 친구를 대면하겠느냐는 소리를 하는 듯하다가, 그러나 마저 끝맺지도 못한 채 눈물을 줄줄 흘렸습니다.

*

혹시 시형 형님이 무슨 속임수를 썼겠구나 생각하게 된 분들이 있다면, 그런 것 아니라고 미리 말씀드리겠습니다.

그때 형님이 내게 해준 이 이야기의 가난뱅이는 물론 일종의 속임수를 쓴 것이지요. 어쨌거나 숨을 멈춘 채 얼마간 죽은 척하다가 깨나서는 풍도에서 본 것과 들은 것이라며 꾸며 말했으니 말입니다. 그렇다면 형님은 왜 이 이야기를 했느냐고요? 조금만 더 들어주십시오. 내 나름 시형 형님이 이 이야기를 한 이유를 추측한 바가 있었습니다. 그것 말씀드리겠습니다. 그리고 시형 형님의 행방에 대해서도 말씀드리겠습니다. 물론 제 추측입니 다만, 분명하게 말씀드리도록 하겠습니다. 우선은 하던 이야기 계속하도록 하겠습니다.

아홉 명의 친구들까지 홀쩍이는 동안에 각 집의 하인들은 득 달같이 저희 주인집에 이 사실을 알렸겠지요. 그러자 여러 집 부 녀자들도 놀라 기절할 지경이었습니다.

근래 부잣집 부녀자들이 일쑤 무당을 불러 굿을 하거나 맹인 을 청해 독경하는 것으로 공연히 재물을 축내어 파산 지경에 이 른 일이 허다하지 않습니까? 이 아홉 사람은 본래 지식이 적고 소견이 얕으니 이같이 그럴싸한 지옥 이야기를 듣고서 마음이 태연할 재간이 있겠습니까? 드디어 서로 다투어 돈 자루를 모아 보내는데, 혹은 삼백 냥 혹은 사백 냥을 내놓는 거예요. 아, 며칠 사이에 가난뱅이 집 뜰에 쌓인 돈이 삼천 냥이나 되었더랍니다.

그런데 가난뱅이는 여덟 사람 집의 것만 받고 그중 한 사람이 보내온 것은 돌려보냈더랍니다. 그 집에서는 의아하게 여겼겠 지요. 어쨌거나 며칠 뒤 가난뱅이는 장교의 모임에 작별을 고하 고 교외로 이사하여 그들과 다시 상종하지 않았습니다.

여러 부자는 여전히 뻔질나게 행락만을 일삼고 눈곱만큼도 남 에게 베풀 줄 모르면서도 무당이나 판수에게 현혹되어 도무지

절약하고 아끼는 법이 없었지요. 재물이 샘솟듯 나오지 않는 바에 물처럼 쓰고야 오래 갈 수 없는 법이지요.

아홉 부자는 각기 흩어져 더는 모이지 못 했고, 더러 길에서 만나더라도 서로 부끄러워 낯을 돌려 피해 갔습니다. 그중의 한 사람은 먼저 파산하고 부처 모두 죽어 자손이 끊겼습니다. 그런데 그게 참 묘하게도 다름 아닌 지난번 가난뱅이가 돈을 돌려보낸 바로 그 집의 일이었습니다.

십 년이 지나서 가난뱅이는 많은 금은을 가지고 서울로 와서 동네방네 수소문하여 여덟 집의 사람을 만나 돈을 갚았습니다. 이자도 넉넉하게 더해주었습니다.

그 사람이 한 집의 돈을 받지 않았던 것은 대체 무슨 까닭이었을까요? 필시 그 친구가 먼저 죽어서 보상할 곳이 없으리라는 것을 내다보고 그러했던 것일까요? 잠시 죽은 사이에 그 가난뱅이는 숨을 오래 쉬지 않는 법을 배웠을뿐더러 사람의 운명도 어느 정도 봐낼 재주를 얻었던 게 아닐까요?

형님이 해준 이야기를 나중에 생각해봤습니다. 그 가난뱅이가 친구들을 단순히 속인 게 아니라 정말 다른 세상에 다녀온 듯 신기한 눈이 얼마간 열린 게 아니겠나는 뜻이 담겨 있었던 것도 같습니다. 지나고 나서 생각해보니, 감쪽같이 남의 눈을 속이고 저승을 다녀온 척한 게 그냥 거짓말이 아니라 특별한 체험이었다는 듯이 말씀하신 게 아닌가 합니다.

그러고 보면 숨을 멈추는 것도 그렇습니다. 남을 속이려 한다고 해서 숨을 그렇게 한참이나 멈출 수 있는 것일까요? 그렇다면 그렇게, 남들이 죽은 것으로 생각할 만큼 숨을 멈출 수 있다는 것도 보통 사람의 재주라 볼 수 없습니다. 시형 형님의 시신이 사라진 뒤 나는 마지막으로 만났을 때 형님이 해준 이야기를 생각해봤고, 마침내 형님이 어디로 갔는지 알 수 있게 됐습니다.

물론 모두 나의 추측입니다. 그러나 말씀드리겠습니다. 시형 형님은 다시 지하 세상으로 갔습니다. 네, 지하 세상. 지난번에는 어찌 된 영문인지 모른 채 그 세상으로 갔습니다. 그러나 이번에는 자신의 의지와 재주로 가신 겁니다. 다른 세상으로 오갈 수 있는 재주는 우리 같은 보통 사람의 재주가 아니지요. 흔히 이인이라고 하는 사람들에게나 있는 재주지요. 이쪽 세상에서 자신을 빼내기 위해서 형님이 숨을 끊었고, 숨 끊긴 몸을 그쪽 세상으로 가져가 다시 눈을 떴다면 보통 재주가 아닙니다. 그런 재주도 있다는 것을 넌지시 알리기 위해 시형 형님이 가난뱅이와 그 친구들의 이야기를 했던 게 아닌가 합니다.

형님은 의원 일을 하다 쓰러진 뒤 회복하지 못 하고 숨을 놓으셨습니다. 그런데 장례를 치르던 중 그 시신이 사라졌습니다. 온 가족을 놀라게 했습니다. 집안 전체가 온갖 소문과 억측에 휩싸이게 했습니다.

말씀해보십시오. 시형 형님이 역질로 죽은 것을 숨기기 위해 가족이 진작에 몰래 장례를 치렀다가 그렇게 들통이 난 것이었습니까? 아직도 그렇게 생각하는 분이 있습니까?

말씀해보십시오. 양의의 의술을 배우는 제자들이 스승의 온몸에 칼을 대 훼손해 버렸던 것입니까? 여기 이 염장이 양반이 자기 두 손으로 씻기고 수의를 입히고 한 시신은 그럼 무슨 허수아비였습니까?

말씀해보십시오. 나라에 지은 죄를 추궁하자 자제들이 그렇게 묘수를 짜내 부친이 몸을 숨길 수 있도록 한 것이었습니까? 당사자가 무슨 역모죄와 연관됐다면 그 가족인들 온전할 수 없는데 누가 곤장이라도 맞았던가요?

혹은 시형 형님이 가족들까지 속이고 병풍 뒤에서 관을 열고 나와 제 발로 몰래 어디로 숨어버렸다고 할 수는 없겠지요? 아무도 그럴 수 없다고 하시는 것이지요? 그런데, 뭐라고라도 답을 얻어야 한다면? 그것과 비슷하다고 할 수도 있겠습니다.

형님은 분명히 숨이 끊어지셨습니다. 얼마간 숨이 끊겼다가 다시 돌아온 게 아닙니다. 근 이틀이나 시나 염을 할 때도 분명히 죽은 사람이었습니다. 시신이었습니다. 누구도 형님의 시신을 빼돌리거나 거짓 죽음에서 깨어나 숨을 수 있게 돕지 않았습니다. 그러니까 시형 형님은 시신으로 관 속에 누워 있다가 가족을 비롯해 누구도 모르게 감쪽같이 사라지신 겁니다. 이것만이 분명한 사실입니다.

여기에 제 추측을 보태자면, 시형 형님은 이전에 우연히 갔던 지하 세상으로 다시 간 것입니다. 이곳에서의 삶을 나름대로 마감하고 간 것입니다.

죽어서 혼령으로 가는 곳이 아닌 듯합니다. 시신을 빼돌렸다고 누가 말씀하셨는데, 몸이 없이 갈 수 없는 곳인 까닭에 그리하지 않았나 생각해봅니다. 시신을 빼돌렸다면 그건 형님 자신이 빼돌린 것이지요.

죽긴 왜 죽었느냐? 아마도 이곳에서의 삶을 마감한다는 뜻이 아닌가 합니다. 단호하게 떠나고 후회하지 않겠노라 선언한 것이지요. 처음엔 우연히 그곳으로 들어갔지만, 이번에는 자신의 의지로 갔습니다. 어떤 계획도 가지고요. 나는 그렇게 믿습니다. 아비의 정을 어린 자식들에게 나눠주지 못한 것 아쉬워했습니다만, 이제 다 자랐으니 이해를 바란다는 말을 했습니다. 그동안 가끔 했지요. 마지막으로 만났을 때는 나한테 분명하게 말했습니다.

네?

아, 그 이야기는 니도 알고 있습니다

어떤 나라 세 공주를 도적이 납치해가자 부하들과 함께 찾아 나선 무사가 산 신령의 도움을 얻어 지하국으로 들어가는 구멍을 찾아내어…….

아, 그렇지요. 부하들이 다 겁을 내지요. 무사가 직접 내려가지요. 무사는 돌아온다고요?

네, 그럼 한번 해보시겠습니까?

*

구두적.

머리가 아홉 개나 달린 괴물이 도적이었군요.

시형 형님이 다녀온 지하 세계, 그곳에 출현한 왕은 어찌해서인지 하늘을, 그러니까 이 지상 세계를 드나들 수 있는 자라더군요. 저 자신 신물이라는 주장이 완전한 거짓말은 아닌가 봅니다. 어쨌든 제 백성이 원하는 바를 위해 한 해에 두 번씩 지상으로 나온다지요.

시형 형님은 꿈에 나타난 노인을 통해 그곳의 소식을 알게 됐습니다. 왕이 나타나 지상으로 도적질하러 나녀온다는 소식도 알게 됐습니다. 꿈에 나타난 노인의 말입니다만, 그동안 형님은 노인과의 일을 통해 그게 한낱 꿈의 맥락 없어 보이기까지 하는 어지러운 소리가 아니라고 믿었습니다. 과천 등에서 도둑맞은 일이거나 여자들이 실종된 일 등에 대해서도 노인과 하나하나 다 따져가며 밝혀낸 것인지는 모르겠으나, 형님은 지하 세계의 도적이 저지른 짓이 틀림없다고 생각했습니다.

"그래서요? 어찌하시려고요?"

내가 물었지요. 그랬더니 형님은 그에 관한 답은 않고 자기가 도적을, 그것도 왕임을 자처하는 큰 도적을 불러낸 일을 한탄했습니다.

그렇지만 나는 형님이 그곳으로 다시 갈 일을 골똘히 궁리 중일 줄이야 미처 몰랐지요. 형님의 시신이 사라지고 난 뒤 떠났음을 알아챘습니다. 이번에는 시형 형님이 자기 재주와 의지로 그곳에 갔습니다.

자기가 불러낸 도적을 처치하기 위해서일까요? 모르겠습니다. 옛이야기의 무사처럼 형님이 마귀의 목을 단칼에 자르는 일이 가능하겠습니까? 모르겠습니다. 내가 이야기했고 여러분이 들었듯 그 지하 세계는 옛이야기의 그곳과는 비교할 수 없게 크고 복잡한 세상입니다. 놈의 소굴이 문지기 하나만 속이면 드나들 수 있는 곳이라 할 수도 없습니다. 놈이 술에 취해 그렇게 겨드랑이를 쉽게 내보일 듯도 하지 않습니다.

형님은 그곳 사람들과 납치된 이곳 여자들을 구출하기 위해서가 아니라 함께 견디기 위해 간 것이 아닌가 하는 생각을 해봅니다. 이야기의 마지막에 이르니 그런 생각이 듭니다.

지하 세계의 왕이 한 번 나오면 이 지상에서는 천재지변이 일어나거나 하여 혼쭐이 빠지는데, 일을 수습하는 중에서야 비로소 곳간의 양식이 사라져버린 일이나 여인네들이 흔적도 없어진 일을 깨닫게 된다지요.

먹구름이 어찌 그냥 땅으로 휘몰아치고 가마를 감춰 흔적도 없이 사라지겠습니까.

노인이 분명히 말했다고 합니다. 지하 세계의 왕은 먹구름 속에 제 몸을 감추고 광풍처럼 지상을 휩쓸며 도적질을 해간다고. 분명히 그리 말하였다고 합니다.

"광억이 아우, 이 모든 일이 내 잘못이 아닌가? 나는 그렇게 생각하네. 내가 지하 세계에서 한 생각이 이런 결과를 가져왔다고 생각하네. 내가 써놓은 왕(王) 자 글자 한 자가 기어이 이런 일을 불러왔네. 지금 왕으로 군림하는 자는 내가 내다 붙인 괘서의 내용을 원래 그곳 전설에 보태 꾸며 읍민의 마음을 흔든 모양이야. 그곳 사람들은 신물의 전설에 나의 전설을 더하고는 왕을 요청하고 받아들이게 되었네. 온갖 약속을 했을 왕은 지상 세계로 나와 도적질을 해간다지. 먹구름 속에 제 몸을 감추고 광풍처럼 지상을 휩쓸며 도적질을 해간다지. 과천에서 용인에서, 그리고 여

주에서 누가 무슨 일을 벌였는지 이제 알겠는가? 이제 나라 곳곳에서 무슨 일이 벌어질지 알겠는가?'

그날 시형 형님이 내게 한 말입니다.

천하 유람 운운하며 일곱 해를 떠돈 일이 사실은 우연하게도 지하 세계에 갔다가 온 일이었다고 했을 때, 그 사실을 시형 형님이 처음 털어놓았을 때 나는 웃었지요. 무슨 농담을 한다고 생각했습니다. 야담을 하나 지었느냐고 물었더랬습니다. 말로 다 못 한 것 상세하게 기록해놓았다기에 받아오기야 했지만…….

이 책은 야담이 아니고 소설입니다. 형님이 직접 겪은 일을 쓴 소설입니다. 직접 겪은 일일 수 있다는 생각은 반쯤 읽고 생겼습니다. 쉽게 믿을 수 없는 일이긴 하나 그동안의 형님을 생각했을 때 터무니없다고 내팽개칠 수 없었다는 것입니다. 물론 다 읽고 났을 때까지도 의혹이 없을 수 없었지요. 그러나 형님의 시신이 사라진 뒤 나는 형님의 이름을 부르며 꿇어 엎드렸습니다. 혼자 용서를 구했지요.

이 옆 금곡리의 신랑 아무개 신부 잃어버린 일. 그 일을 전해 듣고서 나는 또 놀랐고, 모든 걸 이야기하기로 마음먹었습니다.

책에서는 장조카로 등장하는 광억이가 신부 잃은 일에 이번 일이 이미 다 나오지 않습니까? 앞날을 내다본 듯이 나오지 않습니까? 예언처럼 앞날을 내다봐서가 아니래도 얼마든지 일어날 일임은 알았다는 뜻이고, 또 아무렇게나 꾸며낸 일은 분명히 아니라는 뜻이지 않겠습니까?

형님은 왜 나를 자신의 조카로 앉혀놓았겠느냐고요? 왜 나를 신부 잃은 신랑으로 만들어 놓았느냐고요? 신부 구하러 광억이 너도 지하 세계로 오라는 뜻이다, 이 말씀이시군요?

아무나 갈 수 있는 곳이 아닙니다. 그곳은 조선의 어느 곳도 아니고, 조선의 멀거나 가까운 이웃 나라도 아닌 곳입니다. 나를 그곳으로 데려가야 했다면 이 책을 전해주는 대신 함께 손을 잡고 들어갈 무슨 방법을 찾아봤어야지요. 이것도 추측입니다만, 형님은 자신이 왕을 불러내고 만 그 세계로 가야만 하는 사정을 전하기에 가장 좋은 인물이라 생각해서 나를 자기 앞에 앉혀놓았던 게 아닌가 합니다. 자신을 이해해 줄 수 있는 인물이라 생각한 것이지요. 그리고 나름 다른 사람들에게 설명도 해줄 수 있는 인물이라 생각한 것이지요.

여러분, 그렇지 않겠습니까?

*

이제 여러분 모두에게 나는 말합니다.

멀쩡하던 의원이 쓰러져 죽어 입관한 뒤에 시신이 사라진 일이 무슨 일인지 알겠습니까? 이 칠보산 너머 원평에서 신부 탄 가마가 회오리에 휩싸이고는 안개와 함께 사라진 일이 어떤 일 인지 알겠습니까?

신부 잃어버린 신랑보고 내가 찾아 나서라는 말을 하는 게 아 닙지요. 신부의 친정 오빠들에게 힘을 보태 나라 곳곳을 뒤져보 라고 내가 어찌 말할 수 있겠습니까. 자신의 시신을 빼돌릴 수 있는 이인이나 갈 수 있는 세계이니 우리야 그곳에서 고난 겪는 이들을 위해 기도하고 응원만 할 수밖에 없는 일입니다.

실상 이곳도 그곳 못잖은 아수라판입니다. 중심으로 기도하고 응원할 일은 이곳에도 있고 그곳에도 있습니다. 이곳의 맺힌 한 을 하나 풀어내면 그곳의 맺힌 한이 하나 풀릴 수도 있고, 그곳 의 잘못을 하나 바로잡으면 이곳의 잘못이 바로잡힐 수도 있습 니다. 그리 믿고 안과 밖을 향해 중심으로 기도하고, 그리 믿고 너와 나 서로를 응원하며 살아갈 수밖에 없는 것이겠습니다.

아, 다른 조선에서 그곳에 왔다는 사람들의 증언. 도무지 모르 겠습니다. 이런 건 정말 소설이어서 넣어본 것일까요? 다른 믿 기지 않는 사실도 많은데 굳이 이런 일까지 일부러 보태야 할 필 요가 있을까요? 목격한 일이고 의미가 있다고 생각해서 넣었다 고 보는 게 맞지 않을까요?

다른 세계에 가는 일뿐만 아니라, 다른 시대로 가는 일도 가능

하겠거니 생각해봅니다. 그런데 그 시대가 너무도 놀라운 세상이니! 그런 것까지는 쉽사리 믿지 못하겠습니다.

나도 그렇습니다.

여덟

형님.

형님.

형님…….

방금 제 꿈에 왔다가 가셨습니까?

시형 형님이 준 책 사흘 동안 읽었습니다. 그리고는 아무 일 않고 방에 멍하니 누워 있거나 산에 올라가 보거나 하며 며칠을 보냈습니다.

그 바위에도 가보았습니다. 다른 세계로 드나드는 곳이라며, 잃어버린 보물 하나를 그것으로 대신하자고 했으니 어떤 사람들에게는 기도처 같은 곳이 될까요? 아이들이라면 올라가 보기도 하고 아래를 파보기도 하겠습니다. 아직은 아무도 없더군요. 형님이 떠난 일도, 내가 그 일을 이야기한 것도 다 없었던 일처럼 산속은 조용했습니다. 그동안의 일이 모두 한바탕 꿈 같고 내가 뒤늦게 그 꿈에서 깬 듯했는데, 이 밤에 형님이 오셨군요.

형님이 의원 노인을 만나고자 할 때처럼 내가 형님을 애타게 불렀던가요? 형님을 꿈에서라도 만나 뭘 물어보겠다고 목청 높여 불렀던가요?

잠에서 깨서 나는 생각했습니다. 내가 형님의 이야기를 사람들 앞에서 한 게 잘못한 것인지 따져봤습니다. 형님이 마주 앉아서 말을 하듯 써놓은 이야기는 이 아우가 마치 전기수처럼 읽을 수 있도록 한 것 아니었습니까?

나는 그렇게 생각했습니다. 그러고 나니 형님이 꿈의 마지막 순간에 한 말이 들리더군요.

그런데 이야기를 하라고요? 이제 더 무슨 이야기를? 다른 사람이 한 그 옛이야기를 나보고 하라고요? 시루떡 나누고 막걸리도 나눈 그날, 이웃 노인이 한 구두적 이야기를 해보란 말씀이군요. 꼭 내 목소리로 듣고 싶단 말씀입니까? 이 밤에요?

알겠습니다. 알겠으니…….

*

옛날 옛적에 아귀와도 비슷한 귀신 하나가 지하 세상에 있었
습니다. 이 귀신은 종종 이 세상에 나타나 요란하게 하고 인물
고운 여자를 납치해가기도 하였지요. 한번은 나라의 세 공주를
한꺼번에 데려간 일이 있었습니다. 왕은 여러 신하에게 마귀를
잡아들일 묘책을 마련하도록 했으나 아무도 마땅한 대책을 말하
지 못했습니다. 그러던 중 한 무사가 나섰습니다.

"임금님, 저의 집안은 대대로 나라의 녹봉을 받고 있습니다.
이번에 제가 몸을 바쳐 나라의 은혜에 조금이라도 보답하려고
합니다. 그러므로 저에게 마귀 퇴치를 위한 중임을 맡겨주십시
오. 반드시 공주님을 구해오겠습니다."

왕은 기뻐서 이를 허락했습니다. 그리고 덧붙였습니다.

"세 공주 모두 구해오면 내 반드시 막내 공주와 결혼할 수 있
도록 하겠노라."

무사는 몇 명의 부하를 데리고 당장 마귀의 소굴을 찾아 나섰
지요. 수년간 나라 곳곳을 뒤졌습니다. 그런데 마귀의 소굴이 어
디인지 찾을 수 없었습니다. 어느 날 무사가 피곤해 산기슭에 누
워 바위를 베개 삼아 잠시 잠이 들었습니다. 꿈에 머리가 온통
허연 노인이 나타났는데, 이렇게 말하지 뭐겠습니까.

"나는 이 산의 신령이다. 네가 찾는 마귀의 소굴이 이 너머에
있는 산의 비밀과 통하는데 어찌 이렇게 게으름을 피우고 있느

냐? 그 산비탈에 이상한 바위가 있을 터. 그 바위를 들어내면 땅속으로 들어가는 구멍이 있을 것이다."

무사는 꿈에서 들은 대로 산을 넘어 마귀의 소굴과 이어진다는 곳으로 갔습니다. 신기하게도 조개껍질이 여럿 붙어 있기도 하고 주변에 흩어져 있기도 한 바위가 있고, 그걸 조금만 움직이자 과연 한 사람이 드나들 만한 구멍이 나타났어요. 빛이 비치는 그 아래는 더 넓어 보였습니다. 사람이 드나들기에는 충분해 보이나 수직으로 뚫린 구멍이고 또 그 깊이를 알 수 없는지라 맨몸으로 달려들 수는 없지요. 무사는 부하들에게 튼튼한 밧줄을 만들게 하고 사람이 들어가도 될 만한 바구니를 짜도록 했습니다. 준비가 다 되자 그는 부하들에게 말했지요.

"누가 이 바구니에 타서 아래의 사정을 살피고 올 자 없는가?"

누구도 응하지 않았습니다. 무사는 한 사람에게 "네가 내려가라"고 명령했습니다. 그자는 얼마 내려가지 않은 듯한데 방울 달린 별도의 줄을 흔들었습니다. 벌써 바닥에 닿았느냐고 물었더니 캄캄한 게 무서워 도저히 더 못 내려가겠다는 대답이 올라오지 뭐겠습니까. 다음은 제법 내려가는 듯했으나, 그자도 결국은 올려달라는 신호를 다급하게 보냈습니다. 무사는 캄캄하다는 것 말고는 아래의 사정을 챙기지 못했습니다. 그러나 자신이 직접 내려가기로 했지요. 어찌나 캄캄한지 검은 바위 속을 뚫고 내려가는 듯한 느낌까지 들어요. 그래도 아래로 한참을 내려간 그는 산자락의 동굴 천장으로 빠져나가 바닥에 닿았습니다. 방울 단 줄을 여러 차례 흔들어 바닥에 닿았다는 신호를 보냈는데 답은 한참 뒤에 왔습니다.

무사는 새벽녘 어스름을 이용해 산자락에서 제법 큰 고을 같은 곳으로 갔습니다. 그리고 어렵지 않게 번듯한 집을 찾아냈고 잠시 생각해보다가 바로 담을 넘지 않고 집 앞 우물가 나무에 올라갔지요.

날이 밝기 시작하자 대문이 열리더니 여자 하나가 나타났습니다. 항아리를 머리에 인 여자는 아름다운 자태가 예사 사람이 아니다 싶었습니다. 왕의 세 공주 중 하나일 수 있다고 생각하고 그는 여자를 지켜봤답니다. 여자는 대문 밖에서 하늘을 향해 두 손을 모아 기도하는 듯하더니 다시 항아리를 이고 우물로 왔습니다. 무사가 보기에 여자는 매일 아침 이렇게 기도하고 물도 긷고 하는 게 아닌가 싶었어요.

여자가 항아리에 물을 길어 들어 올리려고 하는 순간 무사는 나뭇잎을 한 주먹 따서 훌훌 떨어뜨렸습니다. 항아리에 나뭇잎이 떨어진 것을 본 여자는 다시 새 물을 채워 이려고 했지요. 그때도 무사는 나뭇잎을 떨어뜨렸습니다. 이번에는 "얄궂어라. 오늘은 바람도 없는데" 하면서 여자가 위를 쳐다봤습니다. 무성한 나뭇가지와 나뭇잎으로 몸을 숨기고 있던 무사는 다시 한번 나뭇잎을 떨어뜨리고는, 얼굴을 슬쩍 내밀었습니다.

흠칫 놀라며 비명을 내던 여자는 제 손으로 입을 막았지요. 그리고 말했습니다.

"당신은 저 위 세상에서 온 사람입니까?"

"그렇소. 나라의 신하로서 임금의 명을 받들어 공주들을 구하러 왔소."

곧 여자가 셋째 공주임이 밝혀졌습니다. 무사는 나무에서 내려와 지금까지의 사정을 말했습니다. 그리고 다른 공주들도 무사하나 마귀에게 붙들려 한 집에 갇힌 신세임을 알았습니다. 마귀의 집에는 문지기가 있어 지킨다는 공주의 말에 무사는 자기의 재주를 하나 말했습니다.

"다른 물건으로 변할 수 있는 재주를 가지고 있습니다. 수박으로 변할 테니 안으로만 들이십시오. 다음 기회는 또 의논하여 노리도록 하지요."

무사는 열 걸음쯤 공중으로 뛰어올랐다가 내려왔을 때는 수박으로 변하였습니다.

무사가 숨어 며칠을 보내는 동안 마귀는 사람 냄새가 어디서 나는 듯하다며 몇 차례나 코를 큼큼거렸습니다. 그때마다 셋째 공주는 그럴 리가 있느냐고, 병중이라 엉뚱한 냄새를 맡는 것 아니겠냐고 둘러댔습니다. 마귀가 마침내 병석에서 일어나 맛난 것을 잔뜩 먹고 싶다고 했을 때, 셋째 공주는 연회를 준비하자면서 불러낸 두 언니에게 무사가 자신들을 구하러 온 일을 비로소 털어놓았지요.

공주들은 그동안 빚어놓은 술에 새로운 음식들을 차려내 연회를 시작했습니다. 셋째 공주까지 전에 없던 애교를 부리자 마귀는 흡족해하며 독한 술을 남김없이 마셨습니다.

"처음에는 낯선 세상이라 무서웠으나 이제는 모든 것이 만족스럽습니다. 주인님이 구해오신 온갖 것 누리니 더 바랄 바가 없습니다."

마귀가 취해가는 것을 살피며 셋째 공주는 이런 말도 했지요. 마귀가 더욱 기분이 좋아지도록 말입니다. 마귀는 드디어 공주들의 소원을 한 가지씩은 꼭 들어주겠다고 하였습니다. 공주들은 정말 더 바랄 바가 없다면서 술과 음식만 권하다가 하나같이 말했습니다. 자기들은 주인님과 함께 오래 사는 것 말고는 소원이 없다며, 주인님같이 강한 분도 죽는 수가 있느냐고 슬그머니 물어봤습니다.

"나라고 죽지 않겠냐. 나의 겨드랑이 밑에 두 장씩 비늘이 있다. 그것을 떼버리면 나의 목숨은 없다."

마귀는 기분이 좋은지라 그게 자랑거리라도 된다는 듯 호기롭게 말했습니다. 그리고 덧붙였습니다. 그러나 그것을 떼는 놈은 세상에 없다고요. 으하하 하고 길게 웃음을 이은 뒤 마귀는 자리에 비스듬히 눕는가 하더니 이내 코를 골며 깊은 잠에 빠졌습니다.

연회장에 나타난 무사는 놈의 약점을 듣고 곧장 칼을 빼 겨드랑이의 비늘을 모두 베어냈습니다. 한쪽 겨드랑이의 비늘을 베어냈을 때는 몸만 크게 뒤척였던 마귀가 다른 한쪽 겨드랑이의 비늘까지 베어내자 눈을 부릅떴고 몸을 일으키려 했습니다. 약점을 거짓으로 일러줬구나 해서 모두 주춤하는 순간 마귀는 손에 잡히는 대로 집어 던지려 했습니다. 그러나 제 몸을 지탱하기도 어렵다는 게 곧 밝혀졌고 무사는 마귀의 목을 향해 칼을 휘둘렀지요. 몸에서 떨어진 마귀의 목은 원래 자리를 찾아가려는 듯 펄쩍펄쩍 뛰었으나 오래잖아서 구석에 처박혔습니다.

공주들을 구한 무사는 산자락의 동굴로 와서 위로 신호를 보냈습니다. 한참 시간이 걸리긴 했으나 위에서도 답이 왔습니다. 무사는 공주를 하나씩 바구니에 태워 위로 올려보냈습니다. 마지막으로 바구니에 오른 무사는 밧줄이 끊어지는 바람에 떨어지고 말았습니다. 다행히 곧장 바닥으로 처박히지 않아 크게 다치거나 하진 않았지만, 혼자 남게 된 것이었지요.

어찌 되었는지 위에서는 아무런 소식이 없었습니다. 꼼짝없이 간힌 신세가 된 무사를 도와준 것은 웬 노인이었습니다. 꿈에 나타난 산신령 같기도 한 노인은 말 한 필을 주며 타라고 하였습니다. 땅을 박차고 뛴다 싶던 말은 곧장 하늘로 솟구쳐 올랐고, 도착한 곳은 이상한 바위가 있는 곳이었습니다.

아래로 통하는 구멍이 보이지 않는 것으로 봐 부하들이 무슨 농간을 부린 듯했습니다. 궁궐로 찾아간 무사는 제 부하 중 으뜸인 자와 셋째 공주가 혼례를 준비 중인 것을 알고 그동안의 일을 다 밝혔습니다.

다른 공주들과 마찬가지로 셋째 공주는 속고 있었습니다. 공주가 사건의 진상을 깨달으면서 부하들의 농간이 밝혀졌고 그들은 감옥에 갇히는 신세가 됐지요. 임금은 그자들은 처형할 것임을 약속하고 바로 무사를 신랑의 자리에 앉혔습니다.

*

형님.

형님.

형님…….

다시 제 꿈에 왔다가 가셨군요.

예전 부잣집 저녀었던 그 부인의 일이 사실이었단 말씀입니까? 의원 노인이 전해준 소식이 사실이었더란 말씀 아닙니까?

형님이 그곳을 떠나고 얼마 뒤에 그 부인의 집에서 분란이 일어났다고 책에 써놓으셨지요. 무슨 점쟁이가 나서 그 집 아이를 아비 모르는 자식이라고 해 모녀가 어려움을 겪었다지요. 노인이 알려줬고, 형님은 책에 써놓았고, 나는 사람들 앞에서 말했습니다. 그 집 남자가 아이를 가지지 못하는 몸임이 밝혀진 데다 부인도 사실은 처녀 시절 갑자기 태기를 느낀 듯하더니 달거리를 멈췄다고 실토했다지요. 그리해 그 부인은 지아비 없이 임신한 여자가 되었고 아이는 아비 없이 태어난 아이가 되었더라고 했지요.

이번에 부잣집 처녀에 붙어 있었던 하늘 귀신이 누구였는지 고백했다는 말씀 아닙니까? 이번에 보니 예전 허약한 아이는 장부가 되어 있어 감동적인 부자 상봉을 했다는 말씀 아닙니까? 어허, 시형 형님. 예전 부잣집 처녀가 당장 다 용서하고 형님을 신랑으로 받아들이지는 않았을 터. 아이 또한 바로 살가운 정을 느끼며 안기진 않았을 터. 그런데 의원 노인이 지상 사람이자 하늘 귀신인 형님이 일곱 해를 그곳에서 지내다가 떠난 일을 미리 이야기해놓았다는 말씀이시지요? 다행히 오래 서먹하게 지내지 않고 한 가족이 됐단 말씀이시지요?

부인과 아이가 형님을 만나게 되리라고 어찌 상상이나 했겠습니까? 소망이야 했겠지만, 그건 신령이 사람으로 변해 세상에 나타나는 일. 그런데 그런 일이 일어났습니다. 이제 형님은 그곳에서 신령스럽게 움직이셔야겠습니다. 왕이 아니라 신령으로서 그곳 사람들 도와야겠습니다.

우선 형님은 옛이야기의 무사와 같군요. 그사이 괴물을 처치하다니요! 왕은 머리가 아홉 개는 아니어도 괴물이었습니다. 예전의 허약하던 아이, 장부가 된 형님의 아들이 왕의 수하여서 안타까웠는데, 그게 거짓으로 왕을 받들고 있었던 것이군요. 한 가족이 되어 형님이 신령스럽다는 것을 확인하고선 때를 노리고 있다고 털어놓았군요. 그리고 좀체 오지 않을 때를 형님이 앞당겨 만들어냈다는 것 아니겠습니까. 아, 다른 조선에서 와 있던 집의 사내가 형님을 돕게 될 줄이야. 형님도 몰랐고 그 사내도 몰랐습니다. 나도 몰랐습니다. 폭약을 만들어 왕에게 시범 보이는 자리를 만들어 일당들을 다 날려버렸다니 장하십니다. 여기서부터 준비하셨군요. 약재함에 있던 염초와 황산을 기억해두셨군요. 단칼에 대적의 목을 날려버렸습니다.

다른 조선에서 온 가족이 그곳에서 힘들어한다는 소리를 노인에게 들었다더니 다행히 잘 살고 있었군요. 그 집 딸아이가 형님의 며느리가 되었군요.

이 일 이야기로 짓겠습니다. 옛이야기 같은 것으로 하나 지어보겠습니다. 시형 형님이 예전에 그곳 다녀온 일은 이미 내가 옛이야기로 만들어놓았습니다. 매잡이가 우연히 지하 세계로 가 의술을 배운 뒤 돌아와 의원으로 잘 살았다는 이야기이지요. 그 지하 세계의 왕이 세상에 와 도적질하고 여자들을 데려가자 매잡이는 다시 가서 폭탄으로 처치하여 모두가 잘 살게 했다는 이야기를 지으려 합니다. 어떻습니까? 폭탄은 아무래도 다른 시대의 물건 같다고요? 그래서 옛이야기에 어울리지 않는다고요?

이미 양이의 철선이 조선의 앞바다에 출몰하는 시대입니다. 만들어 가지고만 있어도 두려워해 돈을 갖다 바치도록 할 수 있다는 폭탄이 일이백 년 뒤에는 생겨난다지 않습니까!

부디 오래 소식 전해주십시오.

형님.

형님.

형님…….

막둥이

어찌할까 하다가 더 늦기 전에 입을 열기로 했다. 어찌할까 하다가 나의 내력을 말하기로 했다. 어찌할까 하다가 너희 셋만 불렀다.

자, 이렇게 팔순의 최 승지가 말문을 열었습니다. 아들 셋을 불러놓고 무슨 중요한 이야기를 털어놓으려 합니다. 몸져누워 눈물 흘리며 유언처럼 하는 것은 아닙니다. 그렇다면 사랑 같은 곳에 앉은 모습을 떠올려 보십시오. 사랑에 앉아서 찻잔을 기울이며 이야기하는 모습을 떠올려 봐도 좋겠다 이 말씀입니다. 아니면, 집안이나 가까운 곳 어디 정자에 올라 주안상을 앞에 놓고, 봄날 꽃 피우고 새 우는 소식이나 한가롭게 끄집어내는 듯하다가, 최 승지가 갑자기 세 아들에게 자신의 내력이라며 무슨 비밀을 털어놓는 장면을 떠올려 봐도 좋겠습니다. 세 아들이야 한

꺼번에 불러 왔기로 부친이 무슨 말씀이 있겠거니 했겠으나, 순간 좀 의아해하겠습니다. 또 긴장도 하겠습니다.

어쨌든 지금 여기는 강원도 고성 땅 최 승지의 사랑이거나, 어디 정자입니다. 그럼 나는 누구입니까? 여러분은 또 누구입니까?

*

십 년 전 송생이 왔던 일을 기억하느냐?

내 재종질 송생이 찾아 왔던 게 벌써 십 년 전 일이구나. 나는 그때 칠순을 넘겨 집안 모두에게 큰 축하를 받았지. 그사이 나는 팔순이 되었구나. 복 받은 삶이다.

내 재종질 송생의 가문은 사족으로 이름이 있었다. 그러나 한 번 벼슬길 끊긴 일이겠거니 한 게 몇 대를 갔지. 달리 분명한 생업 수단도 수완도 없으면서 과거만 바라다보면 이름뿐인 사족이 되지. 조상의 음덕으로 벼슬길 나가는 일 손바닥 뒤집는 것처럼 쉽다 싶다가도 한 번 삐끗하면 끈 떨어진 연이 바로 이런 것이구나 하고 깨닫게 돼. 그때는 대개 뒤늦지. 하인들 부려 뭘 해볼 수 있을까 싶지만 일이 잘못 꼬이면 하인들 먹일 양식조차 조달하기 어려운 처지가 돼 있단 말씀이야. 가문의 기둥이어야 할 자가 덜컥 일찍 세상을 뜨기라도 해봐. 이러면 종가라도 몰락하고 지손은 대개 흩어져버린다. 송생의 가문이 그랬느니라.

청상과부와 혈혈단신의 아들이 처량하게 사는 형편이었느니라. 하인들도 부릴 형편이 아니니 다 떠나보내게 됐고, 막둥이란 젊은 종 하나만이 남아 있었지. 그 막둥이가 집안 대소사를 맡아 처리하여 호주의 일을 보다시피 했다니까. 그러다가 도망쳐버렸어. 온 집안이 혀를 차고 한숨을 내쉬었으나, 막둥이의 종적을 찾을 길이 없었지.

그리고 사십 년도 넘는 세월이 흘렀다. 송 씨의 어린 아들 송생이 그사이에 장성했는데 형편이 나아지기는커녕 더 심해져 견디기 어려웠지. 송생은 과거를 준비하면서 한때 교유가 있었던 강원도의 어느 원님에게 찾아가볼까 하고 먼 길을 나섰어. 상황이 괜찮으면 일을 도우며 얼마간 의탁하리라는 요량에서였지. 길이 고성 땅에 접어들었는데 날이 저물려 하지 뭐야. 주막은 보이지 않고 고개가 딱 나타나. 서둘러 고개를 넘었더니 다행히 산 아래로 마을이 보여. 저녁 어스름 가운데 기와지붕이 제법 물결처럼 벌여 있고 산수가 수려한 곳에 자리 잡은 정자며 누대도 홀 륭해 보였어.

바로 이 마을이었느니라. 송생은 누구에겐가 물어봐 마을에서 유력하다는 우리 집으로 왔지.

송생은 어렵지 않게 하룻밤 잠자리를 구했어. 저녁 밥상도 받았어. 그리고 하루 내내 걷느라 피곤한 다리를 얼마간 쉬고 있을 때 집안의 일하는 아이가 주인인 최 승지의 말을 전한다는 거야.

"오랜만에 찾아온 손님과 잠시 이야기나 나누었으면 한다고 여쭈라 하십니다."

그날 적적하던 터에 나는 그렇게 손님을 내 사랑으로 불렀느니라. 송생은 오래잖아서 어린 하인을 따라 들어왔어. 나중에, 넓은 이마에 턱이 풍성하고 눈이 빛나 보이더라는 소리를 하더구나. 그때만 해도 내가 그랬는지 모르겠다만, 이제는 아무래도 아니구나. 어쨌든 나는 단정하게 행동하는 손님을 맞아 어디 살고 어디 가는 길이냐고 먼저 물었다. 내가 사는 마을이 어디이고 내가 누구인지도 간략하게 소개했지. 그리고는 술 한 병을 가운데 놓고서 세상 소식도 주고받고 하였지. 밤이 깊어지면서 손님도 나도 잠깐씩 피곤함을 느끼곤 했다. 그러나 때맞춰 입을 벌어지게 하는 소식이 서로에게서 나와 자리는 생각지도 못 하게 길어졌느니라. 천천히 마셨다지만 술 한 병도 손님이 거의 다 마셔 취기가 올랐는지 사족으로 이름이 있었으나 한번 벼슬길 끊겨 몇 대를 지나자 종가는 몰락하고 지손은 흩어져버린 사연까지 털어놓더구나. 이어 강원도 어떤 원님에게 실은 의탁해볼까 하고 나선 길이라는 사실도 스스럼없이 딜어놓더구나. 그 전에 제 어릴 적의 젊은 종 막둥이가 도망간 일도 털어놓았지.

*

그러면서 내가 송생이 재종질임을 알았느냐고?

송 씨 집안을 드나들며 막둥이란 젊은 종이 있었다는 것을 알았느냐고? 그래, 그동안 나는 그렇게 말했느니라. 그런데 그게, 그냥 그런 일이었다면 내가 너희를 따로 불러 새삼 옛일을 다시 이야기할 필요가 뭐 있겠느냐?

새벽이 되어, 하인들도 다 잠든 것을 확인한 다음. 너희의 아비, 나는 송생 앞에 꿇어 엎드려 절하였느니라. 눈물을 흘리며 죄를 청하였느니라. 꿇어 엎드려 절하였다니까. 죄를 청하였다니까.

이 무슨 소리인가 하여 너희 모두 놀라는구나. 송생도 마찬가지였다. 송생은 어리둥절해서 더듬거리며 묻더구나. 영감께서 이 웬 해괴한 일이냐고 말이다.

"소인은 댁의 옛 종 막둥이올시다."

나는, 최 승지는 먼저 그렇게 입을 열었지. 분명히 그리 말했다. 그리고 최 승지는 차근차근 말을 이어갔느니라. 그것은 내 죄를 하나하나 밝히는 일이었구나. 상전의 두터운 은혜 입고도 도주한 것은 첫째 죄. 마님이 홀로 가문 지키며 수족처럼 대하셨는데 뜻을 받들지 못하고 영영 저버리고 만 것은 둘째 죄. 남의 성씨 빌려 세상을 속이고 벼슬한 것은 셋째 죄. 몸이 이미 영달하고서도 옛 상전댁에 소식 전하지 않은 것은 넷째 죄. 이곳에 왕림한 서방님과 감히 동등하게 처신한 것은 다섯째 죄.

그때 최 승지는 감정이 격해졌나 보다. 이렇게 말하기까지 했으니까 말이야.

"이런 다섯 가지 죄를 지은 자가 무슨 얼굴로 세상을 나다니리까? 서방님, 이 소인을 질책하고 매질하십시오. 쌓인 죄 만에 하나라도 씻도록 해주십시오."

이제 너희의 감정이 격동하느냐? 이미 시작한 말, 다 털어놓을 테니 너희는 차분히 듣기만 하여라. 다 듣고 무슨 말을 하더라도 하도록 해라. 그럼 그때 송생이 아저씨하고 깍듯이 모신 것은 무슨 귀신같은 일이었냐고 당장이라도 묻고 싶겠다만 우선 들어보아라.

송생이야 송구한 마음에 어쩔 줄 몰라 하더구나. 그러나 최 승지는 말을 이어갔다. 상전과 종은 부자와 군신 사이나 다름이 없다. 지금 나는 은정을 저버렸고 체모도 잃어버렸다. 차라리 목숨을 끊어 이 죄를 갚고 싶다. 그렇게 말이다.

이때 이르러서야 송생이 비로소 입을 열었지.

"놀라워 쉽사리 믿을 수가 없습니다. 설사 영감 말씀대로라도 다 지나간 일 아닙니까? 물이라면 흘러갔고 구름이라면 흩어진 셈입니다. 그걸 구태여 끄집어내서 주인과 손님 사이를 어색하게 만들 일이 무어 있겠소? 조용히 앉아서 한가로운 이야기나 나눕시다."

최 승지는 송 씨 대소가의 안부를 두루 물었다. 송생은 얼마간 답하다 이제 다 흩어져 별달리 전할 것도 없다고 했다. 그리곤 서로 얼마간 탄식을 했는데, 송생이 곧 화제를 바꾸고자 한 것인지 최 승지에게 집안이 이처럼 크게 일어난 일을 묻더구나.

미천한 자가 재산을 모으고 가문까지 일으킨 일. 어찌 그걸 단숨에 다 털어놓을 수 있겠냐. 하지만 나는 상전댁에서 도망을 결심할 때부터 시작해서 간략하게 들려주려고 했다.

내가 종노릇 하면서 본 바 상전댁은 다시 일어설 가망이 없더구나. 한 번 벼슬 끊기면서 시작된 일이라지만 내가 보기에는 무슨 기운이라고나 해야 할 것이 막힌 까닭이 아닌가 싶었어. 뭘 어찌 좀 바꾼다고 해서 사정이 달라질 일이 아니라 싶었어. 차라리 나 같은 종으로 운명을 바꾸는 게 더 쉽지 않을까 싶더라고. 차라리 말이다. 그리 생각하니 나는 내 갈 길을 알겠더구나. 상전댁 의지해야 평생토록 춥고 배고픈 날을 보내게 되리라는 생각은 오래 했느니라. 그래서 도망은 갑작스레 했으나 마음은 오래전부터 다잡고 있었던 셈. 몰락한 어떤 최 씨 문중의 철없는 자식이라 속이면서 장사꾼을 따라다녔고, 별난 놈이라 생각하면서도 좋게 봐준 자들이 있어 서른이 되기 전에 얼마간의 돈을 모을 수 있었지. 그리고 한동안 서울에 살면서 운 좋게도 좋은 물건을 구해 팔아 돈을 몇천 냥으로 불린 다음에 서울 북쪽의 영평으로 갔구나. 그때부터 두문불출하고 글을 읽었다. 송 씨 댁 종으로 일하던 시절 어깨너머로 배운 바가 있어서인지 글 읽는 것도 속도가 났다. 글을 읽으며 몸가짐을 조심해서인지 선비로서 행실이 분명하다는 평을 얻었지. 그리고 차차 서울의 협객들을 동원해서 말과 노복을 화려하게 꾸미고 오가게 하며 유명한 자들의 이름이 흘러나오게 했지. 한 오 년 후에는 철원으로 이사를 하고 거기서도 영평에서처럼 지냈다. 이때부터는 부근 고을의 가난한 자들을 돕기도 했느니라. 철원 사람들로부터도 고을의 사족으로 대접을 받았지.

그리고 한 무변의 딸, 바로 너희 어미를 아내로 맞아들였다. 너희가 차례로 태어나고 잘 살았지만 혹 정체가 들통날까 염려하여 다시 회양으로 이사를 했고, 얼마 후에는 여기 고성으로 옮아왔지. 회양 사람들은 철원 사람들에게 듣고 고성 사람들은 회양 사람들에게 듣고 하며 말이 선해지시, 또 더 좋게 진해서 우리가 그만 삽쪽으로 주대된 것이다. 내가 명경과에 합격하여 승문원에 드는 것을 시작으로 동부승지에까지 이른 일은 너희가 잘 아니 더 말하지 않으마.

달도 차면 곧 기울어지기 마련. 그걸 누가 모르겠냐만 사람의 욕심은 다스리기 어렵지. 용단을 내려야 한다고 생각했다. 막둥이가 상전댁을 도망치듯 용단을 내렸구나. 벼슬자리에 연연하여 물러날 줄 모르다가는 귀신이 노하고 사람이 시기하여 낭패를 보게 될 터. 나 같은 경우는 종노릇 한 것까지 밝혀져 모든 걸 잃게 될 것만 같은 두려움이 몰려들더구나. 남들이 벼슬자리에서 용감하게 물러났다고, 급류용퇴라느니 하며 칭찬하는 일은 그렇게 이루어졌지. 그때부터는 전원에서 노닐며 임금의 은혜를 노래하는 삶을 살았구나. 너희가 세상으로 나가 이름을 얻는 일을 지켜보는 것을 낙으로 삼았구나.

나는 아들 셋과 딸 둘을 모두 좋은 가문과 혼인하게 한 일, 너희 셋이 공부하여 이런저런 벼슬을 얻은 일도 다 말했다. 해마다 거두는 곡식이 얼마며 집안에서 하루에 쓰는 돈이 또 얼마라는 것까지 다 말했다. 그리고 송생에게 이리 말하였구나.

"그런데 여태 상전의 은혜를 갚지 못 해 자나 깨나 마음에 걸렸습니다. 찾아가 뵙고 싶어도 종적이 탄로 날까 두려웠습니다. 그러니 틀림없이 어려운 형편일 줄 알면서도 나서서 도울 길을 찾아보지 못했습니다. 늘 마음이 안타깝고 또 죄스러웠는데 마침내 이렇게 하늘이 기회를 주시는군요. 서방님이 여기를 왕림하시다니요. 소인 이제 죽어도 눈을 감을 수 있겠습니다."

내 눈에 이슬이 맺힌다 생각했는데 어쩐 일인지 송생의 뺨에 눈물이 흐르더구나. 그때야 감정이 격동하거나 하진 않았을 텐데도 말이다. 나는 눈을 피하곤 서방님을 몇 달 여기 머물도록 하고 작은 정성이나마 표하고자 한다고 뜻을 밝혔지. 다행히 송생은 고맙게 받겠노라 하더구나. 그래서 나는 곧장 말했느니라. 나그네에게 의외의 후대를 하게 되면 주위의 의심을 사기 마련이니 낮에는 인척 사이로 행세하여 우리 최 씨 가문을 빛내 달라고 하였느니라.

송생은 선선히 응낙하였다.

그리고 아침에 나는 너희에게 간밤에 있었던 기이한 일을 알렸지. 물론 오늘 하는 이 이야기가 아니라, 손님이 내가 어릴 적 함께 글을 읽고 또 함께 놀기도 하던 송 씨 어른의 자식이더라는 이야기를 말이다. 서로 소상하게 따지느라 밤을 다 새운 일까지 말하고 내 재종질이 틀림없으니 깍듯이 모시라고 당부한 것은 다음이었지. 그리해 송생과 너희는 형님 동생 하게 되었던 것이다.

최 승지는 송생을 산기슭의 정자와 물가의 누대, 그리고 저 솔 숲이며 내밭에서 풍아으로 날을 보내고 시와 술을 일과로 삼도록 했다. 달포쯤 지나자 송생은 그만 폐를 끼치고 싶다며 돌아가 겠다고 하더구나. 최 승지는 준비한 바를 밝혔지.

"만 냥을 준비했습니다. 새집과 논밭을 마련하서 다시 집안을 일으키는 데 쓰시기 바랍니다."

송생은 고개를 끄덕이더구나. 고맙게 받는다는 말 잊지 않았 지.

*

내가 미처 생각하지 못 한 일이 있었다. 송생이 돌아가 단박에 부자가 되자 주변에서 다들 이상한 일이라고 고개를 갸웃거리는 데, 그의 사촌 동생 하나가 집요하게 부자가 된 내력을 캐묻는 것이었지. 이 사촌 동생이라는 자는 원래 불한당 같은 구석이 있 는 자였다. 그래, 맞다. 내가 침술로 광증을 치료했던 자. 송생의 이 사촌 동생과 관련된 일을 이제 이야기할 차례구나.

송생은 찾아간 원님이 도와준 것이라고 대답했으나 불한당은 곧이들으려 하지 않았지. 자꾸 채근하는 것이야. 송생은 어쩌지 못 하고 은단지를 얻었다고 말막음 을 했지. 당상은 넘어가는 듯 했지. 그런데 불한당이 이런 말에 넘어가겠느냐? 어느 날 불한 당이 송생을 자기 집으로 청해 함께 술을 마셨는데, 술이 거나해지자 소리소리 질러. 넋두리를 해대는 것이었지. 송생이 왜 그러느냐고 달래자 불한당이 원망하는 말을 쏟아내지 뭐야.

"내가 조실부모하고 다른 형제 없이 오직 형님만 믿고 여태까지 살아왔지 않소? 그런데 이제 형님이 나를 길가에 지나가는 사람 보듯 하다니, 어찌 슬프지 않습니까? 더 살아 무엇 할까 싶어 술이나 먹고, 콱⋯⋯."

송생은 손사래로 사촌 동생을 달래고 자기가 무슨 박대를 했느냐고 물었어. 그러자 불한당이 한다는 소리. 들어봐라.

"내 진정을 형님이 받지 않았지 않소? 우리 사이에 이게 박대가 아니면 뭐가 박대겠소? 형님이 나한테 선물을 주는 것도 좋지만 진정을 받아주는 게 더 좋은 일이라 생각하우. 그 많은 재물이 어떻게 해서 생겼는지 끝내 바로 대지 않는 건 대체 무슨 까닭이우? 설마 도적질을 했소?"

세상 물정 어두운 송생은 이쯤 다그치자 그만 자백할 태세야.

"사정이 있는데, 재물이 생긴 까닭을 다 털어놓지 않는다고 하여 동생이 그런 의심까지 하다니. 알겠네. 내 사실대로 말함세."

허허.

송생은 앞뒤 사연을 쭉 들려주었지. 불한당은 말이 끝나기도 전에 불끈 화를 내. 치욕을 침으며 반노의 뇌물을 받아 챙겼다느니, 아저씨 형님 하며 강상의 윤리를 어지럽혔다느니 해대. 그리고는 불끈 이러지 뭐겠어.

"내 당장 고성으로 달려가서 그놈의 패륜상을 폭로하리다. 그리해 먼저 형님이 당한 치욕을 씻고, 다음에 말세의 기강을 바로잡아야겠소."

송생으로서는 생각지도 못한 반응이었어. 불한당은 말뿐인 게 아니라 바쁘게 신발을 신고 동대문 밖으로 달려나갔어.

*

그때 내가 이 불한당이 들이닥칠 일은 어떻게 알았느냐고? 어떻게 침술로 제압할 계략까지 다 세워놓을 수 있었느냐고?

송생이 걱정되지 않았겠어? 크게 걱정이 되었지. 그래서 급히 걸음 빠른 사람을 사서 나한테 기별을 보냈던 게야. 일이 이렇게 된 사정을 자세히 적고 실언한 허물을 자책하는 내용을 담아서 말이야.

송생이 보낸 사람이 불한당보다 먼저 당도했을 때 최 승지는 마침 동네 사람들과 장기를 두고 있었구나. 최 승지는 장기의 말을 만지작거리며 편지를 훑어보고 나서 껄껄 웃었어. 그리고, 젊어서 하찮은 기술을 배워둔 게 후회막급이라느니 하니 주위 사람들이 궁금해하며 무슨 일이냐고 물어. 최 승지는 이렇게 대답하였지.

"지난번 우리 집에 송 씨 조카가 왔지 않은가? 그때 이야기가 의술에 미쳐서 내가 침술에 약간 소양이 있노라는 소리를 하였지. 그러자 그 조카가 대단히 반겨 듣고 저의 사촌 동생이 광기가 있으니 보내서 치료를 받도록 하겠다고 하더군. 그러랬지. 무뎌진 침 솜씨 가다듬어보게 마구 찔러나 보겠다고 농을 했네. 침술 어쩌고 한 건 사실 아주 가볍게 한 말이었는데 조카가 아저씨를 얼마나 신뢰하는지 정말 보낸다고 하는군. 허허 이것 참. 내일이나 모레쯤 도착할 모양이야. 광증이 심한 모양이니 무슨 말을 하든 피하게. 아예 집에서 문을 닫고 나다니지 않는 게 피해를 보지 않을 수가 될 수도 있겠어. 그건 알아서들 하게."

미치광이가 곧 들이닥친다는 소식에 어떤 집에서는 정말 문을 닫아걸고 조심을 하기도 하는 눈치야. 나는 그 사람이 무슨 말을 하든 흘려들으란 뜻으로 한 말이었는데 말이야. 어쨌든 이윽고 불한당이 나타나 소리소리 지르며 돌아다니더군.

"최 승지라는 자는 우리 집안 하인이었네! 최 승지는 내 사촌 형님네 종 막둥이라네!"

마을 사람들은 문을 닫아걸고 피하기도 하고 멀찍이서 껄껄 웃기도 하고 미친놈이 무슨 말까지 하나 지켜보겠다며 뒤따르기도 하고 했어. 하나같이 과연 대단한 미치광이가 왔구나 했을 거야.

최 승지는 태연히 앉아 있었지. 그자가 일장 연설을 하기 전에 잡아 오도록 하인들을 보낸 채 말이야. 혼자서 떠들어대다, 사람들이 얼마간 모이자 그자는 사촌에게 들은 이야기를 쫙 펼쳐놓으려 해. 그때 하인들이 달려들어 잡아 왔지 뭐. 마을 사람들 누가 보기에도 미치광이인 그자를 최 승지가 침술로 고치거나 혼을 내주거나 할 테니 자기들은 굿이나 보고 떡이나 먹겠단 생각으로 물러나 있었지.

밤이 깊어 사방이 고요해지자 최 승지는 대침 하나를 들고 불한당을 가두어둔 곳간으로 혼자 들어갔어. 불한당이야 처음에는 입을 놀려 마구 욕설을 퍼부어댔지. 최 승지는 들은 척도 않고 다가가서 바늘로 온몸을 사정없이 찔러댔다. 대침이 한번 쑥 들어왔다 나가자 그자는 정신을 번쩍 차리는 눈치야. 얼마간 더 고함을 지르고 욕을 해댔지. 그러나 아랑곳하지 않고 최 승지가 대침을 푹푹 찔러대자 마침내 살려달라고 비는 것이 아니겠어. 최 승지는 그쯤에서 멈추지 않았어. 저 자신 비명을 삼키며 순한 짐승 같은 눈빛으로 쳐다볼 때가 되어서야, 최 승지는 비로소 정색하고 꾸짖었지.

"내가 너의 사촌 형에게 본분을 지켜 먼저 나의 내력을 실토하였다. 그리고 집안을 다시 일으킬 재물도 주었다. 너도 마땅히 나를 의롭게 보고 받아들여야 할 일 아니겠느냐? 기어이 여기까지 와서 나의 과거를 들추어 파멸하려 든다니. 내가 밑바닥 종에서 이만한 곳까지 이른 사람인데 너같이 용렬한 놈에게 낭패를 볼 성싶으냐? 애초에는 중도에 자객을 보내 너를 해치우려고 했다만 선대의 은혜를 생각해서 우선 생명은 남겨둔 것이다. 어쩌겠느냐? 만약에 네가 마음을 고치고 뜻을 달리 갖는다면 너도 먹고살 수 있게 해줄 터. 고약한 심사를 고집한다면 내 너를 죽이지 않을 수 없다. 이치가 그렇지 않겠느냐? 나야 기껏 실수로 사람 죽인 서투른 의원밖에 더 되겠느냐?"

그 불한당이야 달리 무엇을 선택하겠느냐? 들어보면 이치가 그렇고, 말에도 진실함이 담겼고 하니 이 최 승지의 뜻대로 행동할 수밖에. 그자는 그 자리에서 다짐했어.

"내가 마음을 바꾸겠수. 그리고 딴마음을 먹으면 내가 개자식이우."

최 승지는 웃으며 물었어. 내일 아침부터 자기를 아저씨라고 부르겠냐고. 그자는 아버지라 부르래도 감지덕지라고 했느니라. 이쯤이면 일이 잘된 듯해 최 승지는 집안의 식솔들을 불렀지.

"이 조카의 병줄이 다행히 돌이킬 수 없는 상황에 들지는 않았구나. 정성껏 침을 놓았더니 신기하게도 효험을 본 것 같다. 이

제 더는 소리치고 하지 않을 것이다. 혹시 모르니 오늘 밤은 여기 그대로 두고 내일 살펴보도록 하자. 다만 묶은 것은 풀어주어라. 자기대로는 놀라고 힘들어 오줌도 제법 지린 듯하니 갈아입을 옷도 주어라."

그래, 최 승지가 그자를 울리고 웃기는구나. 너희를 울리고 웃기기도 한 것이냐?

이튿날 아침. 최 승지가 하인들과 함께 곳간에 가 보았다. 그랬더니 불한당은 반가운 기색으로 절을 하는 것이었어.

"아저씨 침 덕분에 정신이 맑아졌습니다. 병의 뿌리까지 뽑힌 듯합니다. 며칠 조용한 방에 편히 누워 조섭하고 싶습니다."

최 승지는 고개를 끄덕이며 말했다.

"이제 좋은 음식으로 허한 기운을 보충하면 될 것이다. 방을 하나 마련해놓았으니 옮기도록 하여라."

며칠 뒤 조카의 병이 다 나았다는 소식이 밖으로 전해지자, 마을 사람들이 찾아오기도 했다. 아직은 아니라며 사람들을 돌려보내곤 하던 최 승지는 다 자기 사랑에 앉히고는 조카를 불렀어. 불한당은 그들에게 코가 바닥에 닿도록 절하며 변명하는 것이었어.

"내가 지난번에는 병증이 크게 나타난 듯합니다. 그럴 때 나는 무슨 해괴한 짓을 하였는지 모른답니다. 부디 용서하여 주시옵소서. 일가친척 가운데 침술이 좋은 어른이 있어 드디어 제가 사람 행세를 할 수 있게 되었습니다."

불한당은 최 승지의 과거를 머릿속에서 지웠을 뿐만 아니라 아예 사람이 달라진 듯했다. 그도 송생과 마찬가지로 달포 남짓 되자 더 폐를 끼치지 못 하겠다며 떠날 수 있도록 해달라고 하더 구나.

최 승지가 준비한 재물을 가지고 떠날 때 그자는 마당에 엎드 려 절했다. 그렇게 떠난 이가 마음을 바꿔먹을 리 있겠느냐?

*

아무 일 없이 나는 팔순을 맞았다.

내 아직 건강하다만, 십 년 전과는 다르다. 내년에는 또 다를 것이다. 사실 이제 내일 저세상으로 떠난다고 해도 이상하지 않 은 나이지. 더 늦기 전에, 내 몸과 정신이 온전할 때 너희에게 이 일을 알리는 게 좋겠다고 생각했느니라. 내가 몸져누운 다음에 입을 열었다면 너희 중에는 아버님이 드디어 정신까지 이상해졌 구나 하기가 십상이지 않겠느냐 말이야.

불한당의 입을 그토록 애써 막았다던 내 입까지도 끝까지 막 았어야 한다고 생각하느냐? 너희 모두 좀 얼이 빠진 듯하구나.

내가 거짓을 지어냈다고 생각하지는 않는 눈치다만, 멍한 것은 틀림없어 보인다. 그래 뭔가로 머리를 세게 얻어맞은 것도 같으리라. 나는 송 씨 집안의 종 막둥이였다. 이 사실을 너희가 알게 됐다고, 너희가 달라지는 게 무어 있겠느냐? 달라지는 게 있어야 한다면, 너희 아버지가 종의 신분에서 빠져나려고 어떤 노력을 했는지 마음에 새기고 사족의 신분을 지키기 위해서는 또 어떤 노력을 했는지도 마음에 새겨야 한다는 것.

너희 세대의 일은 너희가 처리해야 할 터. 이후의 일은 내 상관 않으마. 다만 내가 살아온 내력은 정확하게 알고 기억하여라. 나는 내가 막둥이였다는 것을 기억함으로써 장사꾼들과 어울릴 수 있었고 글공부를 할 수도 있었고 벼슬살이도 할 수 있었느니라.

*

어찌할까 하다가 더 늦기 전에 입을 열기로 했다. 어찌할까 하다가 나의 내력을 말하기로 했다. 어찌할까 하다가 너희 셋만 불렀다.

자, 이렇게 팔순의 최 승지가 말문을 열어, 아들 셋을 불러놓고 중요한 이야기를 털어놓았는데 기억을 다 하겠습니까? 송생을 알아보고 의리를 보인 일은 어떠하며 그의 불한당 사촌을 어르고 달랜 일은 또 어떠합니까? 재미는 있었습니까?

이 이야기는 시형 형님이 모아놓은 야담 중에서 골라 내게 읽어줬던 겁니다. 옛이야기처럼 재미나게 해볼 수 있도록 연습해보라면서 읽어줬지요. 그러게요. 시형 형님은 의원 일만도 바쁠 텐데 야담을 모으고 손수 야담을 짓기도 하고 그랬습니다. 이 이야기는 그중에 하나를 그렇게 듣고 나도 기회가 되었을 때 몇 번 해본 이야기입니다. 무슨 정자 같은 곳에 앉아, 아들 셋으로 볼 만한 사람을 셋 앉혀놓고 한다면 무슨 연극, 무슨 인형극 같은 것으로 볼 수도 있겠습니다.

여러분이 최 승지의 사랑으로 떠올려봤는지, 최 승지 집의 정자로 떠올려봤는지 모르겠으나 내가 여기서 한 이야기는 인형극보다는 마당놀이에 더 가깝겠습니다. 여러분 중에는 최 승지의 아들 중 하나처럼 의아한 표정을 짓기도 하고 탄성을 지르기도 하고 했으니까요. 눈물도 흘렸습니까?

지금 여기는 최 승지의 사랑이거나, 어디 정자였습니다. 나는 최 승지였습니다. 이제 나는 누구입니까? 여러분은 또 누구입니까?

막둥이는 없습니까?

추노

오늘은 추노 이야기를 몇 가지 해보겠네.

서울에서 한 양반이 먼 지방으로 추노를 나갔네. 그 지방 수령과 절친한 사이인 양반은 먼저 동헌에 앉아서 장적을 들춰봤지. 들은 대로 집안의 옛적 외거노비들이 그사이 번성하여 백여 호에 이르렀는데 풍족한 자들도 있는 듯하였네.

우선 양반은 관가의 위세를 빌려 그들 가운데 유력한 자 몇 명을 불렀네. 오랜 세월이 지났으나 추심하러 온 까닭이 분명함을 밝히자 그들은 당황하는 듯했어. 그러나 곧 사실을 인지하고 귀를 여는 것이야. 양반은 한 집에서 속량전 천금을 열흘 기한으로 바치는 것으로 어느 쪽에서도 디는 민서로볼 일이 없도록 하자고 했지. 그랬더니 의외로 처분을 받겠다는 듯 고분고분해.

노비와 주인 사이는 부자와 마찬가지. 뭐 그렇게 말문을 열어 그동안의 내력을 읊는 자가 있었어. 선대가 감히 상전을 배반했던 것이 아니고 흉년에 유랑하여 떠돌다가 이곳에 정착했더라는 요지의 말이었네. 아들과 딸이 손자와 증손까지 낳으면서 지금은 백여 호가 마을을 이루게 된 그자들 모두의 내력이었던 셈이지. 그에 이어 누구는 고마워하기까지 하네. 상전댁 덕분으로 장사를 한 게 이득을 가져와 농토를 많이 사들여 풍족한 백성이 되었다고. 그리고는 자기는 아비와 할아비로부터 전해온 말을 잊은 적이 없다는 소리까지 해. 다른 하나는 상전댁에 문안드릴 길이 막힌 지 벌써 여러 해 지났다는 이야기가 어제 들은 듯 귀에 또렷하다는 소리를 보태지 뭐겠어.

양반은 어째 오랜 세월이 흐른 뒤 타향에서 일가친척 만난 듯이 훈훈한 느낌까지 든다, 싶었어. 일이 잘 처리될 듯해 적이 안심이 됐지. 그사이 저희끼리 뭐라고 쑤군대더니 문안 길 막혔느니 하는 소리를 한 자가 엎드려 아뢰었어.

"이제 샌님께옵서 몸소 왕림하셨으니 실로 부모를 대한 듯이 기쁩니다. 비록 관가에서 받는 대접이 좋다 하나, 소인들 마음이 어찌 직접 공양하고 싶지 않으리까? 이렇게 엎드려 비옵건대 소인들 처소에 왕림하시면 황송하고 감격스럽겠나이다. 저희 사는 곳이 여기서 삼십 리에 불괴하니 육 족의 수고로 반나절이면 당도할 것입니다."

육 족의 수고 운운한 것은 말에 태우고 마부를 붙여 모시겠다는 뜻이 아니겠는가. 양반은 절친한 사이지만 수령에게 더 신세질 필요가 없겠다 싶어 이튿날 출발하겠다는 뜻을 쾌히 밝혔지.

이튿날 오후에 양반은 그 마을로 행차를 하였어. 중간에 마을의 늙은이 스무 명 정도가 대기하고 있었지. 그들은 말머리 앞에 줄지어 절하고는 뒤를 따랐어. 그리해 양반은 앞뒤로 호위를 받으며 그 마을에 당도하게 됐다네. 대문이며 집채가 썩 우람한 집도 있는 반듯한 마을이었는데 양반네 외거노비 무리의 후손으로만 한마을을 이루고 있다고 했네.

양반을 대청마루에 모셔놓고 마을에서는 바로 떡 벌어진 다과상을 내놓았어. 그리고 노속들은 여러 무리로 나누어 차례로 나타나 상전댁과의 관계를 밝혔어. 그러는 가운데 형편이 넉넉하지 못해 속량전을 단번에 마련하기 어려운 자들에게는 마을의 부자들이 빌려주기로 했다는 소리도 있었지. 추노 나온 양반만큼이나 그들도 의지가 있다는 뜻이 아니겠는가. 이번 참에 일을 마무리해버리려는. 양반으로서는 일이 술술 풀려나간다, 싶었지.

양반은 날마다 좋은 음식 먹으며 한양으로 돌아가 편안하게 살 일을 그렸네. 그렇게 열흘을 보냈네. 드디어 내일이며 속량전을 받기로 정한 날. 밤 삼경에 거처로 삼은 집 주위로 두런거리는 소리가 여럿 들리지 뭐야. 밖을 내다보니 마을 사람들 모두가 몰려든 듯 사방을 겹겹이 둘러싸고 있었어. 놀라 무슨 일이냐고 소리쳤더니 장정 여럿이 방안으로 뛰어드는 거야. 그중의 하나가 양반의 멱살을 쥐고 칼을 들이댔어. 그리고 협박이었지.

"얼른 관가에 편지를 써라. 추심하고자 한 일이 잘 처리됐다고. 집에 긴급한 사정이 있어 몸소 가서 인사드리지 못하고 여기서 바로 떠난다고. 그런 내용으로 훌륭하게 말이다. 그러지 않으면 당장 네 목숨은 이 칼에 끝날 것이다."

그들 중에 얼마간 글을 안다는 자가 편지를 쓰는 옆에 붙었어. 양반은 달리 어찌해볼 도리가 없었어. 머릿속이 새하얗지. 감시하는 자까지 붙었지. 우선 칼날을 피하려고 지시하는 대로 글을 썼다네. 다 마쳐갈 때쯤 양반은 이런다고 해서 제 목숨을 구할 수 있는지 장담할 수 없다는 생각을 했어. 편지를 쓰게 하고서 얼마든지 죽일 수 있는 일이지 않은가 말이야. 아닌 게 아니라, 감쪽같이 그러자고 거짓 편지를 쓰게 하는 것 아니겠어? 십중팔구, 십중팔구가 아니라 틀림없는 일. 양반의 머릿속에 번쩍 떠오른 게 있었네. 그는 연월일 밑에다 '휘흠돈'이라고 적어놓았어. 감시하던 자는 글을 읽어보고서 훌륭한 문장이라고 했다네. 문제가 없다는 뜻으로 한 말이었지. '휘흠'을 양반의 이름으로 알았나 봐. 어쩌면 호나 자 정도로 생각했을 수도 있지.

'돈'은 뭐냐고?

아, 그건, 다음에 가르쳐주지.

날이 새자 그들은 양반의 심부름인 듯 수령에게 편지를 전했네.

수령은 편지를 읽다가 연월 아래 '휘흠돈' 세 자에 이르러 고개를 갸웃했네. 한동안 곰곰이 생각한 끝에 문득 깨달은 바가 있었어. '휘흠'은 북송의 마지막 두 황제가 아닌가. 오랑캐 땅에 억류된 휘종과 흠종이 아닌가. 아마도 그 양반이 노속들에게 붙잡혀 위험에 처한 것이리라. 수령은 편지를 들고 온 자를 잡아 가두게 했어. 그리고 즉시 교졸들을 출동하게 했어.

수령은 노속 중에 주모자들은 낱낱이 감영에 보고해 처형을 받도록 했어. 그리고 나머지는 일일이 경중을 따져서 엄하게 다스렸네.

양반은 가슴을 쓸며 한양으로 돌아갔지. 속량전 대신 몰수된 노속들의 재산이 온 것은 한참이나 지난 다음이었다네.

*

다음은 조태억의 이야기라고 해야 할지 추노 이야기라고 해야 할지 알쏭달쏭하네만 해보겠네.

조태억은 영조 임금 때 좌의정을 지낸 사람이야. 그 조태억이 경상 감사가 되었을 때 관하의 군현을 순찰하였네. 언양에 도착해서 객사에 앉아 보고를 받고 있는데 웬 사람이 담 밖에서 큰 소리로 다급하게 부르는 소리가 들렸어. 감사 조태억의 자인 '대년'을 친구 이름인 듯 거푸 부르며 자신이 잡인으로 취급받아 들어가지 못 하고 있다는 호소였네.

조태억 감사는 즉시 응답했지. '어이 자네'라고 친구를 대하듯 하며 왜 이렇게 늦게 왔느냐고 물었어. 그리고, 자기가 지금 고대하던 중이니 어서 들어오라고 했어. 상황을 살핀 예방 비장은 밖에서 '대년이'를 불러낸 자를 맞아들였네. 조 감사는 그 사람이 들어오자 옆에 앉히고서 팔을 잡는 둥 하며 정답게 말을 주고받았어. 그 손님 또한 주저하는 기색 없이 감사와 농담을 하며 너나들이를 하였다네. 어디로 보나 친구 사이였지.

조 감사는 아전에게 특별히 부탁해 그 사람이 저녁밥을 잘 차린 상으로 받을 수 있게 했네. 그날 밤 시중도 옆에 두지 않고 단둘이 방에 들었을 때, 감사는 천만뜻밖에도 그에게 이름을 물었네. 이어 말했네.

"어디서라도 나를 본 일이 있소? 무슨 일이 있었기에 상도에서 벗어난 행동을 하였소? 나는 낭신의 목소리를 듣고 친척도 아니고 친구도 아님을 알았디오. 죽을 고비에서 낸 계책인 줄을 곧 짐작했지요. 그런 까닭에, 나 역시 법도 밖의 처사로써 당신의 기략에 응했던 것이오. 이제 옆에 아무도 없소. 사정을 들어봅시다."

그 사람은 자기의 이름을 댔어. 아무개의 친척임도 밝혔네. 그리고 차근차근 자신이 처한 형편을 말하는 것이야. 벼슬 없이 선비로 사는 포의다 보니 가난한 터에 연거푸 당한 상으로 빚이 산처럼 쌓였다는 소리로 시작했다네. 추노를 하러 나온 길임을 설명하기 위해서였지.

"이 고을에 예전부터 저희 노비가 사는데, 중간에 신공도 받아가지 못 하고 내버려 둔 지 어언 육칠십 년이 지났답니다. 이번에 제가 와서 추심하여 신공을 받아가려 한 것이지요. 어떤 대감의 서신을 얻어 현감에게 부탁도 했습니다. 그런데 현감이 사리에 어둡고 나약한 사람이더군요. 게다가 노비들 태반이 서리니 군교더군요. 아주 권세를 씁니다. 바야흐로 저를 몰래 살해할 모의가 되었다 합니다. 의심할 여지 없이 그렇게 되고 말 것입니다. 제가 비록 빈손으로 돌아가려 해도 노속들은 반드시 중도에 길목을 지키고 있다가 저를 죽이려 할 것입니다. 후환을 없애고자 할 것입니다. 그래서 궁여지책으로 이런 계교를 쓴 것이지요. 듣건대 영감께서는 굉장한 도량과 기민한 지혜가 있다기에 필시 법도 밖의 조치가 있을 수 있다고 기대했습니다. 마구 이름 부른

것으로 처벌받지 않으리라 생각했고, 또한 생면부지라고 바로
쫓아내지는 않으리라는 기대도 했지요. 반드시 저를 위험에서
건져 보호해주시리라 믿었습니다. 예법에 벗어난 행동 용서해
주십시오."

이어 그는 과연 요량했던 바와 같이 영감이 응해주어 기쁘다
고 했네. 자신이 죽음에서 살아나게 되었다고 고마워했네.

"내가 무슨 대단한 도량이나 지혜가 있겠소? 그보다는 당신에
게 영웅다운 재주와 기상이 보이는구려. 필시 오래 곤궁할 사람
은 아닐 것 같소. 내가 당신에게 이처럼 대접하고 있으니 이곳
관장은 송구히 여길 터요, 노속들도 별 꾀를 못 낼 것입니다. 힘
을 쓰려 해도 쓰지 못할 것입니다. 당신의 계획대로 성사되지 않
겠소?"

그리고 감사는 이렇게 조언하는 것이었어.

"내 욕심만 차리면 누군가 손해를 보거나 하늘의 재앙이 따르
는 법. 일을 이루더라도 당신에게 원한이 미치면 무엇 하겠소?
무릇 하나의 일에 두 번 좋은 기회가 오기 어렵습니다. 다음에
당신이 조태억이든 누구든 만나지 못하면 어떤 일이 일어나겠
소? 모두 속량하여주시오. 노비 문서는 태워버리구려. 후환을
남겨둘 것 없소."

그 사람은 고개를 끄덕였어.

이튿날 조 감사는 관장에게 그를 죽마고우라 소개하며 신신당
부하였네.

"여러모로 살펴주시오. 변방의 인심이 흉악하여 거센 노속들
이 상전을 살해하기도 한다는데 반드시 신중하게 방지하여 주
오. 이 사람이 노속들에게 인심을 베풀 준비를 하였다니 관장도
크게 부담스럽지 않을 것이오. 내가 비록 여기를 떠나도 하루 걸
러서는 꼭 안부를 물을 터. 부탁하오."

감사는 다른 고을에 가서도 과연 역졸을 보내 서신을 띄우고
술과 안주를 보내는 것이야. 이에 현감은 아주 송구해 하였으며
노속 무리도 함부로 움직이지 못 했지.

그 사람은 현감에게 청하여 백 년간의 호적을 꺼내어 노비의
숫자와 이름을 조사했네. 관가의 위엄을 빌려 노비들을 상세히
파악하니 상당한 수였어. 이에 선비는 신공을 아주 가볍게 받고
나서 다 속량해주었지.

그리하여 얻게 된 돈 수십만 전.

*

추노 이야기가 맞겠지? 조태억의 이야기도 되겠지?
이번에는 홍 씨네 과수댁의 세 사위 이야기네. 이들이 추노 갔

다가 죽을 뻔한 이야기네. 그럼 죽을 뻔했다가 살아났다는 이야기라고? 아, 그렇군. 그럼 그냥 죽게 둘까?

홍 씨네 과수댁의 세 사위가 처가의 노비를 추심하여 신공을 받으려고 경상도 예천 땅으로 내려갔네. 처가에서 꾀보와 장사와 문장에 능한 사람으로 통했으나 노속들이 동네 으슥한 곳으로 유인해 가서 덤벼들자 어찌할 수가 없었네. 노속들은 그들을 결박해 들보에다 매달았지. 좀 자세히 이야기해볼까?

이들의 처가인 홍 씨네는 원래 노속이 많았네. 안성과 이천과 예천 같은 곳에 천호에 이를 정도로 말이야. 장인이 살아 있을 때는 재주 있고 부릴 만한 자들은 불러 집의 일을 시키고 나머지는 저희끼리 살며 신공을 바치게 해 집안의 대소사를 꾸리는 데 필요한 비용으로 썼지. 그랬는데 장인이 세상을 뜨고 나자 신공을 바치러 오는 일이 없어져 버렸지 뭐야. 세 사람이 홍 씨네에 앞서거니 뒤서거니 사위가 되자 장모는 그들에게 노속이 사는 곳을 찾아내서 신공을 바치지 않은 죄를 문책하고 아울러 몸값을 받아오라 하였네.

세 사람은 모두 연소한 책상물림 서생들이었어. 양반의 위세로 호령하면 다 될 줄 알았겠지. 노속이 사는 마을에 가 추심하러 왔다며 해당하는 자는 빠짐없이 징자나무 아래로 아무 날 아무 시에 모이라고 했더니 몰려들어 그들이 뭐라 한마디 하는 걸

들리지도 않도록 해버렸어. 이 사태는 중과부적 정도가 아니었지. 술 취한 듯이 행패를 부리는 자들도 있어 그 마을에서 중재에 나선 자의 말도 통하지 않았어. 세 사람이 체면을 구길 판이라 일단 물러나 관가의 힘을 빌리는 것이 좋겠다고 의논하는데, 어느새 포위당한 신세가 됐네.

험악한 대치상황이 시작되고 얼마 뒤. 몽둥이와 밧줄을 든 자들이 나타났는데 가슴을 쓸어내리게 하는 소리가 흘러나왔어. "이놈들아, 어디 감히 양반을 협박하느냐" 하기에, 그들은 노속들의 완악함을 성토하며 그자들에게 구원을 요청했어. 우선 마을 안 아무개 집으로 피해서 빠져나가는 게 좋겠다는 소리가 있어 그대로 따랐지. 호위를 받아 포위망을 뚫고 당도한 곳은 마을 안쪽 으슥한 데 자리 잡은 집이었어. 고맙다는 인사에 웬걸 대답이 몽둥이로 날아왔어. 평소 힘깨나 쓴다는 소리를 듣던 장사까지 꼼짝 못하고 두들겨 맞았고 마침내 모두 묶여서 창고의 들보에 매달리는 신세가 됐지. 노속들이 마을의 다른 사람들 눈을 피해 그곳까지 유인한 것임을 알았으나 들보에 대롱대롱 매달린 채로는 어찌할 방도가 없었어.

나라에서 가만있지 않을 것이란 소리는 통할 리가 없었지. 인정에 호소하는 것도 마찬가지였어. 오히려 그자들은 창고의 문을 열어놓은 채 마당에서 칼을 쓱쓱 간다거나 물을 설설 끓인다거나 하며 겁을 주는 것이었어. 단지 겁만 주려는 게 아니라는 게 문제지. 창고 문이 닫히고 세 사람은 얼굴이 흙빛으로 변했어.

한동안 신세 한탄 같은 소리가 한숨처럼 오갔네. 그런데 갑자기 문장이 웃음을 터뜨렸어. 다른 두 사람이 물었지.

"우리 세 사람 목숨이 경각에 달린 마당에 웃음이 나오는가?"

"모의가 발각된 뒤 내가 어떻게든 살아보려고 과수댁 사위를 가장해서 종적을 숨겨보았는데 마침내 죽음을 못 면하는구먼. 이게 다 운명이지. 그래서 저절로 웃음이 나오네."

문장은 그즈음 자기 신세를 나라에 죄를 짓고 숨어 사는 자인 듯 말하는 버릇이 있었어. 순간 꾀보가 얼른 말을 받았지.

"우리가 죽기는 매일반이지만 신체에 참혹한 형벌을 면하고 처자식도 몰살당하지 않겠으니 오히려 불행 중 다행이라 하겠네. 다만 항우가 여마동의 덕이 못 되는 일이 한스럽군. 한스러워."

노속들은 이들의 말을 듣고 이상하게 생각해 까닭을 물었네. 먼저 '항우가 여마동의 덕이 못 되는 일'이 무슨 뜻인지 물었겠지. 꾀보는 항우와 여마동의 사이부터 설명했네. 원래 친구였으나 한 고조 휘하의 장수가 된 여마동. 그리고 항우가 한고조와 천하를 다투는 싸움에서 밀리다 여마동을 보자, 자신에게 걸린

현상금으로 덕을 보이겠노라는 소리를 하고 자결한 일을 설명했어. 노속들이 귀가 솔깃해지는 듯하자 꾀보는 말을 꾸며댔네.

"저 사람은 실은 망명죄인으로 이름 난 황진기이고, 우리 둘도 같이 연루된 사람이다. 오래 행색을 숨겨왔지만 이젠 죽음이 박두했구나. 숨겨서 무엇에 유익하랴? 너희들은 얼른 우리를 죽여다오."

노속들은 밖으로 나가서 저희끼리 의논하였지.

"요즘 관가에서 방방곡곡에 방을 붙여 황진기란 자를 잡아 오는 사람에게 큰 상을 내린다고 하지 않는가? 이제 만약에 우리가 이 세 놈을 모조리 잡아다 관가에 바쳐보게. 조정에 보고가 되면 우리 귀밑에 금관자 옥관자는 말할 나위 없고 변방의 진장 자리 정도는 떼어 놓은 당상이지. 우리가 본디 미천한 사람들로 재산은 상당히 넉넉한데 공명까지 얻게 된다니, 이건 하늘이 주신 좋은 기회가 아니겠나? 황진기 일당이 우리에게는 덕을 베풀도록 하는 게 어떤가?"

중론이 여기에 일치해 세 사람을 풀어내려 다시 결박하네. 그리고 건장한 몇 사람이 이들을 관가로 압송하였어.

뒤미처 그 노속들 중의 한 사람이 이 일을 듣고 깜짝 놀라지.

그는 저희가 그동안 갓을 쓰고 글을 읽으며 양반으로 행세하는 터에, 이대로 몇 대 지나가면 벼슬하는 것도 어려운 일이 아닌데 자그마한 자리를 탐내어 죄인들을 관가에 데려갔다간, 문초 중에 자기들 근본이 드러나게 될 이치를 생각한 것이지. 그는 주위 사람들에게 제 생각을 설명하고, 자기들 손으로 죄인들을 처치해서 말이 나지 않게 하는 것이 옳다고 소리쳤어.

뒤따른 노속들은 관문 근처에서 앞선 노속들을 따라잡아 돌려세웠네. 이때 과수댁 세 사위 중 장사가 불끈 힘을 내 결박을 풀었지. 그리고 노속들과 치고받다가 관문으로 도망갔어. 황진기 운운하는 소리에 관가에서는 노속들을 밀쳐내고 얼른 세 사람을 사로잡았네.

멀리 출타한 사또에게 황진기가 잡혔다는 연락이 갔어. 사또가 돌아오는 동안 문장은 자신들이 황진기를 사칭하게 된 연유를 써 내려갔다네.

서울 사는 양반 홍 씨네의 세 사위라는 사실부터 해서 추심하러 왔다가 유인당해 목숨이 경각에 달린 상황까지 먼저 썼지. 그리고 사중구생지계를 내어본 것을 썼지. 망명죄인 황진기를 자처한 일 말이야. 노속들이 나서서 자기들을 관아로 끌고 오도록 해본 일 말이야. 마지막에는 엄하고 밝고 자애로운 사또의 처분으로 삶을 얻고 분을 씻을 수 있도록 해달라고 썼지.

문장의 글을 보고 사또는 포교를 풀어 노속들을 잡아오게 했지. 그리고 일일이 심문하여 죄의 경중에 따라 조치하였네. 신공을 전부 받아서 세 사람에게 주어 보내면서는, 사중구생지계가 대단하긴 했으나 다시 황진기를 사칭하는 일은 없도록 하라고 당부했네. 황진기 소리만 듣지 않았으면 출타한 곳에서 느긋하게 놀다 왔을 터라 그런 소리를 한 것이 아닌가 하네.

광억이 자네, 황진기를 모르는가? 들은 듯도 하다고?

어허, 모르는구먼.

*

황진기가 누구인지는 나중에 말함세. 이번에는 광억이 자네가 추노 나간 일을 이야기로 해보겠네.

아, 기억나지 않는가? 우리가 괴산에서 처음 만났을 때 자네가 추노 다녀온 일을 이야기했지. 실은 따라간 것이라는 사실 알지. 그러게 말이야, 그게 무슨 재미난 추노 이야기는 아니지만, 내가 기억해두고 있었네. 그때도 자네는 별난 경험이었다고 떠들었어. 틀림없이 별난 경험이었을 거야. 스무 살도 안 된 자네가 도망가 사는 노비들 마을에 갔다가 왔으니, 호랑이 굴에 들어갔다가 나온 일 같지 않았겠어? 내가 세상 구경한 것 있냐고 부추겼더니 그렇게 술술 이야기했던 것 아니겠어?

들어보게. 자네는 쏙 빼고 한 선비가 추노 나간 일로 시작해보겠네. 그 선비 옆에 붙여놓아도 안 될 거야 없지. 하지만 번거롭거든. 다음에 자네가 넣고 싶으면 넣게.

충청도 청주에 사는 강릉 김 씨 성의 한 선비가 집이 가난해 변변찮은 음식으로 연로한 모친을 모시는 것을 괴로워했다지. 노모가 어느 날 아들에게 일렀어.

"너의 집이 선대에는 부자였다고 한다. 그때 노속들의 후손이 전라도의 섬에 산다고 하더라. 네가 내려가서 추심해서 온다면 형편이 어떻게 좀 나아지겠느냐? 쉽지 않은 일이다. 한숨만 쉬고 있을 바에 한번 해보아라. 자식이 그렇게 괴로워하는데 내가 달리 수가 없어 잊고 있던 일을 다 끄집어냈다. 무리는 하지 마라. 옛일을 이제 끄집어내어 원수가 되는 일은 없어야 하니 말이다."

그리고 상자에서 선대로부터 물려받은 노비 문서를 찾아내 내밀었어.

김생은 그 문서를 들고 전라도의 어떤 섬으로 찾아갔네. 백여호나 되는 마을에 노비의 자손들이 한마을을 이루어 살고 있었지. 그들에게 문서를 보였더니 줄지어 절하고 수천 금을 거둬서 몸값으로 바치는 것이었어. 그들은 주인댁의 은혜를 많이 입어 다행히 살 만하게 된 터에 옛 주인의 어려움을 모른 척할 수 없다는 말도 했어. 김생은 즉시 문서를 소가하고 돈을 말에 싣고서 돌아오는 길에 올랐지. 금강 나루를 지나는데 마침 달은 밝고 날이 몹시 추웠어. 어떤 할멈과 영감 그리고 젊은 부인 세 사람이 강변에서 서로 먼저 물에 빠지려고 다투다가 극력 붙잡아서 끌어내고 하다가 끝내는 함께 끌어안고 통곡하는 정경을 목도하게 되었지. 김생은 다가가 무슨 영문인가 물어보았어. 영감이 대답했어.

"내가 아들 하나 둔 것이 공주 감영에 아전으로 구실을 다니더니 포흠을 만석 가까이 져서 여러 달 갇혀 있다오. 집의 논밭을 전부 내다 팔고 또 족징과 인징을 해서도 다 갚지 못해 아직 많이 남아 있습니다요. 내일로 갚을 기한을 정해놓아, 내일까지 갚지 못하면 내 자식은 필경 곤장 아래 원귀가 되고 말 터요. 그런데 한 푼 돈도 한 톨 쌀도 마련할 길이 없소이다. 외아들이 참형을 당하는 꼴을 볼 수밖에 없답니다. 아들이 정말 사사로이 관아의 물건을 써버린 것이라면 덜 억울하지요. 족치듯 세를 거두지 않고 내버려둔 것에 이 앞의 수령이 빼돌린 것이 덤터기가 되어 어마어마한 죄를 지은 게 되고 말았습니다. 차라리 물에나 빠져 죽으면 이도 저도 다 모르게 될 것. 노처와 젊은 며느리까지 여기서 다 함께 빠져 죽자고 나왔지요. 하지만 차마 물에 빠지는 것을 눈앞에서 보지 못해 서로 붙들다가 끌어안고 통곡한 것입니다."

"돈을 얼마나 가져야 포흠진 것을 다 갚을 수 있소?" 하고 김 생이 물었어.

"수천 금이라야 겨우 채워놓을 수 있답니다" 하고 노인이 대답해.

"내게 노비를 추심한 돈 몇 바리가 있으니 수천 금이 충분히 될 것이오. 이것으로 갚으시오."

김생은 그 자리에서 돈을 전해주었네. 그들 일가는 다시 통곡하고는 말했어.

"저희 네 식구의 목숨이 이제 두 번 생을 얻게 되었으니 장차 어떻게 이 은공을 갚을까요? 우선 저희 집에 가서 주무시고 가시지요."

"날이 이미 저물었고 갈 길이 급합니다. 노친께서 벌써부터 문전에서 기다리고 계실 것이라 한가하게 머물 수 없습니다."

김생은 뒤도 돌아보지 않고 떠났어. 영감이 급히 쫓아오면서 소리쳐 물었어.

"행차의 사시는 곳과 성명이나 들려주고 가옵소서."

"그건 알아서 무엇 하겠소?"

김생은 그 자리를 얼른 떠났어.

그네들은 김생이 주고 간 돈으로 묵은 포흠을 전부 갚아서 그날로 옥중의 아들이 놓여나게 되었지. 일가족이 그 은혜에 감복

했음은 물론이지만, 김생의 주소와 성명도 알 길이 없었어.

김생이 집으로 돌아가니 노모는 우선 아들이 무사히 돌아온 것을 보고 기뻐했어. 또한 노비를 추심한 일이 마음먹은 대로 되었다는 말을 듣고 더욱 기뻐하며, 속량해 준 대신 받은 재물을 어떻게 실어 오는가 물었어. 김생은 금강 나루에서 사람을 구해 준 일을 사실대로 아뢰었지. 노모는 아들의 등을 어루만지며 대견해했어.

"참으로 나의 자식이다. 노비 문서를 쥐여준 것은 반드시 추심할 수 있으리라 믿어서가 아니다. 어찌 추심했다만, 그 돈은 우리 것이 아니었나 보다. 다른 한 집을 살렸으니 되었다. 나는 그동안 먹던 음식 먹는 것으로 충분하니 너는 더 괴로워 말아라."

훗날 그의 노모가 자리에 몸져누웠어. 김생은 장사 지낼 일을 대비하기 위해 지관 한 사람을 데리고 적당한 장지를 찾아 이 산 저 산으로 답사를 다녔지. 하루는 금강 가까운 곳에 이르러 지관이 말했어.

"저 산기슭에 반드시 좋은 땅이 있을 듯하오. 하나 그 산 아랫마을이 형세가 대단한 데나 큰 집이 있으니 말을 쉽게 꺼낼 수가 없겠구려."

"과연 땅이 있다면 비록 그곳에 쓰지는 못 한다 할지라도 한번 올라가 보는 거야 무어 상관이 있겠소?"

김생은 이렇게 말하고 지관과 함께 그 산으로 올라갔어. 지관이 마침내 용맥을 찾아 한 곳에 쇠를 띄워보았어. 그리고 명혈이래. 참으로 더없는 길지라는 거야. 그러나 대촌 바로 뒤에 있으니 말해보았자 무슨 소용이 있겠느냐며 아쉬워하는 거야.

"아무리 그렇더라도 날이 이미 저물었으니 저 집에 묵었다 가는 거야 무어 해로울 것이 있겠소? 사정을 알아도 봅시다."

김생은 곧 지관과 함께 그 집을 찾아갔지. 그 집에서 젊은 주인이 사랑으로 손님을 맞아들여 저녁밥을 대접했어. 상을 물린 뒤 주인과 세상 소식을 나누게 됐을 때 뒷산의 주인은 누구인지 묻고 산소를 쓸 수 있는지 물었더니 주인은 뒷산이 자기네 소유이며 자기 부모를 모신다면 모실까 다른 사람에게 내줄 수는 없는 곳이라고 못을 박았어. 그때 김생은 등불을 마주하고 앉았는데, 장지의 주인이 이미 그렇게 정해진 것을 알자 저도 모르게 한숨을 푹 내쉬었지. 그걸 본 사람이 있었어. 집 주인의 부인이 그때 문을 살짝 열고 안을 들여다보고 있었거든. 집에 처음 들어설 때부터 자꾸 흘깃거린다 싶던 젊은 부인이었어. 곧 문을 열고 부인이 들어왔어. 부인은 김생을 한 번 더 살펴보는 듯하더니 붙들고 크게 우는 거야. 울음을 그치고서도 부인은 얼른 말을 못했어. 사랑에서 손님을 맞았던 젊은 주인도 영문을 몰라 어리둥절해하였지.

"이분이 바로 금강 나루에서 만난 분이셔요."

이에 젊은 주인도 김생을 붙들고 함께 울었어. 영감과 할멈까지 달려 나와서 울었지. 그네들은 울음을 그치고 김생 앞에 줄지어 절했지.

"저희를 낳아주신 분은 부모요, 저희를 살려주신 분은 손님이십니다. 낳아준 은혜와 생을 얻게 한 은혜에 무슨 차이가 있으리까?"

김생이 얼떨떨해하는 사이 주인 내외가 금강 나루에서 목숨을 살려준 일을 자세히 이야기하는데 하나도 어긋남이 없었어. 이어서 꺼내는 말.

"은인이 아니셨더라면 저희는 고기밥이 되었을 것입니다. 어찌 오늘이 있었겠습니까? 손님의 높으신 의기에 감복해서 마음 깊이 새겨, 매양 사랑에 손님이 오시면 유심히 살피며 혹시 만에 하나 요행의 만남을 바랐었지요. 그렇긴 하지만 어찌 오늘 이렇게 은인을 만나 뵈올 줄이야 생각이나 했겠습니까? 제가 그때 옥에서 풀려난 다음 바로 이 고향 마을로 와 살았지요. 더 욕볼 일이 뭐가 있겠습니까. 님은 돈 얼마가 있었는데 복까지 붙은 돈이었는지 재산을 모을 수 있었습니다. 오늘날 이처럼 부자가 되었답니다. 집과 논밭을 두 곳에 마련했습니다. 한 곳은 저희 몫이요, 다른 한 곳은 은인을 기다린 지 오래입니다. 오늘 다행히 하늘이 좋은 기회를 주시어 만남을 얻었으니 은인께서 만약 뒷산에 산소를 쓰시고자 한다면 이곳으로 이사를 오십시오. 저희는 산 너머에 마련해둔 집에 살아도 좋습니다. 오직 은인 마음대로 하십시오."

김생은 더없이 고마워하며 땅을 받아 뒤에 그곳을 모친의 장지로 삼았어. 그리고 이사도 했는데 형편이 나아진다 싶더니 곧 부귀를 누린다 싶을 정도가 되었지.

*

광억이 자네가 다녀온 추노와는 별로 비슷하지 않다고?

아니지. 자네가 여기 청주의 아무개를 도와 추노를 간 게 전라도의 어떤 섬이라고 하지 않았나? 배를 타고 바다로 처음 나가봤다고 하지 않았나?

그곳 노속들이 물론 고분고분 속량전을 바치진 않았지. 몸값을 내놓을 형편의 노속들이 거의 없더란 소리도 했던 것 같네. 이 조선에서 외거노비인 자기네는 솔거노비와 달리 세금을 냈다느니, 왜란 뒤 군공을 많이 세워 면천한 깃이라 생각했는데 뒤늦게 누슨 문서를 내미느냐느니 하며 저항을 했다고 했지. 그래도

272

어쨌든 그때 속량전을 아주 가볍게 해서 얼마의 돈을 거둬 돌아오는 길에 올랐다고 하지 않았는가?

그거야 그렇지. 금강에서 어려운 사람들에게 돈을 줬다지만 그렇게 크게 포흠진 것 구해낼 만한 돈은 아니었다는 사실 나도 아네. 너를 데리고 추노 갔던 사람이 거둔 돈을 얼마가 됐든 내놓은 건 사실 아닌가? 아름다운 마음 아닌가? 추노 이야기를 모으다 보니 좀 아름다운 마음이 담긴 이야기도 있었으면 싶더군. 휘흠돈이니 황진기니 하는 사중구생지계를 담은 이야기도 좋지만 말이야.

아름다운 마음을 가진 사람에게 내가 하늘은 아니지만, 하늘을 대신해서 보답을 해주고 싶더군. 그래서 그 노모 산소 쓸 곳 찾아 금강 부근까지 다시 가게 했고, 그 사람들과 재회하게 했고, 산소로 쓸 땅과 집까지 얻어 크게 부자 되도록, 복을 누리도록 이야기를 꾸며보았네.

따라간 너 몫이 없어지는 것이나 마찬가지인데도 어려운 사람 도와주라고 고개 끄덕여줬던 광억이 자네, 스무 살도 안 되던 시절의 광억이 자네에게도 복이 좀 돌아갔으면 하는 마음으로 꾸며본 이야기야. 다른 추노 이야기와 함께 잘 받아주게. 자네가 잘하는 옛이야기처럼 해볼 수 있는 이야기이니 다듬어도 보고 연습도 해보게. 뭐라고? 내가 나이를 먹은 듯하다고?

나이야 먹었지. 쉰을 넘긴 건 벌써 한참 전이지. 예순이 머잖
았다고 해야 하나?

나이는 그만 들먹이고.

보자, 이제 아까 미뤄뒀던 것 설명해야겠군.

휘흠돈의 '돈'은 머리를 조아린다는 뜻이지. 편지를 쓸 때 상
대에게 존경의 마음을 담기 위해 쓴다네. 알겠나? 편지를 쓰게
하고 감시를 했던 노속이 휘흠을 이름으로 생각했거나, 아니면
호나 자로 생각했거나. 휘흠이 머리를 조아립니다. 뭐 이런 거라
면 수상하게 여길 게 없지. 그래서 훌륭하다고만 했겠지. 어쩌면
저도 '돈'이 뭔지 알고, 그 양반 문장을 평할 만한 수준이라고
좀 뻐기는 마음으로 훌륭하다고 했겠지. 이 정도로 해두세.

황진기는 영조 임금 초기 청주성을 함락한 이인좌의 난에 연
루된 인물일세. 밀서를 넣고 꿰맨 호복을 입고서 역모에 뛰어들
었는지라 실패 뒤 청나라로 망명한 것으로 봐 흔히 '망명죄인
황진기'라고 부르지. 충청도 내포 덕산의 가야산 백암사에 숨었
다고 해 일대의 사찰과 암자가 된서리를 맞기도 했네. 나라에 이
런저런 음모가 의심되거나 발각되면 꼭 황진기의 이름이 엮이
지. 그런데 정작 이 자는 어디에서도 끝끝내 잡히지 않았지. 그
래서 더 이름이 난 거야.

다 늙어 죽었을 나이 때까지도 망명죄인이 어디에 숨어 있다

느니 어디에 나타났느니 하며 황진기는 사람들 입에 오르내렸
지. 내 어릴 때도 들었다니까.

나라에서 혈안이 돼 찾았지. 현상금이 두둑이 걸릴 만한 인물
이었다고만 알아두게.

산천경개
좋을시고

들어보게.

내가 자네처럼이야 이야기를 못 하지. 한번 해보려네.

광억이 자네는 이야기의 흐름을 탄다고 했던가? 본다고 했나?
머릿속에 이야기의 작은 토막과 큰 마디를 챙겨두었다가 흐름을
따라 쫙 펼쳐놓는다고 했던 것 같네. 이야기란 그렇게 하는 것이
겠지. 나도 하자면 그렇게 해야겠지. 그런데 이게 쉽지가 않단
말씀이야. 특히나 읽었거나 써봤거나 한 다음에 그 이야기를 누
구한테 말로 하자면 영 어색해. 어느새 책 읽듯이 하게 되고, 그
러자니 책을 옆에 놓게 되고 한단 말씀이야. 전기수니 하는 자들
은 소설책을 읽어주는 지라지만, 글이근대로 읽는 게 아니고 말
맛을 살려 읽어주는 게 아닌가 싶네. 낯빛을 바꾸기도 하고 몸짓
을 넣기도 하고……

내가 어디 그런 재주를 부리겠나. 그저 책 읽듯이 해보려네. 정말 책을 옆에 놓고서 말이야.

*

오래지 않은 옛날, 서울 창의동에 심 진사가 살았네. 명문사족인 심 진사 이 양반은 호방한 자라 예법에 구애되지 않았네. 일찍이 진사시에 합격하고서도 과거 공부를 딱 그만뒀지. 조상의 덕이 있으니 해보라 권해도 남행으로 나아가는 길도 구하지 않았어. 할 것이면 제힘으로 과거를 치를 것이지 뭐 조상 덕으로 자리를 노리겠는가. 누군가가 혹 관직에 나서지 않는 까닭이라도 물으면 껄껄 웃고 말 뿐이었네.

심 진사 이 양반, 말타기를 좋아했어. 다른 사람들 보기에 말을 타고 달리는 모습이 썩 경쾌한 것이 잘 탄다 싶었나 봐. 당시 귀족이나 고관 중에 좋은 말 있다는 집에는 반드시 사람을 보내서 타보기를 청하곤 하는데, 다들 아끼는 말일지라도 웬만하면 흔쾌히 내놓는 것이었어. 심 진사는 대로를 쉬지도 않고 마음껏 달리다가 말의 걸음발이 좀 느려진다 싶으면 곧 말에서 뛰어내린다네. 말이 지쳤으니 더 못 타겠나면서 말이지. 그러고는 터덜터덜 걸어서 돌아오네. 다시 찾아가거나 하는 법이 없었지. 한 집에 두 번 말을 빌리진 않았더라 이 말이네.

하루는 아침부터 누군가가 심 진사댁 대문 밖에 와서 말방울을 울리며 준마를 연습시키지 뭐겠는가. 심 진사가 내다보고 마부를 불러 말을 한번 타보고 싶다고 했지. 마부가 그러시라고 선뜻 고삐를 내줘.

심 진사는 말안장에 걸터앉아 신호를 줬어. 그러자 말이 달리기 시작하는데 곧 산기슭 나무숲이 휙휙 지나가. 도성을 빠져나가는 게 한달음이다 싶었어. 해가 높이 떠오르자 말은 조금 지친 기색을 보였네. 심 진사는 깃발을 펄럭이는 술집을 보자, 어느 고장인가 물어서 비로소 황해도 금천 땅에 들어선 줄을 알았어.

심 진사는 평소처럼 마부에게 말을 넘겨 먼저 돌아가게 했네. 그런데 이게 좀 멀리 나와버려서 돌아갈 길이 막연하단 말씀이야. 어찌하나 생각 중인데 이번에는 한길에서 누구네 하인 행색의 사내가 말을 연습시키는 것이 보이지 뭔가. 심 진사 여기서도 늘 하듯 말을 한번 타보자고 청했지. 사내는 기다렸다는 듯이 대답하는 것이었어.

"얼른 타시지요."

심 진사가 등에 올라타기 바쁘게 말이 뛰기 시작했지. 마부가 뒤쫓으면서 채찍을 휘두르는 걸음발이 점점 빨라지는데 이게 나는 듯이 달린다 싶단 말씀이야. 오장이 흔들리고 몸이 공중에 떠가는 듯한 것이, 급보를 전하는 역마를 방불하게 달린단 말씀이야. 심 진사도 남의 말을 이렇게 타본 적은 없었지. 순간 고삐를 당기려다 말았네. 채찍질 받는 말이 갈팡질팡할 터 아닌가. 사내에게 말을 천천히 몰라고 하고도 싶었지만 심 진사는 참았네. 위험하긴 했지만 가보는 데까지 가보자는 심사였네.

이윽고 말은 산속 골짜기로 들어가고 있었네. 골짜기를 돌아서면 새로운 봉우리가 나오고, 봉우리를 지나면 새로운 골짜기가 나왔어. 이러기를 여러 차례. 길 앞이 갑자기 탁 트였어. 도로 옆으로 붉은 제복의 기마대가 서서 가마에 바꾸어 탈 것을 청하는 것이 아니겠어. 심 진사는 영문을 알 수 없었으나 초행길 신부처럼 하라는 대로 말에서 내려 가마에 올랐네. 가마는 여덟 사람이 메는 큼지막한 것이었네. 안에는 표범 가죽이 깔려 있었지. 심 진사가 요청하는 대로 군복으로 갈아입고 나자, 가마 앞에서 포성이 한번 울려 병장기며 깃발이 좌우에서 위엄을 과시하게 하더니 행렬이 앞으로 나아가기 시작했지.

당장은 달리 방도가 없지 않은가. 심 진사는 예정된 일이라는 듯 태연자약하게 행동했어. 행렬이 산마루 하나를 넘어서자 산중에 거짓말 같게도 넓은 들이 있지 뭐겠는가. 성루며 방책이 멀찍이 보이는 가운데 창검을 번득이는 군사들이 대오를 반듯하게 해서 기다리고 있어. 가마 옆에서 화살이 하늘로 닐아갔는데, 그

것이 약속된 신호였는지 함성이 우레처럼 울렸어.

심 진사가 대오 앞으로 가서 서자 장수들과 아전 같은 부류들이 문안 인사를 하더니 다시 가마에 타기를 청하였네. 멀리 보이던 성은 견고했어. 성벽 위에서 몸을 숨기고 방어하기 좋도록 쌓은 성가퀴까지 훌륭했네. 성안에는 저택들이 얼른 눈에 띄었고 점포 같은 곳도 줄을 이어 있기도 했네. 심 진사는 관문 셋을 통과해서 규모 있는 고을의 관아 못잖은 저택으로 들어갔지. 대청으로 오를 때는 어디서 나타났는지 여자들이 안내를 했어. 심 진사는 준비된 의자에 앉아 두령으로 보이는 자에게 말했어.

"이곳은 대관절 어떤 곳이냐? 너희는 어떤 자들이기에 나 같은 선비를 데리고 이런 꼭두각시놀음을 벌이는 것이냐?"

두령이 먼저 아뢰기를, 이곳은 나라의 지도에도 없는 곳으로 관부의 관할 밖이래. 그리고, 저희는 동서남북 유랑하던 부류로 오직 배불리 먹고 마음 놓고 살기 위해서 하나둘 모이기 시작해 마침내 이처럼 대부대를 형성한 것이라는 거야. 불의의 재물을 빼앗고 빈곤하여 갈 데 없는 사람들은 받아들이는 것이 저희가 하는 일이라는 보고까지 해. 그럼 이게 뭔가? 녹림호객이란 말 아닌가? 화적이나 도적 말일세. 심 진사는 말했지.

"그럼 너희는 모두 녹림호객이로구나. 국법을 무시하고 병기를 휘둘러 무고한 인명을 살상하고 재물을 탈취하는 자들. 너희

가 이제 나를 이 자리에 앉힌 것은 무슨 까닭이냐?'

두령으로 보이는 자가 하는 소리 들어보게. 이 산채는 대장 홍
길동으로부터 지금까지 백여 년을 내려왔다지 뭔가. 그 사이 역
대 대장들이 모두 지모가 절륜한 분들이어서 군민이 안온히 지
내왔다지 뭔가. 음, 두령이 하는 소리 직접 들어보려나?

"작년에 대장께서 작고하셨습니다. 그때부터 군무가 두서없
게 되었습지요. 저희는 방방곡곡에서 대장으로 모실 만한 인물
을 물색한바 나리만한 인물을 찾지 못했나이다. 그래서 감히 준
마 한 필로 나리를 금천까지 모셨습니다. 다시 이곳으로 모셨습
니다. 이곳 산채의 어리석은 자들을 아끼셔서 충의대장군의 인
끈을 맡아주옵소서."

심 진사는 한참 묵묵히 생각한 끝에 주먹으로 책상을 내리쳐
두 쪽을 냈네. 진작부터 자신의 재주를 시험해보고 싶었던 심 진
사는 힘줘 말했지.

"너희의 소청을 받아들이마."

이러자 모두 환호성을 올려 기뻐하고 크게 잔치를 베풀어 자
축하였지.

그런데, 광억이, 뭐가 아까부터 궁금하더란 말인가? 마부는 말
을 타고 따라왔느냐고? 아, 이 사람 이것. 내 슬쩍 넘기려 했더니
만 그것 눈 밝게 찾아내 따지는구먼.

사실 그게 나도 궁금했어. 심 진사건 김 진사건 늘 말을 달릴 때는 비호같이 달리고 잠깐 사이에 도성을 벗어나 평안도니 함경도니 하는 곳으로 와 있단 말씀이야. 그런데도 마부가 뒤따르며 채찍질을 하다니 이게 무슨 조화냐 말씀이야. 마부가 말을 탔더라도 심 진사나 김 진사보다 말을 더 잘 달린다 싶거든. 다음에는 그런 것까지 신경 쓰도록 하지.

*

　자, 이제 심 진사 신세가 어떤 신세인가?
　생각하기 나름이라지만 감당 못 할 자라면 조롱 속의 새, 어항 속의 물고기 신세가 된 셈이지. 심 진사는 어찌 대처할 것인지 들어보게.
　심 진사는 호방한 성격대로 아무 걱정 없다는 듯이, 아무 일도 모른다는 듯이 온갖 음식을 포식하며 한동안 편히 지내기만 하는 듯했네. 그러다가 어느 날 두령을 불러서 지나가는 소리인 듯 물어. 산채에는 얼마의 인원이 모여 있으며, 군량은 또 얼마나 비축되어 있느냐고. 두령이 이러저러하다고 보고를 하자 심 진사가 불끈 화를 내. 인원에 맞춰볼 때 기껏 수개월 양식밖에 안 남았으니까 말일세. 왜 진작에 자기에게 방도를 구하지 않았느냐고 말일세.

두령이 눈을 치뜨고 대답하는 것이었어.

"전의 대장은 경천위지의 탁월한 재능과 신출귀몰한 술수를 지니신지라, 우리나라 삼천리를 통틀어 민간의 부호와 큰 고을 관부 중에 마음먹고 털어내지 못한 곳이 없었습니다. 오직 합천 해인사와 호곡 이 진사댁, 함흥 성내만 남겨놓았지요. 이 세 곳은 좀처럼 넘보기 어려운 까닭입니다. 우리가 두 번씩 털지는 않기로 한 터라, 이전과는 다른 곳을 찾아봐야 하는데 수고를 들여봤자 대개가 보름 치 식량이나 될까 말까 하옵니다. 이모저모 생각해봤으나 얼른 마땅한 곳을 찾아내지 못 했습니다. 이에 아뢰는 것이 지체됐습니다."

이 소리에 심 진사는 호통을 쳤어.

"모사는 내가 할 일. 시행은 너희의 일. 그대가 어찌 감히 어려우니 어떠니 하고 사설을 늘어놓는 것이냐? 내 마땅히 아무 날에 해인사를 가서 치겠노라. 전군에 알리되 말이 밖으로 새어나가지 않도록 하여라."

두령은 매우 놀라 말하는 것이었어. 해인사 중들이 수천 명이라는 소리부터. 그리고 전곡과 포백이 산처럼 쌓여 있으나 중들이 활과 창검으로 무장한다는 소리가 있을 정도로 방비가 철통같다고. 전 대장의 신책묘산으로도 엄두를 못 낼 곳이라는 소리에 이어서는, 남쪽 해인사 천리 길로 병력을 움직여서 위험한 땅에 몰고 들어가는 것은 대장이 군령을 빙자해 자기네 목숨을 아끼지 않는 처사라고. 마지막에는 명령을 감히 따를 수 없다는 소리까지 덧붙였지.

이에 심 진사는 다시 말하라 하고, 다시 그대로 말하자 그를 끌어다 당장 목을 베도록 명했어. 좌우에서 아무도 응하지 않자 그는 차고 있던 칼을 뽑아 바로 그 두령의 머리를 날려버렸지. 무리가 숙연해지자 심 진사는 한 두령을 불러 명을 내렸네.

"너는 얼굴이 밝고 말을 잘하는 자 서른 명을 뽑아라. 모두 관에 속한 노비 모양으로 복색을 갖춰서 말을 타게 하라. 너는 그들을 이끌고 돈 이천 관을 실어 먼저 해인사로 내려가라. 아무 대군이 자손을 보기 위해 몸소 내려오셔서 치성을 드리고 또 향반을 차려 구경꾼들까지 두루 대접한다고 말을 전하여라. 그리고 이 돈으로 향촉 따위를 마련하고서 나를 기다리면 된다. 착오가 없도록 하라."

또 한 두령을 불러서는 이렇게 명했지.

"너는 열흘쯤 기다리다가 이 글을 가지고 해인사로 달려가서 말하여라. 대군은 주상께서 만류하실뿐더러 조정의 공론을 걱정해 은밀히 내려오시니 인근 고을에도 모르게 하라고. 그리고 해인사에서는 지공을 생략하도록 해 너그럽고 인자스러운 뜻을 보이도록 하여라. 역시 나를 기다리며, 착오 없도록 하라."

또 한 두령을 불러서는 이렇게 지시했지.

"너는 여러 두령과 함께 각기 준마를 타되 그중의 한 명은 청지기 모양으로 꾸미도록 하라. 그리고 키가 크고 얼굴이 사납게 생긴 수십 명을 뽑아서 대군의 품복 및 쌍마교와 청라개를 준비해서 해인사 밖 오십 리 지점에 잠복해 있다가 내가 내려가는 것을 기다려서 즉시 바꾸어 탈 수 있도록 하여라."

쌍마교는 앞뒤로 말 한 마리씩이 메고 가는 가마로 고관이나 탈 수 있단 말씀이야. 여기에다 가마에 씌울 비단 차양까지 준비해야 했으니 마지막에 명을 받은 두령들은 일을 서둘렀지. 그동안 앞서 준비가 된 두령들은 출발을 했지. 마지막으로는 쌍마교를 준비한 두령들이 떠났지. 그 뒤를 따라 심 진사는 도복을 입고 복건을 쓴 채 한 필 말을 타고 길을 나섰어. 해인사가 있는 합천으로 들어서기 전에 심 진사는 쌍마교 일행에 합류해 대군으로 변장했네.

심 진사가, 대군으로 변장한 심 진사가 쌍마교에 올라 해인사에 들어간 것은 밤이었어. 중들이 모두 나와서 영접하는 눈치야. 심 진사는 선방에 거처를 정했는데 병풍이며 휘장이 대단히 화려하게 준비돼 있었네. 주지승과 절의 일을 주관하는 몇 사람을 불러서 보고는 이튿날 밤에 음식물을 준비해주면 불공을 드리겠다고 알렸어. 그리고 경비는 넉넉히 지급하도록 했단 말씀이야. 중들이 칭송을 늘어놓아. 어진 대군이 필연코 부처님의 법력을 보리라고.

심 진사는 자리에 들면서 한 두령을 시켜 절에 있는 남여의 의자를 부수게 했네. 물론 겉으로 보아서는 부서진 줄 알 수 없게 말일세. 새벽에 심 진사가 눈을 뜨고 보니 산 위의 달이 창문에 환히 비치고 계곡의 물소리가 베개를 흔드는 듯해. 그는 술을 가져오게 한 뒤 몇 잔을 천천히 마신 뒤, 중을 불러 물었어. 멀지 않은 곳에 풍광 좋은 곳이 있느냐고 말이지. 그랬더니 그 중은 모처의 풍광이 볼 만하다고 했지.

대군으로 꾸민 심 진사가 옷을 걸치고 나섰네.

그사이 중들이 남여를 대령해 기다리고 있었지. 대군은 망가진 남여인 줄 아는 까닭에 조심해서 걸터앉았어. 여러 중이 남여를 떠메고 나섰네.

남여는 경내 풍광 좋은 곳을 찾아 계곡 가 비탈길로 향했지. 대군은 적당한 때를 기다렸다가 일부러 몸에 힘을 주며 의자에 기댔지. 아, 그러자 우지끈 소리도 요란하게 의자가 부서지면서 대군은 이꼐로 나가뻗으셨어. 봄이 거꾸러지면서 땅에 나뒹군 정도가 아니라 계곡으로까지 굴렀지. 중들이 허둥대며 달려들어 보니 대군은 기절한 상태인 게야. 의관이 망쳐진 거야 따질 것도 없는 일이지.

여러 사람이 대군을 떠메다 방 안에 뉘었네. 대군은 한 식경이나 지나서 비로소 정신을 수습했지. 일어나 앉기가 무섭게 천둥치듯 호령을 내놓아.

"이 부자 절에 성한 가마가 하나도 없단 말이냐? 필시 누가 나를 상해하려는 음모를 꾸몄겠구나. 아예 죽일 작정이었는지도 모르지. 그 비탈에서 부서지도록 잘도 꿰맞춰 놓았구나. 내가 요행히 죽음은 면했으니 하늘의 덕이다. 하지만 이마가 깨지고 팔다리가 부러지다니. 이 무슨 봉변이냐. 부처님께 공을 드리러 왔다가 병신이 되어 돌아가는구나."

광억이, 심 진사가 이리 몰아치니 해인사 중들이야 혼이 빠지지 않았겠는가? 그러네. 여러 중이 뜰에 이마를 대고 엎드린 채 아무런 변명도 못 하였네. 대군은 해인사 중들의 명부를 가지고 하나하나 점 찍어 가며 잡아들여 조사할 것이라고 으름장을 놓기까지 했네. 남여를 대령하거나 남여를 메고 비탈길로 가거나 한 중들 전부는 대마 밧줄로 포박하도록 했어. 그러던 중에 누더기 걸친 거지 떼가 모여들자 대군은 시종을 시켜 웬 무리인지 물어보게 했지.

"나리께서 시주하옵시고 이어 무차대회를 베풀어 중생을 널리 풀어먹이신다는 소문이 은밀하게 났기에 먼 길 마다치 않고

290

무리 지어 왔사옵니다."

거지들이 그리 아뢰자, 대군은 몹시 아프다는 인상을 한 차례
짓고는 서글픈 목소리로 말했지.

"내가 시방 저승객이 될지도 모르는 판에 무슨 경황으로 부처
님께 공양을 드리겠느냐. 아무래도 돌아가야겠다. 너희는 또 무
슨 낭패냐. 내 허물이 실로 크구나. 이번에 공양하려던 돈 이천
꿰미를 너희에게 주겠으니 공평하게 나누어 가져라."

시종이 대군의 명을 받아 돈을 뜰에 던지자 거지들이 다투어
주웠어. 그리고는 대군 만세를 부르며 축수하는 것이야. 그러자
대군이 다시 일렀지. 이제 명령하는 것을 조금도 두려워하지 말
고 시행하라고.

"끓는 물, 타는 불 가운데라도 들어가라시면 어찌 거역하오리
까?" 하고 거지로 꾸민 두령 하나가 받았어.

"나는 지금 이 자리서 바로 화를 풀어야겠다. 마음 같아서는
나를 상해하거나 사살하려 한 자들을 반드시 찾아내 처벌하고
싶다만, 멀리서 온 너희를 생각하니 내 생각만 할 수 없구나. 너
희는 내 화를 바로 풀어주는 것을 겸해서 너희 돌아가는 길에 음
식 사 먹을 돈을 마련할 수 있게 뭐든 가져가거라. 이 절의 잘못
한 중들이 어디 나서 막겠느냐. 저자들도 그쯤 죄를 용서받는다
면 손해될 게 없다. 너희 궁한 형편이 좀 풀린다면 나는 응보를

받으리라. 부처님도 엉터리 중들 소굴을 뒤집어놓는 것 탓하지 않으시리라. 어서 시행들 하여라."

"하라시는 대로 하구 말굽쇼" 하고 이번에도 두령 하나가 거지들 가운데서 거지꼴을 하고서 받았지. 그러자 모든 거지가 환호성을 지르며 절의 곳곳으로 달려갔네.

거지 떼는 절의 구석구석을 뒤져 재물을 챙기고 떠났지.

심 진사는 여전히 대군 행세를 하며 중들이 딴마음을 못 먹게 막다가 이튿날 아침 햇살이 산 너머에서 비칠 무렵이 되어서 절에서 나섰네. 백여 리를 가서는 가마에서 말로 바꿔 타고 신속히 산채로 돌아왔지. 거지 떼는 어찌 된 것이냐고? 이 또한 심 진사가 명을 내려 따로 준비하게 한 무리들이지. 산채의 군졸들이 변장한 것임은 물론이네. 그들이 돌아와 털어온 재물을 바치니 산채에 어마어마한 재물이 쌓였겠구나.

광억이, 칼에 피 한 점 묻히지 않는 심 진사의 묘수를 잘 봤겠지. 이 일로 여러 두령들이 비로소 마음으로 복종하였다는 것도 알아두게.

자네 혹시 『홍길동전』 읽어봤는가?

그 소설에서도 홍길동이 해인사를 털지. 첫 대장이 정말 홍길동이었다면, 해인사는 이 산채에 두 빈이나 당한 셈이네.

*

해인사를 털고 와 얼마가 지난 뒤 한 두령이 물었네. 새 군령은 어느 곳으로 향하는 것인지. 심 진사는 아무 날 호곡을 치겠노라고 대답했네. 그러자 두령이 그곳을 털기가 어려움을 늘어놓기 시작해.

안동 땅 호곡은 삼면으로 바위가 병풍처럼 둘러치고 있다는 것. 앞으로 길이 나 있긴 하나 겨우 사람 하나 다닐 정도라 말을 타고는 속도를 낼 수 없다는 것. 마을 어귀 자라목 부분에 돌문을 달아 밤에는 닫고 낮에는 열고 하는데 그때마다 소리도 요란하다는 것. 전광석화와 같은 작전을 펼칠 수도 없고 성동격서의 작전을 쓸 수도 없다는 것. 두령은 그 정도로 쉽지 않은 곳임을 밝히고 심 진사의 뜻을 꺾으려 했네.

"이 진사의 집에 곡식만도 십만 석이요 돈이며 비단 따위도 탐나지만, 욕심을 내서는 안 되리라 봅니다. 이 진사 집의 하인들과 마을 사람들이 힘을 합쳐 순찰을 하는데 물론 그것 때문이 아니라 우리가 힘을 쓸 수도 꾀를 쓸 수도 없는 곳에 자리 잡은지라 모르는 곳으로, 없는 곳으로 이참에 처리해버리는 게 좋겠습니다."

그 두령이 중국 장수들 이름을 두엇 들먹이며 그들일지라도 어찌할 수 없노라고 주절대자 심 진사는 말을 자르고 꾸짖어 내보냈네. 그러고서 심 진사는 잠잠히 지내는 듯했네만, 그동안 만들어놓은 심복을 보내 호곡의 지형을 확인함은 물론 동정을 정탐해 오도록 했지. 심복이 다녀와 보고를 하는데 심 진사 귀가 번쩍 뜨이는 소리가 있었지.

이 진사가 오래도록 없던 자식을 나이 쉰에 이르러 얻었다는 것. 더 들어보니 그 자식은 아직 아기로 허약해서 병치레를 자주 한다는 거야. 요즈음 이 진사는 가까이 있는 절에 가서 자식을 위해 불공을 드린다지 뭐야. 심 진사는 "어찌해볼 수 있겠구먼" 하고 먼 길 다녀온 심복의 공을 치하해주었네.

하룻밤이 지나는 사이 호곡을 칠 작전이 나왔지.

심 진사는 큰 갓에 도포를 입고 힘센 노새에 올라탔네. 부하 하나 딸리지 않고 노새를 부려 산채를 나섰지. 소매 속에 향 주머니와 상아 부채, 구슬산을 넣은 채 말이야.

며칠 걸리지 않아 호곡에 당도했네. 지세가 과연 듣던 바와 같이 험난하여 도저히 쳐들어갈 길이 없어. 마을의 앞으로 난 좁은 길을 타고 한참을 들어가 돌문을 통과하면서부터 어디서 어떤 일로 왔단 소리를 몇 번이나 한 끝에 이 진사의 집으로 들어갈 수 있었지. 무기 따위 없이 혼자 몸으로 온 자라 크게 경계하는 듯하진 않았는데, 이 진사가 집에 있는가를 물어보았더니 하인은 싹싹하게도 멀리 출타해 안 계신다고 답을 해주었어.

심 진사는 낭패라는 표정을 지었지. 매우 섭섭하여 어쩔 줄 모르겠다는 표정을 짓기도 했지. 그러고서 사랑에 앉아 잠시 쉬는 척하다가 하인을 불렀네.

"나는 너의 댁 샌님과는 오래전 벗이다. 늦게 자식을 얻었다기에 얼마나 기쁘던지 출타 중일 것은 생각도 못 하고 예까지 찾아왔네. 이번에는 친구를 못 보고 가는구나. 다만 이 집 도령이나 잠깐 보고 가는 것으로 아쉬움을 달랠까 하니 안주인께 정중하게 여쭈어라."

오래지 않아서 하인이 계집종과 함께 아기를 안고 나왔어. 심 진사는 아기를 받아 무릎에 앉히고는 어루만졌지.

"이 녀석 이것 참 귀엽구나. 귀여운 것만 아니라 기특하기까지 하구나. 나이 든 너희 아버지 허전함을 달래주니 기특하고 말고다. 여봐라, 이 녀석이 요렇게 총명하게도 보이니 장차 진사 정도가 아니라 정승까지 될 인물이로다. 이 진사댁은 재산에 명예까지 얻게 됐으니 이 무슨 복인고."

심 진사가 그 정도 하자 하인과 계집종까지 입을 벙긋거렸지. 심 진사는 소매에서 향 주머니 등속을 꺼내 손수 아기의 옷자락에 채워주고는 안으로 들여보내게 했네. 하인과 계집종은 저희 눈으로 본 대로 안에 아뢰었겠지. 안주인은 손님을 바깥양반의 아는 사람 정도가 아니라 절친한 친구로 봤는지 기다려달라는 소식을 먼저 전한 뒤 성찬을 대접해주었어.

심 진사는 식사를 들고 한동안 쉬었다가 노새를 타고 이 진사의 집을 나섰네. 동구 밖까지 이르렀다가는 문득 노새 머리를 돌렸네. 이 진사의 집으로 되돌아 왔더니 하인과 계집종이 마당에서 아기를 안고서 햇볕을 쬐어주고 있어. 심 진사는 아기를 한번 더 안아보고 싶은 마음에 주책스럽게도 돌아왔노라고 하려다, 안에다 이리 전하게 했지.

"내 그냥 갈까 하다가 말을 해주고 가는 게 좋을 듯해 동구 밖까지 나섰다가 돌아왔네. 안주인께 여쭙고 오너라. 아기가 어디 아픈 데가 있는 듯한 느낌을 받았는데 혹시 그렇지 않으냐고 말이다. 그리 심각한 것이 아닐 수도 있다만 적절하게 대처하지 못하면 뒷날 힘들어질 수 있지. 내가 살펴보면 몇 마디 보태줄 말은 있다고 전하게. 그리고 나한테는 우선 물 한 그릇 가져다주게. 성찬을 들었더니만 목이 마르구나."

하인과 계집종이 심 진사에게 아기를 맡기고 안으로 들어가네. 심 진사는 지체하지 않고 노새에 채찍을 휘둘러 내달렸지. 하인과 계집종이 다시 마당에 나왔을 때 심 진사의 종적은 묘연해졌지. 아기도 물론 사라졌고 말이야. 이 진사 집은 다급한 소리가 여기저기서 터져 나왔지.

기별을 받은 이 진사가 돌아와 이리저리 알아봤지만 아무런 단서도 찾지 못하자 부부는 근심으로 식음을 전폐할 지경이 됐네. 며칠 뒤 하인은 아침 일찍 돌문을 열다가 편지 한 장이 떨어져 있는 것을 발견하고 주워다가 주인에게 바쳤네.

충의대장군이 이생 좌하에 글월을 올리노라. 땅이 만물을 낳음은 반드시 그 쓰임이 있는 까닭이라 하고, 하늘이 사람을 낼 때는 각기 먹을 것을 타고나도록 한다고 하오. 이생, 그대는 곡식을 만 섬이나 쌓아두고 단 한 사람도 구제했다는 말을 듣지 못했다. 피땀 어린 곡식을 썩어서 흙 속으로 돌아가게 한단 말인가. 그대의 자식이 앙화를 받음이 이치에 마땅하리라. 그러므로 내가 신명의 뜻을 받들어 아기를 데려간 것. 그대가 인생이 유수와 같음을 슬퍼하고 자식을 아끼는 천륜이 있다면 그 마음을 반드시 고쳐야 하리로다. 그리고 보시의 덕을 보여야 할 터. 그대의 재산을 반분해서 가까운 강가 눈에 띄기 좋은 곳에 쌓아두기 바라오. 그것을 운반해오는 즉시 우리는 그대의 귀여운 자식을 돌려보내리다. 모든 것 그대의 판단에 맡기노라.

이 진사는 편지를 읽고 나서 눈물을 뚝뚝 흘렸네.

"가산은 결국 자손을 위한 것인데 자식이 없으면 황금 만 상자인들 어디에 쓰랴" 하는 소리가 나왔을 때 집안사람 모두가 울었지.

즉시 쌀과 돈을 둘로 나누어 반을 편지에서 말한 대로 가까운 강가 눈에 띄기 좋은 곳에 가져다 놓았지. 이튿날 가봤더니 전부 실어가서 남은 것이 없었어.

그러고서도 이 진사야 불안한 마음으로 며칠을 보낼 수밖에 없었지. 하루는 하인이 아침에 돌문을 열다가 꽃가마가 놓인 것을 발견했네. 비단 휘장 속에 두 겹의 꽃무늬 담요에 아기가 포근히 싸여 있지 않은가. 아기는 아주 고운 새 옷을 입고 있었지.

"아이고, 이놈아."

이 진사는 놀라움과 반가움으로 아기를 덥석 끌어안고 또 눈물을 흘리지.

아기가 돌아오고 나자 집안사람과 마을사람 중에는 도적을 뒤쫓자는 말이 나왔어. 이 진사는 아니라며, 대장의 높은 의기에 감복했다며 고개를 내저었어.

이제 이 대목도 마무리를 짓겠네. 산채에서는 군사를 움직이는 수고도 없이 거창한 재물을 획득한 것이 아니겠는가. 이번에도 산채에서는 환호성이 우레같이 일어났다네.

의적이라면 반만 취해야지. 전통이지. 호방한 자라면 다 그렇게 해야지. 실제 그런 도적을 봤다고? 실제로 겪은 도적이 그렇더란 소리를 언제 들었단 말이군. 뭐라고? 부하가 다 가져간 것 잘못됐다면 반을 돌려주는데, 그게 나귀였다? 반 토막 나귀를 돌려줬나?

어허, 그 이야기 재미나겠군. 언제 자세히 해보게.

*

"이번엔 함흥을 칠 것이다."

심 진사가 아무 날 함흥을 친다고 또 군령을 내자, 여러 두령이 한꺼번에 들어와 진언하였네.

"대장의 지략은 이제 익히 아는 바입니다. 그러나 이번은 재고하십시오. 함흥은 성곽이 높고 험준하고 지세가 험난합니다. 해인사나 호곡과는 다릅니다. 두 곳은 어렵다지만 절이고 민가입니다. 함흥은 관찰사 휘하에 삼천 철기가 있는 곳으로, 부민은 수만 호를 헤아리고 중군과 도사가 업무를 맡아 봅니다. 서둘지 마옵소서."

"군령은 오직 행할 뿐, 어길 수 없는 법이다. 만약 다시 요망한 말로 군심을 현혹하는 자가 있으면 용서 없이 참하겠다."

이미 본 바가 있는지라 두령들은 두말 못 하고 물러갔어. 심 진사는 이에 두령 하나를 불러서 분부했지.

"너는 군졸 중에 우둔한 자 오십 명을 뽑아 다섯 개 분대로 나누어서 나무꾼으로 가장하고 함흥 성 밖으로 가라. 나라에서 특별히 엄하게 보호하여 가꾸는 숲이 다섯 군데가 있으니 어둠이 깃들 무렵을 기해서 일제히 그곳에 불을 질러라. 날은 따로 정해 줄 터. 불길이 높이 타오르기 전에 도주해서 산채로 돌아오라. 어기는 자는 참할 것이다."

다음에 또 한 두령에게 분부했어.

"너는 군졸 가운데 일을 잘 아는 자 오십 명을 뽑아서 해상처럼 꾸며 큰 배 이십 척에 나누어 타라. 그리하여 영남 관동 연안을 거슬러 올라가 배를 함흥 성 밖에 도착시켜야 한다. 날은 따로 정해 줄 터. 말이 누설되지 않도록 각별히 주의하라."

이처럼 두 길로 출발시킨 뒤 따로 삼천 정예를 모아, 이들을 혹은 관원의 행차처럼 혹은 행상처럼 꾸미는가 하면, 상여 행렬도 만들고 거지 떼 모양도 차려서 삼삼오오 떠나보냈지. 기일을 정하여 함흥 성 밖 깊은 산속의 후미진 처소로 집결하도록 한 것이야.

그날이 왔네. 이경이 되자 성 밖에서 화염이 치솟아, 성내가 온통 기름 튀는 듯했지. 관에서는 뒷날 문책이 두려워서 급히 불을 끄러 나가며, 성내의 백성들까지 동원했네. 성내에 남은 것은 부녀자와 아이들뿐이렸다.

이때 심 진사는 두령 넷에게 지령을 내려 각기 수십 명을 거느리고 사대문을 접수하고 파수를 보되 관찰사의 명을 빙자하여 출입을 통제하도록 하였네. 그리고 자신이 직접 병장기를 든 군사들을 지휘해서 성내로 진입, 관청은 물론 민가에까지 쌓인 재물을 모조리 탈취하여 해안으로 운반했지. 해안에는 이미 선박이 대기하고 있었다네.

선박이 바다로 나가 돛을 올리고 밤낮으로 계속 항해하여 산채 후편에 정박하였어. 선적된 물화는 실로 여러 만금이 되는 것이었겠다.

이에 소를 잡고 크게 잔치를 벌였어. 잔치를 끝내고 나서 바로 이튿날 새벽에 심 진사는 심복 하나만 데리고 슬그머니 준마를 타고서 산채를 빠져나와 자기 집으로 돌아갔네. 혹 누가 어디 갔다 왔느냐고 물으면 이리 말했지.

"팔도강산을 유람했네. 산천경개가 좋더구면."

이뿐 더 말하지 않았지.

*

고마우이.

좋게 들어주니 고맙지.

나는 자네가 이야기하는 것처럼 하지를 못 하네. 시작하면서도 말했네만 읽었거나 써봤거나 한 다음에 그 이야기를 누구한테 말로 하자면 영 어색하다니까. 이번에도 그저 책 읽듯이 해보았네. 정말 책을 옆에 놓고서 말이야.

함흥 성을 치는 대목은 심 진사가 말달리듯 해버렸어. 어쨌든 내 이야기는 끝났네. 끝은 좀 달리할 수도 있지. 이 비슷한 이야기에서는 대체로 산채를 해산하는 이야기를 덧붙이더군. 심 진사가 아니라 김 진사가 대장으로 나오는 이야기에서는 소를 잡고 크게 잔치를 벌인 뒤 무리를 흩어 양민으로 돌아가게 하는 이야기가 끝에 붙어 있어.

"너희가 나를 알아보고 한바탕 놀도록 하였다. 이만하면 나도 너희도 다 잘 놀았다. 나는 대대로 벼슬하는 가문 출신이다. 너희도 모두 이 나라의 양민이다. 너희는 어찌 잘못 접어든 길을 계속 가려 하느냐? 나는 이제 이 산채를 떠나려 한다. 너희 또한 서로 손을 잡고 고향으로 돌아가 일가친척과 어울려 살아가며 성묘도 하여야 할 것 아니냐? 살아서는 이 나라 백성이요, 죽어서는 타향을 떠도는 귀신이 되지 않으려면 어떻게 해야겠느냐? 어느 편이 좋고 어느 편이 나쁜지 니무도 분명하거늘 무얼 주저

하느냐?"

그리고 대장은 그동안 모은 재물이 얼마이며 산채의 모두가 공평하게 나누면 얼마가 돌아간다고 알려주지. 대장은 부하들이 양민으로 살아가도록 하는데, 따르지 않는 자 한둘의 목을 치기도 하지.

그 대장도 돌아와서는 팔도강산 유람하고 왔단 말로 입을 닫아.

어떤 경우에는 논평이 붙어 있기도 해. 전에 읽었던 이야기에서는 대장의 담력과 지략은 칭송한 뒤, 엉뚱하게도 녹림호객의 수괴가 돼 국법을 어긴 것은 씻을 수 없는 죄라느니 어쩌느니 하더군. 이런 이야기에서는 하등 쓸데없는 논평이지.

광억이, 나는 이 이야기에서는 산채의 부하들을 양민으로 돌아가게 하는 것도 사족 같단 생각이 들더군. 호방한 심 진사의 이야기이니 말이야. 내가 심 진사를 흠모하던 시절에 처음 해본 이야기이니 말이야.

그래서 시원하게 내달려버렸어. 팔도강산 유람하고 왔노라고 산천경개 좋더라고.

*

다음엔 내 이야기를 함세.

내가 천하를 유람하고 온 일 다 이야기함세.

광억이, 자네 형 이 우시형이 조선 천지에서 일곱 해나 사라졌던 일을 말하겠단 소리네. 내가 서른이었을 때 자네는 갓 스물이었지. 우리가 속리산 자락에서 만나 얼마나 어울리다가 헤어졌는가? 몇 개월은 족히 되네. 그때 자네는 청주의 어떤 양반이 전라도 한 섬으로 추노 나가는 데 따라붙었다가 돌아와 있었고, 나는 무슨 협객인 양 착각하고 지내다 세상 무서운 줄 깨닫고 어디 숨어 책이나 좀 읽을까 하며 그곳에 갔다가 한동안 자네와도 가까이 지냈지.

그때 나는 자네가 보기에 야담 짓는 사람이었나? 자네한테 야담도 더러 읽어주고 했네만, 실은 우리 조선의 옛 나라들에 대한 공부를 막 시작한 터였네. 고구려나 백제나 신라가 아니라 그 이전. 그러니까 단군 조선이니 삼한이니 하는 나라들, 옛 나라들. 내가 머물던 집의 주인이 하루는 술술 그 나라들 이야기를 하더군. 어디서 듣도 보도 못한 이야기였지.

그때 자네가 매잡이 집에서 매사냥을 배울까 어쩔까 하고 있을 때 나는 한량처럼 지내는 것으로 보였겠지만 막 옛 나라에 빠져든 참이었네. 나는 이 조선에 싫증을 냈던 것이지. 그러니 옛 나라에 빠지지 않았겠어. 그런데 그 공부를 오래 못 했네.

의원 공부를 하느라고? 그건 아니네. 의원 공부야……

이러다, 다음에 하겠다는 이야기를 오늘 다 하겠어. 다음에 보세. 단단히 준비하게. 대단히 놀라울 테니. 심 진사처럼 어디 산채의 대장 노릇을 한 것인지, 아니면 어디 율도국 같은 곳에서 왕 노릇을 한 것인지 다 알려줌세.

우선은 별세계라고 해두지. 참으로 우연스럽게 갔지. 내 발로 갔다고 하긴 곤란하네. 갑작스레 가게 되기도 했고. 그래서 속리산 자락 그 마을 누구한테도 인사 못 하고 떠났지 않은가. 그렇게 헤어졌던 자네를 수원에서 다시 만나 형님 아우 하는 사이가 되고 내가 자네 팔다리에 침을 놓기도 하게 됐으니 여러 해, 참으로 여러 해가 흘렀어. 의원 공부도 결국 그곳에서, 그 별세계에서 한 것이 맞네.

다음에 나한테 침 맞으면서 들을 텐가? 아니면 술을 마시면서 들을 텐가?

뭐든 내가 준비해서 기다림세.

나귀는
돌려드립니다

이제 내 나이 여든이 넘는구나. 참 오래도 살았다.

소싯적에는 세월이 안 가 답답하더니 언제인가부터 살같이 빠르게 가는 거야. 내내 세월이 더디 갔으면 여든이 되기 벌써 전에 내가 숨을 놓았을 거다. 답답해서 어찌 여태 살았을꼬.

언제인지도 모르겠다. 언제부터 세월이 살같이 빠르게 갔는지. 시집을 가고부터인지 아들자식 딸자식 낳고 잃고 하면서부터인지 모르겠다만 세월이 숨 가쁘게 지나가데. 하루하루는 때로 고되고, 때로 지루하고, 때로 가슴이 미어지고, 그러고 하는데도 어느새 정월이고 어느새 섣달이고 하니, 늙은이들 입에서 세월이 실같이 빠르다는 말이 절로 나오지. 나올 법해. 아무래도 나이 들면서 그리된 듯해. 쉰 바라보던 무렵부터⋯⋯.

방이 따습구나. 주전부리도 없이 젊은 사람들이 무슨 재미로

방안에 앉아 뭉개고 있는지 모르겠네. 이리 오래 앉았을 줄 알았으면 배라도 깎아 먹으라고 넣어줄 걸 그랬어. 혼자 사는 처지에 보름 음식이라고 뭘 했겠어. 작년에 섣달 되자마자 시가 조카뻘 누가 지게로 이것저것 짊어지고 인사를 왔더구먼. 그래서 겨울 긴 밤 목 축일 겸해서 한 조각씩 먹곤 했지. 얼마 더 남아 있어. 동곡댁 세상 뜨고부터는 이 집에 말벗도 찾아오지 않아 적적했는데, 언제부터 자네들 찾아왔어? 그게 언제부터였느냐고? 이 방이 자네들 사랑이 되어 나야 좋지. 타성바지 몇 호구 있지만, 여기는 다 한집안 셈이지. 그래서 나는 너희 다 조카들 자식으로 생각해. 친정 질손인 셈이지.

그런데, 보자, 광억이. 어린 너도 여기 있구나. 너도 형님들 사이에 앉아 뭔 이야기를 하고 있었구나.

아, 무슨 얘기를 하랬어? 한평생 살면서 제일 보람된 것 자랑스러운 것 이야기하랬지? 보람이거나 자랑스러운 것. 여든 넘게 살았다만 아랫것으로 이리 기고 저리 기며 살았다. 자랑할 게 뭐 있겠으며 또 보람되다고 내세울 건 또 뭐가 있겠어. 돌아보면 한숨이지. 돌아보면 눈물 주르르. 병으로 아들자식 잃고 무슨 까닭인지도 모르게 딸자식 잃고 한 일 새삼 떠올리지 않아도 돌아보면 한숨이고 눈물이야. 그러니 내 살아온 일이라고 내놓고 할 얘기가 없어. 괜히 한번 해보라 했겠시.

너희끼리 한창 이 얘기 저 얘기 주고받다가 불쑥 이 늙은이가 나타나니까 인사 삼아, 대접 삼아 해본 소리겠지. 그게 아니라고? 아니니 뭐든 진짜로 해보라고?

이거 보래. 배 자랑해놓고서 이리 그대로 퍼질러 앉아서는 안 되지. 배를 가져올 테니 같이 한 조각씩이라도 먹자고. 내가 뭔 이야기를 할 수 있을지는 모르겠지만서도…….

*

보니까, 언제 삼국지니 수호지니 하며 떠들썩하던데, 나는 그런 긴 이야기는 못 한다. 제대로 들은 적도 없고, 들었대도 이 나이에 어째 기억하겠느냐고.

그래, 하는데, 그냥 홍 씨 그 집안 이야기나 하지 뭐. 그래, 성 안의 부잣집 홍 씨네. 왜 너희가 지난번에 했잖느냐? 치수 자네가 끄집어냈던가? 아, 왜 그것, 그 집안이 망하게 되었다고. 그 크던 집이 사람들 다 빠져나가고 종내에는 남의 손에 넘어가 버린 것 잘된 일이다, 그래도 안타까운 일이다, 하며 한바탕 요란을 떨었잖느냐? 구석에 노망난 듯이 처박혀 앉아 있어도 내가 귀는 몹시 나쁘지는 않아 들었지. 너희가 아는지 모르겠다만, 나는 그 집안 아랫것 신세로 오래 살지 않았겠어. 이제 생각나느냐?

그래, 한동안 방구석에 처박혔거나 밭고랑에 앉은 모습만 봐왔
으니 이 늙은이가 홍 씨 집안 밥 먹으며 살아온 일 까맣게 잊고
있었겠지. 십 년도 더 흘렀구나. 이 늙은이가 그 집 대문 나선
건……

종년이 종살이에서 풀려난 기분도 들고 다 늙어 내쫓기는 기
분도 들고 그랬구나. 그때가 그 집 기울기 시작했을 때지. 다 늙
은 부엌데기 누가 좋아 품고 있으려 하겠느냐만, 세상인심이 그
렇겠느냐만, 그래도 모르지, 그 집 기울지 않았다면 모를 일이
지. 아직 그래도 그때는 확 주저앉을 정도로 기운 때는 아니어서
얼마간 돈도 쥐여주었지. 그게 마지막이었다. 그동안 여러 번 그
집 드나들었다. 열하나인가 둘인가 때 처음 들어가서 몇 번 들고
났지. 어린 나이에 잔심부름꾼으로 들어갔다가 시집가느라 나
왔고, 남편하고 들어갔다가 자식 하나 잃고 나왔고, 다른 자식들
업고 끌고 우르르 들어갔다가 밭 몇 고랑 도지 얻어 나왔고, 뭐
그랬지. 그동안 장성한 자식들은 출가하고 병 얻은 남편은 저세
상 떠나고. 혼자 몸 되어 마지막으로 그 집 들어가서는 그때, 그
집 기울기 시작하던 때 나온 게 마지막이라. 영영 마지막이라.
그리고는 방구석에 처박혔거나 밭고랑에 앉았거나 했지.

혼자 실던 아비가 어디로 멀리 떠나며 나를 맡긴 게 그 집이
지. 열한두 살에 잔심부름꾼으로 님의집살이 시작해 여러 번 들

고나다가 이제는 저승길이나 편히 가길 제일 바라게 된 신세이니 또 눈물 나고 한탄 쏟아놓게 되고 할 터이지만, 그런 이야기 안 할 요량이니 괜히 말 걸었다, 낭패다, 하고 벌레 씹은 듯 속으로 떨떠름해 말아. 내 그런 이야기 안 할 테니 말이다. 나는 그냥 삼국지나 수호지 같은 이야기를 하려고 한다. 정말로 그 삼국지나 수호지 이야기는 아니고, 내 생각에는 그런 비슷한 이야기라는 뜻이야. 언제 보니까, 양산박이가 도적질한 것, 겁탈한 것 호탕하다고 멋스럽다고 부러워하고 흉내라도 낼 듯이 까불던데, 그게 아무나 할 수 있는 게 아니지. 아무 때나 그럴 수 있는 것도 아니고. 임금은 무능하고 탐관오리는 지독할 때 뜻 펼 수 없게 된 양산박이나 그리 하는 것. 양산박이 같은 의리가 있고 호기가 있더라도 아무 때나 날뛰는 게 아니지. 때가 있다고. 아무 때나 날뛰다가는 관아 앞 높다란 장대에 목이 걸리고 말 일.

성안 홍 씨네는 부자였다. 아주 큰 부자였다. 내가 고아나 다름없어져 그 집에 처음 들어가던 때만 해도 그 집은 큰 부자였지. 그 집 어른 연세가 그때 아마 쉰이 넘었지 싶어. 아마도 그랬을 것이야. 물려받은 선대 재산 잘 간수만 한 게 아니라 늘리기까지 했나 봐. 그렇다고 구두쇠처럼 구는 사람은 아니었어. 쓸 때는 잘 썼지. 무슨 문객이니 무슨 재주꾼이니 하며 찾아오면 그 재주 따라 대접하는데 어느 경우에도 박하진 않았어. 집안에는 들고나는 사람 많았지. 대접 박하지 않으니 찾아오는 사람 많았지. 집안사람들에게는 당연히 일도 많았고. 나 같은 애업개까지 들일 정도였으니 일 많았던 것이지. 잔심부름꾼에 애업개에…….

주인어른이 손님을 좋아했어. 문객이든 재주꾼이든. 허튼수작 부리러 오는 일도 있지만 늙수그레한 집사가 척 보면 대개는 알만했지. 낯선 손님은 그 늙은이 거쳐서 주인어른과 대작을 하건 어쨌건 하지. 그런데 그날은 주인어른이 바로 그 손님과 마주쳤어.

그날은 비가 뿌린 날이라. 웬 나그네가 비를 피하는지 문 앞에 서 있었어. 그걸 주인어른이 보신 거야. 어른도 점심 자시고 한참이 지나서 무료했는지 비도 뿌리는데 집안을 어슬렁거리며 돌다가 대문간까지 왔고 누가 있는 기척에 부러 문을 열고 나가기까지 한 것이지.

누가 먼저 말을 건넸는지는 모르지. 모르지만 아마도 주인어른은 비가 그치자면 한참 걸릴 테니 들어와서 피하라고 했을 거야. 나그네가 한눈에 봐도 천격은 아니고 두어 마디 나누어보니 잠시 무료함은 충분히 달랠 수 있다 싶이 그랬겠지. 뒤늦게 손님이 들어온 것을 안 늙은 집사는 그때라도 제 일을 해보려고 나서는데, 주인어른은 벌써 판단이 다 되었다는 듯 주안상이ㅏ 보아

올리래. 아, 그렇게 해서 비 피하던 나그네가 손님이 돼 집안으로 들어왔고 주안상 두고 두 양반이 마주 앉아 이러니저러니 대화를 시작했겠지. 어디 사는 누구며 어쩐 일로 비 오는 날 길을 가게 되었는지 따위 묻고 대답하고 했을 일이지. 주인어른은 주인어른대로 집안 소개를 했을 테고.

대화를 해보니 나그네 손님이 뜻밖에 시도 잘 지어. 술도 사양치 않고 잘 마시네. 바둑도 썩 잘 두고 말이지. 밖에 비가 온다는 것도 잠시 잊을 정도로 시를 주고받고 바둑돌 주고받고 했지. 술이야 잘 마시는 것 같지만 그래도 대낮이니 많이 마시지는 않았겠지. 주인어른도 두어 잔 한 정도였을 거야. 저녁 무렵까지 앉아 있었으니 술이야 몇 잔 더했더래도 취할 정도야 아니지. 그런데 그게 아쉬움을 더했나 봐. 드디어 주인어른은 나그네 손님한테, 재주도 더 있을 것 같은 그 나그네 손님한테 하룻밤 묵고 가라고 했지.

아, 왜 양산박이 이야기처럼 호쾌하지가 않으냐고? 양산박이 그 중국 사람만 호쾌한 게 아니야. 양산박이만 남의 재산 거칠 것 없이 훔치고 호랑이처럼 날래게 남의 여자 보쌈하고 한 것 아냐.

양산박이 이야기처럼 호쾌하지가 않아서, 그래서 침울한 모양인가? 그런 게 아니라? 얼굴을 보니 뭐 영 신통찮은데……

아, 뭐라?

양산박이가 사람이 아니라고? 그럼 뭔데?

그으래? 아이고야, 양산박이가 사람이 아니고 도적놈들 소굴이라. 아, 다 늙은 내가 수호지를 어떻게 읽어봤겠어. 들어도 등너머로 들었으니 그리 착각한 것이지. 그래도 양산박에 모인 도적들이 그리했잖아. 남의 재산 훔치고 여자 겁탈하고. 그러니 거기 모인 인간들이 양산박이 들인 셈이지. 그리 말해 안 될 것도 없네 뭐.

나그네 손님도 양산박에 모인 호걸들 못잖았다니까. 내가 시 짓고 바둑 둔 이야기하려는 게 아니야.

내가 어려운 글줄 읽은 양반들 읊어대는 시를 뭐라고 알아듣겠어. 바둑도 마찬가지. 흰 돌과 검은 돌 서로 이리 놓고 저리 놓고 하며 싸움질하는 거라는 것 말고 더 아는 게 없어.

이제 이야기가 호쾌해지려 하니, 그만 입 벙긋대고 들어들 봐. 이야기가 어디까지 갔나 하면, 그래, 재주도 더 있을 것 같은 그 나그네 손님한테 하룻밤 묵이기라고 한 대목까지 샀네. 주인이 른이 그리 붙잡은 것까지 이야기했어. 그렇지?

손님을 하룻밤 묵어가게 하고서 주인은 일단 물러났지. 마님
하고 저녁밥도 들고 또 좀 쉬고 그러서야 하니까. 손님은 저녁상
을 혼자 받았어. 밤늦게 또 주안상 가운데 놓고 세상사 이야기할
터이니 좀 편하게 해줄 필요가 있지. 찬모가 저녁상을 손님에게
갖다 줄 때 내가 거들었어. 애업개이지만 내가 때로는 집안 이런
저런 사람 바쁜 손을 덜어주곤 했거든. 아, 잔심부름꾼이던 내가
그때는 이미 애업개가 되었지. 주인어른 손자가 태어났거든. 내
가 그 집 들어가 두어 해인가 서너 해인가 지나서 태어났다니까.
그래서 애업개가 됐는데 그렇다고 잔심부름 팽개친 것은 아니
지. 잔심부름꾼이기도 하고 애업개이기도 하고 그러지.

그때 내가 그 손님을 처음 봤어. 꼿꼿이 앉아 있더라고. 눈매
가 날카롭다든지 눈썹이 시커멓게 짙다든지 하는 건 그때 못 봤
어. 덩치가 큰 것도 아니었지. 보통이나 보통보다 조금 클까, 뭐
그랬어. 별스러운 손님으로 보이진 않았다니까. 아, 뒤에야, 일
이 있고 나서야, 어딘지 범상치 않은 기운이 난다 싶었지만, 그
건 다 뒤에야 하게 되는 생각이지. 처음 봤을 때는 웬 손님이 혼
자 있으면서도 이리 꼿꼿이 앉아 있나 싶은 게, 그게 좀 남달랐
다면 남달랐지. 그냥 그랬어. 처음에는……

저녁밥도 혼자서 꼿꼿이 앉아서 먹었는지 어쨌는지는 모르지.
누구도 모르지. 마님과 함께 저녁 진지 드신 주인어른은 상을 물

리고는 잠깐 누웠다지. 배도 꺼뜨리면서 집안 대소사에 대해 마님과 이러니저러니 의견 나눌 일도 있었겠지. 그 사이 비도 그쳤겠지. 비는 아마도 저녁상 내올 때쯤 해서 그쳤을 거야. 손님방에 상 들일 때 내가 손을 거든 건 비가 오기도 해서였을 거야. 그런데 저녁상 물릴 때쯤이나 그 얼마 뒤에는 비가 그쳤어. 온종일 온다 싶던 비가 그때 그친 거야.

주인어른은 다시 손님과 마주앉았어. 밤중이었어. 시커먼 구름이 빠르게 흘러가는 밤이었어. 그새 달도 떴나 봐. 술잔을 기울이며 두 사람이 나눈 이야기는, 새로운 것들도 있겠지만, 낮에 가볍게 나눈 이야기를 다시 끄집어내어 하며 좀 더 제 생각을 보태고 또 상대의 속도 짚어보고 하는 식이었을 거야. 술병을 하나 비웠을 때쯤 해서 주인어른은 손님이 그냥 책만 읽은 선비는 아니고 협객 기질도 다분한 선비라고 생각했어. 충청도 어느 고을의 고만고만한 집안에서 태어나 한동안 과거 공부도 열심히 하고 했다는 것, 그러나 이즈막에는 살림살이 때문에 더는 계속할 수 없어 마침내 관직 꿈은 버렸다는 것, 과거 보아 관을 쓰지 못한다고 별나게 좌절하지는 않았다는 것, 앞으로는 고향에서 필부로 살며 집안 살림이나 일구어보려 한다는 것, 그에 앞서 얼마 동안 세상 유람을 하기로 했다는 것. 그런 것들을 주인어른은 들어 알게 되었지.

아, 그만큼 들어 알게 될 동안 주인어른도 제 젊었을 때 생각이며 지금 형편이며 앞으로의 생각도 제법 털어놓으셨겠지. 그것도 내가 지금 다 말 못할 것도 없지만 이야기가 급하니, 급한 것부터 하기로 하지. 술도 거나하게 취하고 하면 자연스레 노래도 나오고 하잖아. 풍류 있네 하는 사람치고 노래 못 하는 사람 어디 있겠느냐고. 노래 듣기 좋아하고 하기 좋아하고 그러지. 아, 때로는 기녀와 함께 장구 두드리며 덩실덩실 춤도 추고 그러잖아. 주인어른이 타령이나 육자배기 같은 걸 좋아했던 것 같지는 않아. 아주 시끌벅적하거나 질척해지거나 하는 것 좋아하지는 않았단 말이지. 어쨌든 남정네들이란 술에 취하면 있는 풍류 없는 풍류 다 불러내어 노래도 하고 그러지. 그때 해금이든 가야금이든 악기도 있어 주면 좋고.

그날도 그런 순간이 왔어. 주인어른이 술도 거나하게 취했을 때가 말이지. 다른 양반들 같았으면 벌써 어깨춤이라도 췄을 때쯤 말이지. 주인어른이 흥에 취한 걸 알아챘는지 나그네가 노래를 청해도 되겠느냐고 물어. 어른이 나는 자신 없다며 손 내젓고는 손님에게 도리어 청해. 그랬더니 나그네가 순순히 고개를 끄덕이네. 그리고는 등짐을 뒤적이더니 뭔가를 끄집어내. 단소래. 나그네는 그 단소를 꺼내 보여주며 이래.

"황새 정강이뼈로 만든 물건입니다."

"단소를 황새 정강이뼈로 만들었다고?"

"네. 한번 들어보실 만할 겁니다."

그리고서 손님이 단소를 입에 물어. 주인어른 듣기에 멋진 곡이 흘러나왔지.

단소 소리가 얼마나 맑고 우아한지 모르지? 찬모는 내가 그 소리 들었을 리 없다고 해. 하지만 나는 들었어. 자다 깨서 들었는지 늦게까지 깨어 있었는지 모르지만 그 소리 분명히 들었어. 단소를 타고 나온 곡에 어린 내 마음이 흔들렸는지 밖으로 나와보기까지 했다니까. 벌써 비 그친 하늘엔 달빛이 환했지. 얼마 동안 밖에 있었던 것 같아. 구름이 말끔히 걷힌 게 아닌지 달이 숨어 주위가 어슴푸레해지기도 했어. 몇 번 그랬을 거야. 손님이 단소를 입에 불고 세 곡씩이나 연주했다지. 나는 다 듣지는 않고 방으로 들어갔지. 그리고 정작 일이 났을 때는 깊이 잠이 들어 있었지. 찬모는 그게 다 뒤에 그 밤에 일어난 일 전해 듣고 그리 직접 겪은 것처럼 착각하게 된 거래. 여러 번 되풀이 듣고 하고 했으니 그럴 수도 있는 일이긴 해. 그래도 그건, 단소 소리 들은 건 내 귀로 직접 들었어. 그게 맞을 거야. 내 나이 여든 넘었지만……

주인어른도 그 밤에 하늘도 올려다보고 달빛이 아주 좋구나 하고 감탄도 하고 하셨대. 소피보러 밖으로 나오고 했으니 그때

320

하늘을 올려다보신 게지. 밤이 이슥하도록 계셨으니 두어 번은 밖으로 나오고 그러셨대. 나중에, 나중에 주인어른은 그 양반이, 그 손님이 내내 꼼짝도 하지 않고 자리를 지킨 것 같다고, 그게 참 보통 사람이면 못할 일인데, 그것만 봐도 대단한 사람이라고 혀를 내둘렀어.

마지막으로 소피를 보고 왔을 때, 구름 속에 달빛이 어슴푸레 비치는 걸 보고 들어와 그 달빛에 대해 시라도 지을 듯이 감상을 늘어놓던 중에 주인어른은 숨이 콱 막히는 순간을 맞이하게 돼. 술기운에 단소 소리에 달빛에 취해 있던 주인어른은 손님의 품에서 나온 것이 번뜩했을 때 또 무슨 신기한 게 나오고 또 무슨 별난 재주를 보게 되나 했대. 그러나 사태가 어찌 돌아간다는 걸 깨닫는 데 그리 오래 걸리진 않았지. 아, 실은 다음 숨을 쉴 때 알아채지. 나그네 손님이 품 안에서 슬며시 꺼낸 것을, 번뜩하던 것을 내미는데, 그건 단검이었거든. 그래, 단검이었다고, 단검.

대장간에서 뚱땅거려 대충 만든 칼이 아닌지 서슬 퍼런 칼날이 번쩍거려. 불빛을 받아서 말이지. 손님은 비 피하던 나그네가 아니었지. 아직 그때까지는 주인어른도 손님이 어떤 사람인지 제대로 알아채지 못했어. 술김에 도적 심보가 생겨난 것인지 어쩐지 말이야. 그래서 주인어른은 달래보려 했어. 재주도 많고 학식도 있고 인품도 갖춘 선비 같은데 왜 이런 강도질을 하려 하느냐며 달래려 했어. 노잣돈 줄 테니 아무 걱정하지 말고 길 나서면 된다고 했어. 아니, 아니, 고향 돌아가서 살림살이 일으키는데 도움도 될 만큼 돈을 빌려주겠다고 했어. 그런데 나그네 손님은 주인어른이 넘겨짚은 정도를 훌쩍 넘어서는 사람이었거든. 그걸 곧 알게 되는데, 어찌 알게 되는가 하면, 곧 창을 톡톡 두드리는 소리가 나더니 웬 사내 소리가 굵직하면서도 나지막하게 들려.

"소인들 이제 당도했습니다."

그건 주인어른 목에 서슬 퍼런 칼날을 겨눈 나그네 손님에게 하는 소리였어.

이리되고 보니 주인어른은 심장이 덜컥하더니 이어서는 목소리도 못 낼 정도로 숨통이 죄어들더래. 입이 바짝바짝 타기 시작하고 말이지.

그 사이 담장을 넘어 주인어른 댁에 들어온 것은 굵직한 목소리의 사내 하나 정도가 아니었어. 강도단 졸개들이 비호같이 담을 넘어 들어와 구석구석에 숨어 있었던 것 아니냐고. 대문간에서 거세진 비 피하는 나그네인 줄 알았던 사내는 실상 강도단의 두목이었던 것이지. 단소를 분 것은 주인어른 홍취 돋우려 한 게 아니라 졸개들에게 보낸 신호였던 것이지. 그것도 모르고 주인어른은 구름 뒤에서 어슴푸레 비지는 달빛에 취해 시를 읊으려

한 것이지.

*

왜 양산박이 어쩌고 했는지 이제 알겠지?

내가 하려던 이야기는 부잣집 아랫것으로 한평생 산 내 신세 한탄이 아니었다니까. 내 이야기는 수호지 같은 것이라니까. 이제 알겠지? 신세 한탄 아니어서 다행이고, 수호지 같이 호쾌한 이야기여서 또 다행인가? 수호지처럼 주야장천 이어지면 어쩌려고? 아, 안심해. 다행히 수호지처럼 긴 이야기는 아니니까.

마당으로 나간 두목은 오른손에는 단검을, 왼손에는 주인의 손을 잡고 있었어. 그런 채로 두목은 졸개들에게 나직하지만, 힘 있게 이리 말해.

"주인께서는 어지신 분이다. 차마 다 가져가지 못하겠다."

제 졸개들과 자다 끌려 나온 집안사람 모두를 쓱 둘러보고는 또 이래.

"모든 물건을 반으로 나누어 가져가도록 한다. 단, 저 검은 나귀는 나눌 수 없으므로 그대로 남겨둔다. 이 집안의 손님 접대에 보인 정성과 주인의 따뜻한 마음에 보답하고자 하니 명심들 하여라."

그 말 떨어지기 무섭게 졸개들은 모두가 입을 맞춘 듯이 이래.

"잘 알겠습니다!"

졸개들의 대답을 들은 뒤 나그네 손님은 주인에게 고개를 숙여. 그리고는 방으로 들어가 쉬시라고 했지.

주인 내외 말고는 다들 창고인가 어디에 갇혀 벌벌 떨었지. 여차하면 몽둥이가 날아올 것 같아 고개도 못 든 채 두 손으로 머리 감싸고 있었지. 도둑 두목이야 점잖게 움직였지만 졸개들까지 다 그럴 수가 있겠어? 마구 후려치지야 않지만 겁도 줄 만큼 주고 했으니 다들 눈 딱 감고 웅크렸지. 누가 뭐라고 말하라면, 어서어서 챙겨 가십시오, 그런 말이나 할 수 있었으려나…….

아, 그럴 때 집사는 나 같은 잔심부름꾼이나 부엌데기였으면 싶었을 거야. 그 양반은 불려 나가 고약하게도 앞잡이 노릇을 해야 했으니 말이야. 주인이 안내해주라고 했다지만, 제 발로 도둑들 끌고 다니며 여기에 뭐가 있고 저기에 뭐가 있노라 해야 했으니 마음이 얼마나 괴롭겠어. 도둑들 돌아가고 나서 주인어른 앞에 무릎을 꿇더구먼. 손이 발이 되라 빌었지. 용서해달라고 말이지.

어찌 돌아간 일인지 다 아니 주인어른이 뭐라고 할 수는 없는 일이지.

일이야 그렇지마는…….

*

　강도들이 다 나간 뒤 온 집안의 물건을 일일이 점검해보게 되었지. 물건은 크기를 따질 것 없이 모두 반으로 나누어 가져갔고, 또 크게 다친 사람도 하나 없었어. 다들 거짓말 같은 일이 일어났구나 하고 감탄하는데, 마당쇠인가 누구인가가, 나귀가 보이지 않는다고 했어. 반으로 나눌 수 없으니 가져가지 않겠다고 한 그 나귀 말이야. 다들 혼이 빠졌는지라 금방 알아챘을 일을 한참이나 모르고 있었던 것인데…….

　자다가 코를 베인 것처럼 어이없게도 집안을 털린 일이지. 그런데도 주인은 집사와 맏아들을 불러 세워놓고 강도당한 사실을 비밀에 부치고 누설하지 말라고 했어. 그리고 아랫사람들을 단속하라고도 했지. 멀찍이서 들었어도 아랫것들은 다 고개를 끄덕였지. 실제로 고개를 끄덕이건 아니건 그래야 하리라 생각한 거야. 절로 그런 생각을 한 게지. 그런데 주인어른 맏아들은 날이 밝는 대로 관아에 신고하자고 했어. 많은 재물을 잃기도 했지만 아무런 조치도 하지 않으면 도적들이 또 덤빌 거라고 말이지. 아랫것들이 상전을 우습게 여길 수 있다는 소리까지 하면서 말이지. 집사도 맏아들 말을 뒷받쳐 주고 나섰어. 그러나, 그런 소리를 듣고도 주인어른은 아니라고 했어. 고개를 내저으면서 말이야.

많은 재물을 잃기는 했으나 아무도 다치지 않았다. 강도들이 재물을 몽땅 강탈할 수도 있었지만 약속대로 반만을 가져가지 않았느냐. 강도인 것은 틀림없으나 의리도 있고 도량도 있는 무리이다. 그런 무리를 굳이 뒤쫓아 화를 불러들일 것은 없다.

주인어른의 생각은 그랬어.

*

강도단이 물러간 그 날, 점심 무렵이었어.

이 이야기가 부잣집이 기백도 대단한 강도에게 재산을 반이나 털린 이야기 정도가 아니게 되는 건 이때부터야. 무슨 소리냐고? 들어봐. 무슨 일이 벌어졌기에 그리되는지…….

검은 나귀가 없어졌잖아? 강도단이 약조한 대로 다른 건 다 반으로 나누어 가져갔는데, 반으로 나눌 수 없는 나귀는 가져가지 않겠다고 했는데, 그리고서도 가져가 버린 나귀 말이야. 그 나귀가 점심 무렵에 집으로 돌아왔다니까. 집 마당에 기르던 큰 짐승으로는 딱 한 마리 그놈이 있지. 빈들반들한 건은빛의 잘생긴 나귀였지. 주인어른이 외출할 때 타기도 한 놈인데 웬만한 말보다 낫다 싶어. 사라졌던 그놈이, 그 짐승이 저 스스로 대문을 밀고 들어왔는지 어쨌는지는 몰라. 모르게 집으로 돌아와 마당에 우뚝 서 있더라니까. 뒷날 나한테는 그 모습이 이상하게도 이리 떠오르곤 해. 내가 보는 앞에서 그 나귀가, 둘로, 몸통이 허리쯤이나 어디쯤 해서 둘로 나뉘어 있던 나귀가 덜컥 다시 붙어. 토막 난 나귀가 온전한 꼴이 돼. 그리 떠오르곤 해. 그만큼 느닷없이 나귀가 나타나 별스럽게 생각된 것이지.

새벽까지 강도단에게 붙들려 벌벌 떨었지. 그 뒤에는 또 뒷수습하느라 이리 뛰고 저리 뛰고. 다들 맥이 쪽 빠져 있었어. 그렇다고 밥 안 먹고 그럴 수야 없잖아? 아랫것들은 눈치 봐가며 점심 차려 주인 내외에게 올리고 저희도 요기를 했지. 한창 요기를 하고 있었을 때일 거라. 아, 집사가 처음 그놈 나귀를 봤으니, 집사는 좀 일찍 요기를 마쳤나 봐. 아니 괜히 마음이 씌어 그때까지 안 먹고 있었는지도 모르지. 여하튼 집사가 마당에 들어와 있는 나귀를 딱 봤단 말이야. 나귀가 돌아왔다는 소리는 금방 주인 어른한테 달려갔겠지.

집안 모두가 이제 마당으로 쏟아져 나와 나귀를 둘러쌌는데, 집사가 주인어른의 눈짓을 받아 마당쇠에게 나귀 등에 실려 있는 걸 끝이내리라고 했지. 그래서 마당쇠가 쫄래쫄래 나서 짚으로 엮어 만든 부대를 내리고 끌러보게 되었지. 끌러보던 마당쇠가 아이고머니 하는 소리도 못 지르고 뒤로 팩 엉덩방아를 찧어. 집사는 성큼 나서며 한 발을 굴러. 뭐 하느냐고, 어서 끌러보지 않고 뭐하냐고 야단을 쳤지. 그런데도 마당쇠는 어버버거리기만 하고 뒷걸음질이야. 앉은 채로 말이지.

집사가 네 이놈! 하고 윽박질러 마당쇠가 겨우 부대를 뒤집었어. 부대에서 뭐가 쑥 떨어지고는, 다들 뒤로 나동그라졌지 뭐. 사람 머리가 뚝 떨어졌으니 말이야. 어른이고 아이고 할 것 없이, 남자고 여자고 할 것 없이 다 나동그라졌지 뭐.

웬 사내 머리통이 부대에서 나와 마당에 뒹굴더라, 이거야.

그 머리통이 둘로 나뉜 나귀가 덜컥 붙어버리듯 몸뚱이를 찾아 붙는 일은 없었어. 어린 내 기억 속에서도. 그건 그냥 머리통이었어. 끝내 제 몸통 찾아가지 못한 머리통이었어. 마당쇠며 몇몇 남자들이 나서 그건 어디 묻었다지. 여자들은 어디 묻었는지 알지도 못하게 묻었다지. 이튿날인가 언제인가 말이야.

그때 당장은 비명이 나오고, 주저앉고, 아이고 엄마야 소리가 나오고 하며 한바탕 야단이 났어. 주인어른이 그래도 먼저 정신을 차리고 집사 통해 집안사람들 다 조용하게 만들었어. 주인어른은 조용해지자 자신이 직접 나서 짚으로 만든 부대에서 뭔가를 주워들어. 머리통 말고. 머리통은 그 안에 들어 있었고, 그건 부대 사이에 끼어 있었지. 편지는 강도단 두목이 보낸 거였어,

꼿꼿하게 앉아 있었던 그 나그네 손님이 보낸 거였다고. 내용이 어쨌냐 하면…….

어리석은 졸개가 명령을 어겼기에 삼가 그놈의 머리를 보내 사죄하는 바이오 하는 그런 내용의 편지였어. 주인어른 아들과 집사도 편지를 읽어보고 해. 어리석은 졸개가 두목 명령을 어기고 나귀 가져간 일을 벌하고 나귀는 돌려보낸다는 것이지. 이게 아무나 할 수 있는 일이겠어? 대범하기는 얼마나 대범하고 또 의리 있기는 얼마나 의리 있는가 이 말이야.

아, 안 그래도 그날, 이게 겁을 주기 위한 것인지도 모른단 소리도 나왔어. 주인어른 맏아들이 그런 소리를 했다고. 맏아들은 그러면서 이렇게 당하고 가만있을 수는 없다는 소리를 다시 해. 관아에 신고해 도적 소굴을 소탕해야 한다고 말이지. 양산박 같은 도적 소굴을 말이야. 아침나절의 논란이 다시 시작된 게지. 하지만 주인어른은 흔들리지 않았어. 아, 그 정도가 아니라 더 마음을 굳힌 듯했다니까.

"지난밤 검은 나귀는 절반으로 나눌 수 없겠다며 우리 집안의 손님 접대에 보인 정성과 주인의 따뜻한 마음에 보답한다는 뜻으로 남겨두겠다고 했다. 그런데 나귀가 없어져서 모두 이상하게 생각했는데, 그게 제 뜻이 아니고 어리석은 졸개의 짓거리임을 밝히고 그 일을 사죄하는 의미로 목을 베어 보내기까지 했다.

이게 보통 대담하고 의리 있지 않고서야 할 수 있는 일이냐? 이런 자에 맞서보겠다고 해서는 더 큰 일을 당할 것이다. 그러니……."

"아버님, 이게 겁을 주기 위한 겁니다. 겁내어 관아에 알리지 못하게 하기 위한 수작입니다."

맏아들이 하는 소리였지.

"그래, 맞다. 그런 계산도 분명히 하였으리라. 재물을 반이나 털어갔으니 우리 집안으로서는 큰 손해다. 그 손해를 생각하면 의당 관아에 알리고 해결을 의뢰해야 할 터. 그러나 보통내기가 아니잖으냐? 겁을 주더라도 이런 정도까지는 아무나 함부로 못 한다. 명령을 어긴 자의 목을 베어버릴 정도의 조직이라면 우리 집안 식솔들에게 어떤 해코지를 못 하겠느냐?"

주인어른은 맏아들 입을 다물게 했어. 그리 말해 입을 다물게 했어. 그리고 우리가 모두 들으라고 말했어.

"누구라도 저치처럼 몸에서 목이 떨어지고 싶으면 밖에 나가 지난밤에 있었던 일을 떠들어라. 떠들고 다녀보아라. 내가 이 집 안에서 내쫓기 전에 목이 먼저 떨어질 터. 단단히 입단속을 해! 어른 아이 할 것 없이 입단속 못하겠으면 지금 당장 이 집을 나가!"

*

그 소리 듣고서 나는 일절 입을 열지 않았다.

밖으로 나와서는 그날 일을 누구한테도 하지 않았어. 그 집 몇 번이나 들고났지만, 이 입으로 그 이야기까지 밖으로 나르는 일은 없었지. 그날 주인어른 호통치듯 할 때 내 목이 떨어지는 것 같은 게 자꾸만 자라목이 되는데 어디 함부로 나불댈 생각했겠어? 누가 나불댈 생각했겠느냐고? 둘로 나뉜 나귀만 덜컥 붙어서 하나가 되었지 떨어진 사람 목은 다시 붙지 않더라. 영영 붙지 못하고 쥐도 새도 모르게 어디 묻혔지. 떨어져 뒹굴던 머리통 생각나면 얼마나 무서웠는지 모른다. 밤엔 그 마당에 나가 서는 게 다 겁나더라. 나는 재물을 반이나 빼앗겨 부잣집이 가난뱅이 되나 보다 하고도 겁먹었다. 그런데 아니더라. 집 안에 있던 재물이야 반을 가져갔지만 온갖 문서의 것까지 가져가진 못했잖아? 주인어른이 현명했지. 그것 지켰고 그것 지켜야 한다는 것 알고 맏아들 주장을 막았고 집안 모든 사람 입단속을 했지. 그런데 내가 어디 나불댈 생각했겠어? 없었지. 없고말고.

아, 혼인하고 남편한테 속닥거리기는 했다. 남편이 그 집 들어와 행랑아범 자리 차지한 다음에서야 말이지. 그랬더니, 다 듣고서 남편이 더 놀라 나 보고 더는 이야기하지 말래. 자기도 안 들은 것으로 할 테니 이야기하지 말래. 그러고서, 내내 나는 묻어놓았지. 그 이야기 묻어놓았지.

이리 맥없이 하게 될 줄은 나도 몰랐네. 세월이 많이 흐르고 그 부잣집도 이제 다 끝났다는 소리 듣고 하니 그만 질러놓은 빗장이 풀렸나 봐. 흐르는 세월에 삭아 없어졌는지도 모르지. 벌써 삭아 없어졌는데도 나 혼자 그게 꽉 채워져 있다고 생각했는지도 모르지. 다 털어놓고 나니 속이 좀 시원하구나. 그런데, 그런데 내가 내 속 시원하자고 이 이야기한 건가? 아, 그런가? 그건 아닌 듯한데…….

아, 양산박에 모인 호걸이니 어쩌느니 하면서 도적패 되면 어찌 쉽게 살길 열릴까 보다 하는 소리, 너희 하던 소리 듣다 하게 된 이야기라. 그런 이야기라. 내 이야기는 그래서 하게 된 이야기라고. 어디서는 민란도 나고 산채를 가진 도적떼가 어느 고을을 아수라장으로 만드는데도 관아가 손 놓고 있다는 소문도 있고 하니 괜히 엉덩이가 들썩하겠지. 아서라, 말아라.

누구 내가 그 밤에 본, 꼿꼿하게 내내 앉았던 그 나그네 손님만큼 담대하다면 나와 봐. 광억이냐? 치수 너냐? 아니면 규삼이냐? 그래 너, 너, 해국이, 해국이 너냐?

누구든 호기로운 모습 보여 봐라. 그럼 내가 말리지 않을 테니…….

뭐라고?

*

그래, 나도 그 소리 들은 바 있다.

어느 시절엔가는 묵매도라는 도적이 있었다지. 도적질하고 가면서는 꼭 묵매를 그려놓는다는. 매화를 붓질로 그려놓아 제 다녀간 자취를 남긴다는. 어찌나 날렵하고 용감한지 감히 따라잡지도 못하고 감히 맞서지도 못한다는 도적. 주인어른이 집안사람들 입단속할 때 바로 그 묵매도 이야기를 했었다. 그날 당장 그랬는지, 뒷날 언제 그랬는지 모르겠다만, 분명히 이야기했어. 그건 잊고 있었는데, 이제 다 생각나는구나.

뭐랬지? 묵매도가 일부러 잡히기도 했다지? 그래, 체포하라는 임금의 명을 받은 어느 대신이, 도둑 잘 잡기로 유명한 어느 대신이 나서자, 시험해보겠다며 일부러 잡혔다지. 그러고선 조사를 받을 때, 나는 묵매도가 아니오, 하고 잡아뗐다지. 도적 잘 잡는 대신이 그 사람 집을 온통 다 뒤지고 해도 훔친 물건이 나오지 않아. 증거가 없자 기두어 둔 채 염탐을 했다지. 그런데 하루는 그 대신 집이 도둑을 맞고 말았어. 벽에는 묵매가 그려져 있고 말이야. 도둑이 자기가 다녀갔노라고 그리 흔적을 남기지 않았겠어. 이리되자 그 도둑 잘 잡는 대신은 옥에 가둬두고 염탐하던 그 사람이 묵매도가 아니라며 풀어주라고 하지.

그런데 그게 사실은 어찌 된 사연이라고? 그래, 맞다. 맞아. 실은 옥에 갇혀 있던 그 사람이 옥리가 잠든 틈을 타 차꼬와 칼을 혼자 힘으로 다 풀고 빠져나가 그날 그 대신 집을 털었다지. 털고서 떠나면서는 매화를 그려 남겼다지. 그러고선 옥으로 돌아와 다시 목에 칼을 쓰고 다리에 차꼬를 채워 앉았겠지. 이러니 대신은 감쪽같이 속아서는, 이 자는 묵매도가 아니라고 풀어줄 수밖에.

일이 그리되었구나. 그런 일이 있었어.

주인어른은 그날 묵매도 같은 기상천외한 도적을 만났다고 생각한 것이지. 신중한 주인어른은 떠벌렸다간 좋은 일 없겠다, 판단하시고 그 일 이야기가 담 너머로 나가지 못하게 단속하신 거고 말이지. 이제야 이야기가 담 너머로 퍼졌구나. 이제는 퍼져도 상관없는 일 아니겠어. 그 집안도 기어코 결딴이 난 셈이니 말이야.

마음이 짠하다. 내가 애업개가 되어 업은 아이가 바로 주인어른 손자였어. 그럼 그게 누구야? 성안 그 큰 집을 남의 손에 넘겨야 한 사람 아니냐? 할아비와 아비로부터 물려받은 집안 재산 못 지키고 망해버린 그 사람이지. 아비는 타령이나 육자배기도 좋아했지. 내가 잔심부름꾼으로 애업개로 있던 시절 주인어른보다 흥이 있었지. 재주꾼들이 자주 집에 오곤 했어. 젊을때 나한테는 좋은 구경거리였다. 그 정도면 좋을 텐데, 손자는 더 나가버렸어. 집안으로 손님 모시는 것보다 자기가 나가는 걸 좋아했지. 나가서 산천 유람만 하면 좋으련만, 기생과 어울리고, 색주가를 드나들고 했지. 딴살림도 차리고 했을 거야.

그리고 한참 만에 집으로 돌아왔는데, 보니 이건 나보다 더 세월을 먹었더라고. 뭐에 홀린 듯 놀던 때는 아무렇지도 않아 보이지만, 한순간에 세월이 호되게 후려치나 봐.

너무 늦었지. 아니, 그때라도 제대로 수신하고 제가하면 집 내놓고 떠날 일은 없었을 테지. 그런데 그게 안 되는가 봐. 나이 들어서는 다시 시작하기가 힘드나 봐. 성질부려 아랫것들 고생만 늘었지. 고생해도 집안은 날로 기울었지. 그리고 마침내……

나는 그래도 그 당대에 집을 내놓기까지 할 줄은 몰랐다.

십 년도 더 흘렀구나. 이 늙은이가 그 집 대문 나선 건 십 년도 더 흘렀어. 성안에 가보지 않은 지도 몇 해이다. 이제 나날이 옛일은 잊어갈 터인데, 오늘 잘 털어놓았다 싶다. 이제 내가 잊어버려도 너희가 기억하겠지. 기억해서 또 누구한테 전해 줄 수도 있겠지.

이번 겨울도 다 끝났다. 정월 대보름도 지났잖아. 방 따습다고 궁둥이 굽지만 마라. 이런 날 웅크리고 있으면 더 으스스하고 그러지. 한해 농사지을 궁리를 하든 뭘 하든 해보라고. 자네들이 내 집 여기를 사랑으로 생각하고 찾는 건 늘 고마운 일이지. 시집갔다가 돌아온 왕고모처럼 생각해주는 것도 고마운 일이지. 그래도 나는 자네들이 도적패 이야기에 홀리는 건 걱정이야. 젊으니까 홀리지만. 그리고 요즘 살기가 워낙 어려우니 홀리겠지만. 어찌할꼬, 어찌할꼬……

힘든 시절이면 도둑이 영웅호걸이 되기도 하나 보다. 못된 부잣집 털어 가난한 사람 돕기까지 한다면 힘들게 살아가는 많은 사람 가슴 뜨겁게 할 수 있겠지. 조금만 그럴듯한 구석 있으면 부풀려서 받아들일 테지. 도둑 이야기가 멋스럽게 꾸며지는 세상은 힘든 세상이겠구나 싶다. 이를 어찌할꼬……

중국 사람들도 힘들었나 보다. 중국 사람들 멋스럽게 꾸며낸 도둑 이야기가 수호지 아니겠어? 들어 보니 그렇고, 헤아려 보니 그렇더라. 맞느냐? 뭐라?

아, 그래도 멋지다고?

멋지지! 그날 그 도둑도!

내 삶도 힘들었구나. 힘들어서, 부잣집 아랫것으로 한평생 사는 동안 달리 꿈도 꿀 수 없어서, 산심부름꾼으로 애업개로 지내던 어린 시절 하루의 일을 옥황상제 납시기라도 한 일이라는 듯이 되새기고 되새겼나 보다. 담 너머 어디로 퍼 나를 수도 없이 혼자 되새겼구나. 집안의 내 처지와 같은 아랫것들과 이랬느니 저랬느니 하며 입을 맞춰 이야기를 만들었구나. 그리 기억했구나. 그러면서 멋지게 받아들이고 만 듯도 하다. 내 삶이 힘들지 않았으면 벌써 잊었을 일인지도 모르지. 언젠가는 문득 성안 홍씨네에 나를 맡기고 사라져버린 아비가 어디서 멋진 도적이 되지 않았을까 하는 생각을 다 했다. 한동안 정말인 듯 생각하기도 했다니까. 그 부잣집 담장을 비호처럼 넘어서는 아비가 나를 데려가리라 기대했던 게지. 아비가 나타나 데려가리라 늘 마음속으로 기대했는데 내 발로 여기 왔구나. 나고 자란 칠보산 아랫마을로 혼자 돌아왔구나.

주인어른이 좋은 분이라지만 아랫것들에 마냥 좋기만 했겠어? 반 토막 난 재물 다시 불리고 후대까지 물려주었으니 안팎으로 단속이 심했지. 힘들었다. 그 집 들고난 게 여러 번인데 그게 어디 내 마음대로 들고난 것이겠어? 이 눈치 저 눈치 다 보고 이 계산 저 계산 다 해가면서 들고나며 살아야 했던 게 내 한평생이다.

드디어는 영영 나와야 했고, 이제는 그 집이 거짓말같이 폭삭 망했다는 소리까지 듣게 되었구나. 내 한평생도…….

아이고, 말이 그리 흘러간다! 그래도 신세 한탄은 아니었다.

여하튼 내 수호지 이야기는 이걸로 끝이야.

다들 이제 그만 가봐.

끝났어, 끝.

작가노트
전통시대 이야기꾼의 상상

전통시대 이야기꾼의 상상

그림 형제의 「땅속의 난쟁이」를 아시는지요?

왕이 마법을 걸어놓은 사과를 세 공주가 먹고 지하 세계로 떨어집니다. 공주를 구해오는 사람에게 공주와 결혼할 수 있도록 하겠다고 왕이 선포하자 여러 사람이 나섭니다. 여기에는 세 명의 사냥꾼도 있었지요. 이 중 막내 사냥꾼 한스가 지하 세계 용들에게 납치된 세 공주를 구해냅니다. 다른 두 사냥꾼의 배신으로 지하 세계에 혼자 남은 한스는 피리로 불러낸 난쟁이들의 도움으로 탈출하지요. 이어서는 배신자를 처벌하고 공주와 결혼합니다.

우리에게는 어떤 무사가 지하국 괴물에게 납치된 공주를 구하고 그녀와 혼인하여 행복하게 잘 살았다는 내용의 설화가 있습니다. 바로 '지하국 대적퇴치설화'입니다. 어떤 연구자에 의하면 무려 60편이나 채록되었다고 합니다. 「땅속의 난쟁이」와 달리 이 이야기의 주인공은 공주의 도움을 받지요. 지하 세계로 들어가고 나올 때 신령한 노인의 도움을 받기도 합니다. 다른 점이 눈에 띄기도 하지만 두 이야기를 다 접한 사람들은 틀림없이 하나의 이야기라고 생각합니다. 우리나라 '지하국 대적퇴치설화' 여러 각편 사이의 차이(변이) 정도라 볼 수 있는 까닭입니다. 그렇다면 「땅속의 난쟁이」와 「지하국 대적퇴치」는 한 이야기의 각편이라고 할 수도 있겠습니다.

「지하국 대적퇴치」에서 공주는 무사에게 괴물을 물리칠 만한 힘을 키울 수 있게 하거나, 괴물의 치명적 약점을 알아내 알려주고 괴물이 술 취해 잠드는 결정적 순간을 만들어 줍니다. 괴물의 목이 무사의 칼에 떨어진 뒤 다시 붙지 못하게 재를 뿌리기도 하지요. 무사는 자신이 지하 세계로 올 때 이용했던 밧줄과 바구니를 이용해 공주를 지상으로 올려보냅니다. 그 뒤 무사의 차례가 되자 두 부하는 밧줄을 끊어버리고 입구를 막아버리지요. 이 배신자들은 왕과 공주를 속여 상을 받고 혼인을 올리려 하지요. 뒤늦게 나타난 무사, 사실은 때맞춰 나타난 무사. 배신자는 저형되고 무사는 공주와 결혼하는 것으로 끝이 납니다.

이와는 다른 「지하국 대적퇴치」도 있습니다. 앞엣것과는 분명히 다른 유형의 이야기에서는 공주나 부잣집 처녀가 아니라 부인이나 갓 혼인한 뒤의 신부를 납치당한 남자가 도적을 찾아 지하 세계로 가게 됩니다. 이 유형에서도 납치된 여자가 남자를 도와 도적을 퇴치하기도 합니다. 그런데 어떤 이야기에서는 여자가 이미 도적의 편이 되어 남자를 가두거나 합니다. 이 경우에는 대체로 부인의 몸종이 남자를 도와주고 뒷날 혼인의 한쪽 상대자가 되지요.

누가 배신자가 되느냐에 따라, 또 여자가 남자를 어느 정도 돕느냐에 따라 이야기의 의미와 느낌이 조금씩 달라질 수 있습니다. 그러나 한 남자가 지하국 괴물을 퇴치하고 납치된 여자를 구해 내어 혼인에 이른다는 이야기의 큰 줄기는 그대로라 하겠습니다.

*

이 설화는 여러 곳에서 채록되었을 뿐만 아니라 복합적인 구성을 지녀 우리나라의 대표적인 이야기로 꼽힌다고 합니다. 플롯 상의 다채로움이 소설로의 변모와도 관련 있다고 추측하며,

『금오전』이나 『최치원전』과 같은 고소설의 기원 설화로 연구하기도 하나 합니다. 허균의 『홍길동전』에는 홍길동이 율도국으로 가기 전 제도에 머물던 무렵 화살촉에 바를 약을 구하기 위해 길을 나섰다가 '울동'이라는 괴물을 처치하고 납치되어 있던 여인을 구해 아내로 맞는 부분이 나옵니다. 연구자들은 『홍길동전』의 이 부분을 「지하국 대적퇴치」가 영향을 미친 것으로 봅니다.

우리의 「지하국 대적퇴치」와 한 이야기의 각편이라 할 만한 이야기로는 그림 형제의 「힘센 한스」도 있습니다. 이란에는 「사과 정원」이 있고 러시아에는 「세 개의 왕국」이 있습니다. 이처럼 우리나라뿐만 아니라 세계 곳곳에 분포하는 이 이야기의 표준형을 아르네-톰슨은 「납치당한 세 명의 공주」로 명명했다지요. 제목에서 짐작할 수 있듯 우리나라 「지하국 대적퇴치」의 대표적인 것과 같습니다. 세계적 보편성을 갖췄고 또 복합적인 구성을 취하고 있는 이 이야기를 내가 소설화하기로 마음먹은 것은 2010년경이 아닌가 합니다. 한국적 특수성은 어떤 것일까 생각하며 좀 더 많은 이야기를 찾아보던 중 지하 세계와 관련한 새로운 이야기를 발견했습니다.

그것은 「매잡이의 지하국 여행」이었습니다. 우연히 지하 세계로 갔다가 의술을 배워 돌아와 의원으로 산 사람에 관한 이야기입니다.

매사냥을 나간 매잡이가 동굴로 들어갔다가 지하 세계에 떨어집니다. 신기하게도 그곳 사람들은 그를 알아보지 못합니다. 그런데 그가 그곳 사람들 곁에 붙으면 마치 귀신이 붙은 것처럼 탈이 생기기도 합니다. 부잣집 처녀에 붙어 지내던 그는 점쟁이에게 당해 병에 갇히는 신세가 됩니다. 꼼짝없이 죽게 된 그를 살린 것은 마당에 묻은 병을 장난으로 끄집어냈다가 깨뜨리는 아이들입니다. 이렇게 풀려난 그는 자신을 알아보는 노인을 따라가, 이후 의술을 배웁니다. 아홉 해나 그곳에서 살다가 지상으로 올라오는데, 의원 일을 하던 중 명의라는 소문이 퍼져 황구렁이로 변한 대비의 병을 고치라는 임금의 명령을 받습니다. 시간을 벌며 기도했더니 꿈에 나타난 노인이 대비의 병을 낫게 할 처방을 알려줍니다. 대비를 사람으로 돌아오게 한 뒤 상을 받은 매잡이는 노인이 알려준 대로 장님이 된 것처럼 행세해 궁을 떠납니다. 그리고 일없이 한평생 편안하게 지냅니다.

이 이야기도 지하 세계가 주요 배경이지요. 그러나 괴물 퇴치나 구출한 여자와의 혼인 같은 「지하국 대적퇴치」의 주요 모티프는 보이지 않습니다. 이 이야기에 주목한 것은 이곳에서 '지상과 지하'인 관계가 그곳에서 '천상과 지상'인 관계가 된다는 점 때문이었습니다. '지상 사람'인 그는 그곳에서는 '하늘 귀신'입니다. 남들 눈에 보이지 않은 채 그곳 사람들 삶에 영향을 미치는 것은 귀신인 까닭입니다. 그는 부잣집 처녀 옆에 붙어 남자로서 장난질이나 쳐 처녀가 뭘 제대로 먹지도 못한 채 삐쩍 마르도록 했습니다. 약을 사다 먹여도 소용없고 증세가 더 심해지는 까닭에 부모는 점쟁이를 불러 하늘 귀신이 내려와서 자기 딸에 붙어 있다는 것을 알게 되지요.

매잡이가 다녀온 지하국은 「지하국 대적퇴치」의 지하가 어떤 곳인지 다시 생각해보게 하는 계기가 되었습니다. 신화 등에서 지하는 죽음의 세계를 의미하기도 합니다. 우리 현실에서는 한 번 죽어 들어간 뒤 누구도 다시 돌아 나오지 못하는 곳. 그러니 그 세계가 얼마나 궁금하겠습니까? 어떤 신화는 그 궁금증을 상상으로나마 해결해주기 위해 다시 돌아온 영웅을 만들어낸 것이겠지요. 어떤 신화의 지하 세계는 고래 뱃속 같은 곳으로, 죽음과 같은 고통과 시련을 겪는 곳으로 보이기도 합니다.

헤라클레스, 테세우스와 페이리토오스, 오디세우스, 아이네이아스 등 대다수의 그리스 신화의 영웅들은 약속이라도 한 듯이 지하세계를 방문한다. 그것은 무엇을 의미할까? 그것은 혹시 일종의 성인식처럼 통과의례가 아니었을까? 영웅다운 영웅이 되기 위해서 꼭 거쳐야 하는 관문이 아니었을까? 조지프 캠벨도 영웅들의 지하 세계 방문을 '고래의 배'라는 상징적인 말로 표현하고 있다. 성서 속 요나는 고래의 배에 들어가 죽음을 경험한 이후에야 비로소 자신이 해야 할 사명이 무엇인지를 깨닫는다. 보글러도 『신화, 영웅 그리고 시나리오 쓰기』에서 신화 속 지하 세계 방문을 '동굴 가장 깊은 곳으로의 접근'이라고 표현했다. 그가 말하는 동굴 가장 깊은 곳이란 바로 영화 속 주인공이 겪게 되는 가장 큰 시련이다. (김원익 『신화, 인간을 말하다』)

인류학에서 통과의례는 한 인간이 다른 존재로 다시 태어나는 제의입니다. 이를 통해 인간은 사회적 차원에서 다시 태어납니다. 때로는 종교적 차원에서 다시 태어나기도 합니다. 이런 과정에 큰 시련이 동반하지요. 「지하국 대적퇴치」를 이전의 상태와 단절하는 분리의 단계, 새로운 존재로 전환하는 전이의 단계, 새로운 세계의 일원이 되거나 새로운 지위를 부여받는 통합의 단계에 맞춰 살펴보면 어떤가요?

*

소설화 작업은 「매잡이의 지하국 여행」을 1부로 하고 「지하국 대적퇴치」는 2부로 하기로 계획했습니다. 물론 전체적으로는 「지하국 대적퇴치」가 한층 더 복합적인 구조가 된 작품을 머릿속에 그렸습니다.

그런데 사정이 생겨 「매잡이의 지하국 여행」만 가지고 작업해 『지하 왕국』(2011년)을 펴내고 말았습니다. 『지하 왕국』은 숙부가 조카에게 자신의 지하 세계 모험을 들려주는 형식을 취한 작품입니다. 초례를 치르고 돌아오는 길에 가마째 신부를 잃어버린 조카는 숙부의 이야기로 자신에게 무슨 일이 일어났는지를 알게 되지요. 이를 통해 그가 지하 세계로 가서 대적과 싸우는 일이 기다리고 있음을 암시하고 있지요. 그때는 그렇게 끝났고, 다시 쓸 기회가 왔고, 이제 『왕이 나셨네』(2018년)를 펴내게 됐습니다.

작품을 막 끝낸 지금 약간 혼란스럽습니다. 다듬거나 부분적으로 덧붙이는 정도의 작업이 아니었습니다. 분량이 두 배는 아니어도 꽤 늘어났으니까요. 그동안 「지하국 대적퇴치」를 심화하고 확장해 결정판을 내리라고 생각해왔지요. 이번에도 조카의 이야기, 그러니까 2부를 쓰지 못했습니다. 여전히 숙부가 자신이 다녀온 지하 세계에 관해 이야기하고 신부를 잃어버린 조카는 이야기를 듣습니다.

숙부의 이야기는 「매잡이의 지하국 여행」이 기본 틀이지요. 이 이야기를 '지하국 대적퇴치설화'의 소설화 작업에 끌어온 까닭은 무엇일까요? 앞에서 암시했듯 '지하'를 물리적·공간적 차원의 '땅속' 정도가 아니라 복잡미묘하게 지상 세계와 관계된 곳으로 설정하는 데 도움이 될 수 있어서입니다. '지상과 지하'가 '천상과 지상'이 되는 세계는 상대성이 지배하는 세계이겠지요. 또 다중우주론 같은 알 듯 모를 듯한 개념을 친근하게 다가오게 합니다. 이 이야기와 유사한 작품을 찾아봤습니다. 『한국구비문학대계』 등 다른 어디에서도 얼른 보이지 않아 궁금해했습니다. 알아보니 『세계민담전집 한국편』(신동흔)의 엮은이가 근래 경기도 안성에서 직접 채록하여 정리한 것이더군요.

「매잡이의 지하국 여행」을 거의 그대로 활용했습니다. 채록하고 정리한 분의 노고에 경의를 표하는 마음에서입니다. 짧은 옛이야기가 경장편 소설이 되는 과정에서도 묘하게 잘 들어맞아서입니다. 막연한 '옛날 옛적'이 1800년대 조선이 되고, 구렁이 몸의 대비는 아들과 손자까지 병약하거나 단명해 거듭 수렴청정을 하며 개인적으로는 권력의 암투 가운데서 괴로움도 겪었을 순원왕후가 되고, 지하 세계에서 배운 의술은 괴질이 휩쓰는 조선의 삼남을 돌며 민중의를 지향하는 과정에 쓰일 수 있었습니다. 점쟁이가 '하늘 귀신'인 그를 병에 가둘 때 했던 "여기 들어가면 임금 되니 들어가라"는 말도 혼자서는 군왕의 꿈을 가지기도 한 「왕이 나셨네」의 주인공과도 썩 잘 어울린다고 하겠습니다.

지하 세계의 왕은 어찌해서인지 하늘을, 그러니까 이 지상 세계를 드나들 수 있는 자라더군. 저 자신 신물이라는 주장이 완전한 거짓말은 아닌지 어떤 것인지 모르겠네. 어쨌든 제 백성이 원하는 바를 위해 한 해에 두 번씩 지상으로 나온다지.

한번 나오면 이 지상에서는 천재지변이 일어나거나 하여 혼쭐이 빠지는데, 일을 수습하는 중에서야 비로소 곳간의 양식이 사라져버린 일이나 여인네들이 흔적도 없어진 일을 깨닫게 된다지.

(⋯중략⋯)

아, 이 모든 일이 내 잘못이 아닌가? 나는 그렇게 생각하네. 조카, 내가 지하 세계에서 한 생각이 이런 결과를 가져왔다고 생각하네. 내가 써놓은 왕(王) 자 글자 한 자가 기어이 이런 일을 불러왔네. 지금 왕으로 군림하는 자는 내가 내다붙인 괘서의 내용을 전설로 꾸며 읍민의 마음을 흔든 모양이야. 그곳 사람들은 신물의 전설에 나의 전설을 더하고는 왕을 요청하고 받아들이게 되었네. 온갖 약속을 했을 왕은 지상 세계로 나와 도적질을 해간다지. 먹구름 속에 제 몸을 감추고 광풍처럼 지상을 휩쓸며 도적질을 해간다지.

조카, 이제는 신부가 어디로 샀는지 알겠는가?

「왕이 나셨네」의 주인공 시형(숙부)은 어떤 사람이었습니까?

조선의 서생이지요. 협객의 삶을 살고자 했지요. 그런 그가 속리산 어떤 동굴의 허방을 짚고 빠져든 세계에서 일곱 해를 보내고 돌아온 뒤 어찌 되었나요? 그는 궁중 어의 제안을 받기도 했으나 민중의와도 같은 길을 걸었습니다. 그가 조카(광억)에게 들려준 이야기는 그 과정을 밝힌 것입니다. 한때 자신의 마음에 품었던 군왕의 꿈이 지하 세계에 괴물과도 같은 왕을 불러냈음을 아프게 고백하는 것이기도 합니다. 시형에 따르면, 지하 세계의 왕은 제 백성이 원하는 바를 위해 지상으로 올라와 도적질했습니다. 그 피해만도 만만찮은데 여인들까지 납치해 갔습니다. 여인 중에는 조카 광억의 신부도 포함되었던 것. 이에 더는 혼자 생각만 하고 있을 수 없었겠지요. 그는 조카를 불러 지하 세계에 갔던 일과 그곳에서 자신이 했던 일을 다 털어놓은 것입니다.

*

'다시 만나는 옛이야기' 4권 『왕이 나셨네』는 모두 다섯 작품을 수록하고 있습니다. 경장편 「왕이 나셨네」와 단편 4편. 다 독립적인 이 다섯 작품의 공통점이 있지 않습니까? 얼른 눈에 띄는 것은 시형과 광억이 나온다는 사실이겠군요. 시형과 광억이 이야기를 하거나 이야기를 듣는다는 것이라 하면 한 걸음 더 다가

갔겠습니다.

우시형과 진광억. 조선 시대 수원부의 매곡면 칠보산 동쪽과 서쪽에서 산 이 두 사람은 충청도 어떤 마을에서 처음 만났습니다. 서생이자 협객의 삶을 살던 우시형은 유람 길에 올랐다가 그 마을에 오게 됐고, 진광억은 매잡이의 조수가 돼 매사냥을 배우느라 그곳에 머물러 있었습니다. 얼마간 말동무로 지내던 중 우시형이 속리산에 가본다더니 돌아오지 않지요. 두 사람은 꽤 세월이 흐른 뒤 수원화성에서 재회합니다. 광억이 약재상에서 일하는 한편 책쾌의 일도 틈틈이 하고 있었을 때입니다. 시형이 의원이 돼 있었고 또 야담집 따위 책에 관심이 많았는지라 자연스럽게 만날 수 있었으리라 생각합니다.

이후 이들은 형님 아우 사이로 지내며 많은 이야기를 나눕니다. 여기서 이야기를 나눴다는 것은 옛이야기나 야담을 서로 이야기하거나 읽어주고, 또 들었다는 의미입니다.

4편의 단편은 끝에 수록된 「나귀는 돌려드립니다」부터 잠시 살펴보도록 하지요. 이 작품은 광억이 스무 살이 되기 전, 집안(마을)의 형님들 사이에 끼어 앉아 들은 이야기라고 할 수 있겠습니다. 중심 줄거리는 도적 패가 남양 홍씨 부잣집의 재산을 기지 넘치고 의리 넘치게 반만 털어간 일입니다. 그 이야기를 들려주는 존재는 오래 아랫것으로 일하다 그 집이 망할 무렵 고향 마을로 돌아온 노파입니다. 이 작품은 노파가 자신의 목격담을 통해 고단한 삶 가운데서 '의적 이야기'에 빠져드는 청년의 심사를 이해하는 한편 경계한 것으로 봐야겠지요.

「나귀는 돌려드립니다」의 도적단 두목 이야기는 협객의 삶을 살고자 한 우시형도 좋아했을 만한 이야기입니다. 우시형이 진광억에 한 이야기들은 어떤 것들입니까? 「산천경개 좋을시고」는 바로 산채(도적단)의 두목으로 초빙된 심 진사가 좀체 넘보기 어렵다는 해인사와 호곡의 이 진사 집과 함흥 성을 보기 좋게 터는 일을 그리고 있지요. 함흥 성을 털고서 크게 잔치를 벌인 이튿날 새벽에 심 진사는 슬그머니 준마를 타고 집으로 돌아옵니다. 그동안 어디 갔다 왔느냐고 누가 물으면, 팔도강산 유람했노라고 대답했다지요. 산천경개가 좋더라고만 대답했다지요.

이런 호방한 심 진사를 흠모하던 조선의 서생이 우시형입니다. 「추노」는 신공(몸값)을 바치지 않은 노비들을 찾아가 추심하는 4편의 이야기로 이뤄진 작품입니다. 몰락하거나 살림이 어려워진 양반이 추노 나갔다가, 저항하는 노비들에게 죽을 위기에 빠지나, 멋진 수로 목숨 건지고 돈까지 두둑하게 챙겨 돌아가는 이야기들이지요. 역시나 시형이 좋아한 이야기인가 봅니다. 조선의 신분제도를 그대로 인정하는 시형의 세계인식을 확인하게 하는 이야기도 있지만, 그 세계인식에 변화가 엿보이는 이야기도 있습니다. 바로 광억이 실제 추노에 따라갔다가 본 일을 일부 바탕으로 한 이야기가 생각나시는지요? 민담의 느낌이 강한 이야기인데 생각나시는지요? 겨울 저녁 강에 빠져 죽으려던 한 가족을 추심한 돈으로 살리고서 뒷날 복을 받는 이야기 말입니다.

시형은 추노 이야기의 마지막에 민담 느낌이 강한 이야기를 넣었습니다. 그리고 그는 평소 광억이 말로 하는 이야기의 방식, 옛이야기의 방식을 책 읽어주는 것과 달리 자연스럽다며 부러워했지요. 뒷날엔 아마 그 자신도 그렇게 할 수 있게 되지 않았나 합니다.

「막둥이」는 도망간 종이 신분을 세탁하며 '최 승지'로 크게 성공한 뒤 우연히 재회한 주인집 서방님에게 살길을 마련해주고, 서방님의 사촌 동생으로 여전히 조선의 신분제도를 내세워 행패를 부리던 불한당을 혼내주는 이야기입니다. 「막둥이」는 광억이 마치 최 승지인 듯, 마치 최 승지가 세 아들을 앞에 두고 집안 신분의 비밀을 밝히듯 여러 사람 앞에서 이야기하는 형식의 작품입니다. 광억이 하는 이야기이지만, 시형이 모아놓은 야담에서 골라 읽어줘 알게 됐다는 것으로 봐 시형의 세계인식에 변화가 있었다는 것을 추측할 근거가 됩니다.

이 이야기는 시형 형님이 모아놓은 야담 중에서 골라 내게 읽어

췄던 겁니다. 옛이야기처럼 재미나게 해볼 수 있도록 연습해보라
면서 읽어줬지요. 그러게요. 시형 형님은 의원 일만도 바쁠 텐데
야담을 모으고 손수 야담을 짓기도 하고 그랬습니다.

「나귀는 돌려드립니다」부터 시작해 「산천경개 좋을시고」와
「추노」를 살펴봤습니다. 「막둥이」도 살펴봤습니다. 4편의 단편
을 이야기의 구연(연행) 시점으로 봐서 오래된 것들부터 살펴봤
습니다. 『왕이 나셨네』에서 가장 마지막에 구연한 것은 경장편
「왕이 나셨네」입니다. 이 작품에도 우시형과 진광억이 등장합니
다. 둘 다 이야기꾼으로 등장하는 좀 특이한 형식의 작품입니다.

이제 해명해야 할 순간이 되었습니까? 「왕이 나셨네」가 괴물
을 퇴치하고 신부를 구하는 모험의 이야기로 왜 성큼 나아가지
않았는가에 대한 해명 말입니다.

아, 그 전에 「매잡이의 지하국 여행」과 흡사한 이야기를 불과
얼마 전인 올해 봄에 드디어 찾아냈다는 말씀을 드려야겠습니
다. 시베리아 설화집의 하나인 『예벤키인 이야기』에 수록된 「지
하 세계에 간 남자」나 「천상 세계에 갔다 온 남자」 등이 바로 그
이야기들입니다. 이 이야기들에서도 다른 세계에서 온 사람은
보이지 않은 채 불을 꺼지게 하거나 그곳 사람들을 아프게 만들
거나 합니다. 다른 문화권 멀다고 생각한 나라의 이야기책에서

유사한 이야기를 만나는 일은, 설화의 전파설을 받아들이는 경우에도 신기하게 생각되지 않을까 합니다.

*

「왕이 나셨네」의 시형은 지하 세계에서 돌아온 뒤 민중의의 길을 걸으려 했습니다. 그런 중에 과천과 용인과 여주에서 크게 도적 맞는 일과 함께 여자들이 사라지는 일도 잇따릅니다. 초례를 치르고 오던 길에 조카 광억이 보는 가운데 신부가 사라지기까지하자 시형은 한때 자신이 품었던 군왕의 꿈이 지하 세계에 괴물과도 같은 왕(대적)을 불러냈음을 고백합니다. 이 고백은 정확하게 말하자면 「왕이 나셨네」의 속 이야기에 해당합니다. 그것은 시형이 남긴 책이기도 하지요.

「왕이 나셨네」는 바깥 이야기도 있습니다. 속 이야기(책)에서 숙부와 조카의 관계인 시형과 광억은 바깥 이야기(현실)에서는 형님과 아우의 관계입니다. 열 살 터울의 두 사람이 충청도 속리산 부근 마을에서 만났다가 오랜 뒤에 재회해 형님 아우 하며 교유해왔지요. 그런데 어느 날 형님이 아우에게 자신들을 숙부와 조카로 마주 앉은 이야기를 책에 담아 줍니다. 그리고 갑작스레 쓰러져 장례를 치르던 중 시신이 사라져 버리지요. 이 도무지 믿기지 않는 사건에 이웃들의 말이 많지 않을 수 없습니다. 아우 광역이 나서지요. 밝힙니다. 형님이 예전에 일곱 해 동안 지하 세계에 다녀왔다는 것. 그리고 다시 지하 세계에 갔다는 것.

시형이 다시 지하 세계로 갈 만한 이유는 여럿 있습니다. 괴물 을 퇴치하고 여자를 구해내는 모험에 나설 만한 이유까지 포함 해서 그렇습니다. 이에 대해서는 더 떠들지 않도록 하겠습니다. 그런데 어쨌든 그 모험 이야기는 예고만 되어 있지 실제 펼쳐지 지는 않는다는 것. 이번에도 그렇게 한 까닭은 지하를 단순히 모 험의 공간으로 인식하게 하고 싶지 않아서입니다. 「지하국 대적 퇴치」의 지하는 요즘의 온갖 게임에서라면 당연히 모험의 공간 이지요. 소설이 모험을 다루지 못할 이유는 없습니다만, 나는 탐 색을 더 좋아하나 봅니다.

앞에서 「지하국 대적퇴치」를 통과의례 측면에서 잠깐 살펴봤 지요. 통과의례의 이야기는 곧 탐색의 이야기여야 하는 게 아닌 가 생각합니다. 「지하국 대적퇴치」의 통과의례를 행위에 초점을 맞춘 모험으로 살펴서는 세계의 실상과 존재의 비의는 제대로 포착할 수 없습니다.

인류사에서 탐색담은 그동안 탐색의 목적과 대상 모두에서 변 화했다고 합니다. 우주론적인 것에서 국가나 사회, 나아가 개인 의 삶을 해명하는 것으로 목적이 변했겠지요. 탐색담은 여러 개의 서사 계층으로 이루어지는 적층의 구조로 하위 탐색을 거쳐 궁극의 대상을 탐색하는 과정을 담는다고 합니다. (곽진석 「탐색담의 유형과 구조적 해석」)

오늘날의 탐색담은 우주론을 다시 지향하기도 하고 구조 면에서 한층 복잡다기해졌다고도 봐야겠지요. 「왕이 나섰네」를 탐색담이라 내세웠습니다만 세계의 실상과 존재의 비의에 관한 탐색 같지는 않습니다. 권력에 관한 탐색이었겠지요? 늘 해왔듯 이야기와 이야기판에 관한 탐색이었겠지요?

「왕이 나섰네」는 제법 현대소설 같습니다. 구체성과 개연성을 강화하며 소설화하되 옛이야기의 덕목은 살린다는 게 '다시 만나는 옛이야기'의 의도인데 말입니다. 그러나 독자들은 현대소설의 복잡다기함에도 헷갈리지 않고 반듯하게 읽어냈으며, 이제 그 뜻을 새겨보리라 생각합니다. 복잡다기함은 전통시대에 알게 모르게 근대를 향하던 이야기 양식인 야담을 의식한 까닭이기도 하다는 점만 밝힙니다. 이제 마지막 대목으로 넘어가도록 하겠습니다.

*

야담을 역사적 인물이나 사건과 관련해 민간에서 떠돌던 이야기를 기록한 것 정도로 생각해왔습니다. 야담을 몇 편 읽고 『한국민족문화대백과사전』 야담 항목을 슬쩍 살펴보는 것만으로도 야담이 단순한 '물건'이 아님을 알게 되었습니다.

야담은 중국이나 일본에서는 사용하지 않는 한국식 용어(한자어)라고 합니다. 야담은 근원 사실이 구연을 통해 이야기가 되고 다시 문자로 기록되어 한문단편이 된 것이라면(임형택), 구비문학의 하나인 설화가 기록문학의 하나인 한문단편이 된 것으로 볼 수 있겠지요. 야담의 기원과 탄생을 좀 세밀히 들여다보면 야담의 다양한 기원이 눈에 띄겠습니다. 야담 중에는 민간전승 과정을 거쳤고 민간전승의 골격을 유지하는 것들이 많습니다. 따라서 야담을 설화로 규정하는 견해가 그동안 있었겠지요. 야담의 울타리 안에 설화적인 작품이 있는가 하면 소설적인 것도 있지요. 그러니 복합 갈래로 보자는 주장도 제기되었습니다. 어떤 이는 야담 중에서 소설이라 할 만한 작품들만 따로 골라내어 한문단편이라 명명하기도 했습니다.

여러 정황을 보고, 또 유몽인의 『어우야담』 이후 야담집에 실린 작품들의 양상을 보면 민간전승의 설화와 당대의 사회성·역사성이 반영된 야사와 삶의 구체성을 담아낸 소설다운 이야기까지 아우르는 복합적 문학 양식으로 봐야 하겠습니다. 야담은 말로 이야기를 하는 게 자연스러운 전통시대의 민중은 물론 글로 이야기를 하는 것이 자연스러운 전통시대의 지식인까지 가담한 이야기이고 또 이야기판이겠습니다. 전통시대는 우리가 일반적으로 생각하는 것보다 훨씬 복잡다기하군요.

우리가 자꾸만 단일하고 단순하게 받아들이려는 전통시대에도 오늘날과 마찬가지로 온갖 상상이 때로 맞부딪히고 때로 나란히 흐르고 때로 솟구치거나 허방을 짚어 어딘가로 사라졌겠습니다. 지하 세계 같은 곳으로 사라졌던 상상이 엉뚱하게도 오늘날의 작가 머릿속에서 솟구치기도 하겠습니다.

우시형은 조선의 서생으로서 과거제도를 통해 현실로 나아가고자 한 것이 아니지요. 그는 야담을 통해 세상을 읽고 세상에 기여하려고 한 사람이었습니다. 군왕의 꿈을 꾸며 봉건적 신분의식에 지배받지만 다른 세계관을 받아들이는 사람이기도 했습니다. 다른 세계관을 받아들이는 일이 전격적으로 진행된 과정이 바로 지하 세계에서 보낸 일곱 해였습니다. 1800년대 조선의 지식인이 역사의 진행 방향을 고려했을 때 받아들일 만한, 의미 있는 세계관이라면 서양인을 통해 전해지던 근대적 세계관을 우선 생각해 볼 수 있을까요?

우시형이 다시 간 세계, "조선의 어느 곳도 아니고, 조선의 멀거나 가까운 이웃 나라도 아닌 곳"인 그 지하 세계는 근대적 세계라고 할 수 없습니다. 그가 태어난 조선보다 더 과거에 머문 듯합니다. 그동안 많은 변화가 있긴 했겠지요. 하지만 왕이 출현해 그 백성의 소망에 따라 지상으로 도적질을 나오고 여자들을 납치해가는 일로 우선 보고되는 것으로 봐선 근대적 세계라고 하기 어렵겠습니다. 그런데 그곳에는 다른 조선에서 온 가족도 있다는 것 기억하십니까? 그 가족이 전한 시대는 여러분과 내가 사는 이 시대가 아니겠습니까?

우리의「지하국 대적퇴치」에는 대적인 괴물이 머리 아홉이나 셋 달린 용으로도 나오지만 아귀로도 나옵니다. 아귀가 늘 굶주림으로 괴로워하며 탐욕을 부린다는 점에서 우리는 돼지라는 익숙한 짐승을 떠올려볼 수 있겠습니다. 원래 지하 세계에서 왕은 "왕이 된 자여! 너는 너의 살에 짓눌려 눈 뜨지 못한 채 지옥으로 기어서 들어가리라!"는 저주를 받는 자입니다. 다른 조선에서 온 가족은 바로 그런 왕에게 시달리다 도망 중이던 사람들입니다. 나는 슬프게도 우리 시대 이곳에서도 그런 왕을 내세웠다가 갈아치우는 일이 늘 계속된다고 생각하는 사람입니다. 여기에서는 도망가야 하는 일이 없기를 기원합니다.

다시 지하 세계에 간 우시형이 진광억의 꿈에 잠시 나타납니다. 이 부분이 이번에도 쓰지 않은 2부를 대신합니다. 압축된 2부로 봐주시면 좋겠습니다. 이 형식도 괜찮다는 반응이 많이 나온다면 더 좋겠습니다. 만약 그렇게 된다면「왕이 나셨네」는 모험담이 될 수 있겠습니다. 시형은 어떻게 괴물의 약점을 알아내고 괴물의 목숨을 끊어놓던가요? 광억이 꿈에 본 것은 이 지상 세계의 삶을 마감하고 시신까지 거둬서 간 시형이 이제부터 이뤄내려는 일일까요? 아니면 이미 이뤄낸 일일까요?

그뿐만 아니라, 그 한번으로 왕이 더 나타나지 않을 것인지도 우리는 궁금합니다.

*

설화에서 야담으로, 다시 소설로 이야기 문학이 변화·발전한 과정을 '다시 만나는 옛이야기'는 이번에 새삼 새롭게 밟아봤습니다. 조선 후기 위항문학인인 조수삼의 『추재기이』등을 통해 알게 된 세계를 많이 활용했습니다. 「왕이 나셨네」가 부분적으로는 역사소설 같다 보니 배경이 되는 조선 후기를 실감 나도록 만들기 위해 책을 뒤적이다가 야담까지 만났습니다.

『이조한문단편전집』(이우성·임형택 편역)이 없었다면 『왕이 나셨네』의 「막둥이」와 「추노」와 「산천경개 좋을시고」는 나올 수 없었다는 점도 밝힙니다. 어찌 보면 거의 그대로 옮겨놓은 것이 아니냐고 할지도 모르겠습니다. 고단한 번역 작업을 통해 전한 한문단편(야담)에 형님 아우 하며 지낸 우시형과 진광억의 삶과 결부해보고 또 「왕이 나셨네」와 함께 뜻을 새겨보면 샘솟을 의외의 즐거움은 보탰으리라 감히 믿어봅니다. 「왕이 나셨네」는 시형이 마주 앉아서 말을 하듯 써놓은 이야기를 광억이 전문적인 소설 낭독자인 전기수처럼 읽은 것입니다. 조선 시대의 양반과 평민이라는 신분의 벽을 넘어 야담을 낭독하거나 구연하며 교유한 두 사람이 설화와 야담과 소설을 뒤섞으며 의미 깊은 이야기를 만들고 흥미로운 이야기판을 펼쳤으리라 믿어봅니다.

야담집의 편자도 대개 자신의 이름을 남기지 않고 이야기를 전했습니다. '다시 만나는 옛이야기'는 앞선 시대 이름 없는 여러 이야기꾼의 상상과 노고에 크게 빚졌다는 말씀, 이번 4권에서도 그대로 해둡니다.

언젠가 나도 나의 이름을 주장하지 않고 이 이야기들을 내놓으리란 생각을 해봅니다.